U0523146

南行记

艾芜 著

四川人民出版社

序
文字的马帮：艾芜写作的当下意义

王 毅

文学史上作家们的地位忽高忽低，这算不上什么特别令人吃惊的事。时代有异，趣味不同，标准位移，都是可能的。但在中国现代文学史上，左翼作家们的地位变化之大，还是多少有些出乎意料，而且恐怕也出乎作家们自己的意料。尤其是最近十余年，左翼作家地位在文学学术研究界经历了忽上忽下之后，评价上的反差更是触目，好像真是应了俗语所谓三十年河东三十年河西的祸福轮转宿命。

毋庸讳言，艾芜也在其中。虽然，推崇者并不吝啬自己的赞美，盛赞艾芜为流浪文豪之类，但这种更多带有个人偏好的定位，究竟难以抹平学界整体上评价的落差。这些是事实；另一方面，艾芜的作品依然在出版，读者还在阅读，影视制片人愿意在艾芜的作品中寻求灵感，有的当代作家自觉不自觉地在写作中将艾芜的作品当作潜文本，这些也同样是事实。

那么，对于一个当下读者而言，艾芜曾经的写作究竟意义何在？换一个说法，艾芜的写作究竟有何当下意义？

如果用云南、马帮、流浪、写作这样几个关键词进行记忆的搜索，很可能找到这个结果：艾芜。当然，仅仅举出这些关键词以描述艾芜，它的危险性在于：可能窄化了艾芜的写作。但这样做的好处也很明显：这些往往正是艾芜的文字令读者记忆最深刻的地方，甚至可能就是艾芜之为艾芜最重要和最核心的部分。

而在这最核心部分，艾芜的人与文完全融合在一起，难以分辨。可以甚至应该从文学批评的角度做一个区分：哪些是艾芜当年漂泊、行走的真实历史，而哪些仅仅是艾芜作为一个作家可以享有的特权的结果——文学的虚构性叙述，虽然这种区分可以避免在文学理论意义上对作家的误读，但对艾芜的读者而言也很可能成为一种冒犯：对一般读者而言，甚至可能还十分乐于这种难以分辨的混成。不仅是一般读者，即使在一些当代知名作家、艾芜后辈同行的笔下，艾芜的人与文也是纠缠在一起的。这多少有些类似于徐志摩和他的诗歌对于读者的情形——人们对于徐志摩本人，关于他和张幼仪、林徽因、陆小曼的关系，关于他的浪漫情怀，明显远远高于对诗歌文本的热情。

艾芜的读者何以如此执拗于这种倾向，即认为《南行记》等小说集中的"我"就是艾芜本人？

这里不能仅仅站在文学价值的职业性角度，简单地谴责读者的肤浅和含混——因为，除了文学价值的职业性与社会性是两个不同层面的问题，艾芜的写作本身确实存在这种文与人纠结在一起的明显特征。

关于自己的流浪、漂泊，艾芜不仅在小说中写得很多，在散文中也反复提及：

> 我自己，由四川到缅甸，就全用赤脚，走那些难行的云南的山道，而且，在昆明，在仰光，都曾有过缴不出店钱而被赶到街头的苦况的，在理是，不管心情方面或是身体方面，均应该倦于流浪了。但如今一提到漂泊，却仍旧心神向往，觉得那是人生最销魂的事呵。为什么呢？不知道。

"那是人生最销魂的事呵",这是艾芜最难以抛却的心结。

艾芜从来不是一个矫情的作家,甚至,跟一般想象的作家比较起来,艾芜的生平平实得不像作家。他是一个真正意义上的行止无定的漂泊者(不是今天意义上的漂泊者——这个词语现在已经被赋予了更多形而上层面的含义)。艾芜从20世纪20年代中期开始的行止,是本义上的随流飘荡停泊。那流最开初是成都的九眼桥下的水流,随后就更是艾芜的生活之流。他是首先用脚来丈量,然后才用手来书写。一直到了晚年,艾芜应邀为《文化老人话人生》一书撰文时,还如此写道:"年纪大了,睡得少,有时不容易入睡。我就在睡了之后,闭下眼睛,尽量寻找绿色的植物,或者一片青青的麦苗,或者一丛绿色的竹林。这样的风景出现以后,就会有河流或者一片水塘进入梦中。人也就慢慢入睡了。"这段文字背后的潜文本,一定就是那些艾芜曾经走过的川滇、滇缅之间的山山水水以及相关的记忆与写作。

对于漂泊、流浪,大概无人能比艾芜更有资格说得上身心俱疲,但何以依然"心神向往"?艾芜很诚实,他"不知道"。之后,他尝试着回答说:"也许是深沉的苦闷,还深深地压入在我的心头的缘故吧?"他没有继续敞亮这深沉的苦闷究竟是什么。

这的确就是艾芜。他是一个职业作家,一生都在写作(在作家成为他的职业之前,他也主要是靠写作养活自己以及家人),同时也是一个异常沉默的作家,就目前能看到的资料而言,绝少臧否人物,不太愿意用散文的方式言说自己真实的心境——即使言说,言语之间也不难感受那份小心翼翼。

但这并不是问题的全部,甚至可能不是最重要的。

重要的是,他向自己也向读者提出了一个几乎无法回答的问题:我们为什么如此向往着流浪?

每个人都有着"深沉的苦闷",尽管苦闷本身并不相同。正是人人都有的苦闷，使得人们不断地想象甚至向往着另一种生活。安居者渴望着流浪，而流浪者却又寻找着寄托——作为时间中存在的个体生命却又只能选择其中之一，因为没有人能同时在两条路上行走。这"另一种生活"可能是一种没有见过或者少见的奇异经历、天地（就如艾芜笔下西南边陲的景观、人文），也可能是某种尚不熟悉的生存状态（如同钱锺书《围城》的主旨）。

艾芜的写作，尤其是早年有关南行流浪漂泊的文字，就这样击中了读者。边地下层民众包括少数民族的生活状态，一个流浪读书人一路的见识与想象，川滇、滇缅群山中的寂静与寂静的危险，克钦山、马帮、盗马贼、小偷、墨水瓶挂在脖子上的写作……那是另外一个世界、另外一种生活，是生存的万般无奈和极度冒险，不是旅行社组织的旅行。

今天，生活变得越来越职业化和模式化，拐过同样的街道，进入同样的大楼，枯坐在全世界都一样的电脑面前，没有神秘、没有惊诧、没有危险，甚至也没有差异——人在单位，对于江湖这"另一种生活"的渴望来得并非毫无理由。对那些现在真的处于漂泊状态的人，艾芜更会成为他们另外一个时代久远但印象清晰的背影。

也许这就是为什么，读者会如此固执地将艾芜和艾芜笔下的人物混合在一起的原因。某种程度上说，读者可能不愿意承认他们看到的是文学，而更愿意承认那是生活本身——是艾芜的，也是他们自己的。毕竟是艾芜，最早用现代汉语呈现了漂泊的惬意与困窘、快乐与辛酸。因此，不管目前的生活状态如何，在精神层面，艾芜用自己的行走和书写铺排的这个文字世界，依然有着它的魅力。

也许这就是为什么，艾芜的文字依然在不断出版，且一次次被改编成影视剧。当代作家会深深怀念他和他的文字世界，而各大出版社也乐于把艾芜的作品一次次奉于读者面前。即使在相当专业的职业化场所，在文学学术界，不少研究者还在津津乐道于梅里美小说《卡门》与艾芜的《山峡中》的比较，平行比较其中的卡门和野猫子，这两个无限崇尚自由的女性——不自由，毋宁死。这个时候，艾芜和他的文字，就成了一个符号、一种精神象征，有关另外一个世界，有关自由的行走和表达。

而这些是文学自身价值的社会性所在，也恰恰是过去写作的当下意义。

同时，作为一个作家，艾芜过去和现在都没有——估计将来也不会——大红大紫、声名显赫。他的声音不是喧天的锣鼓，而是山道上马帮的响铃。

那么，是否可以大胆地预言：当文明的绳索越勒越紧，森林中山道上马帮的铃声归于沉寂，而文学史评价中或左或右、忽高忽低的论争失却了意义——艾芜那些有关漂泊流浪的文字，会像云南群山里晴朗夜空中的星星，越来越频繁地敲亮其神秘而无言的召唤；那文字的马帮时有时无的响铃，虽然稀疏但却清越，终将会把阅读者从尘梦中惊醒！

目录

初版本《南行记》序 # 001

人生哲学的一课 # 005

山峡中 # 023

松岭上 # 040

在茅草地 # 053

洋官与鸡 # 063

我诅咒你那么一笑 # 071

我们的友人 # 087

我的爱人 # 096

蝎子寨山道中——由云南的顺宁赴永昌山间 # 101

山中送客记 # 107

瞎子客店 # 117

瘴气的谷	#129
山中牧歌	#134
快活的人	#142
偷马贼	#150
七指人	#156
乌鸦之歌	#161
森林中	#169
我的旅伴	#190
寸大哥	#241
月　夜	#249
安全师	#265
流浪人	#276
私烟贩子	#297
老　段	#307
山　官	#311
后记　追忆120岁的爷爷	#321

初版本《南行记》序

在漂泊的旅途上出卖气力的时候，在昆明红十字会做杂役的时候，在克钦山茅草地扫马粪的时候，……都曾经偷闲写过一些东西，但那目的，只在娱乐自己，所以写后就丢了，散失了，并没有留下的。

至于正正经经提起笔写，作为某个时期日常生活的一部分，而现在也有一两篇存着的，那却是到仰光以后的事了。

初到仰光时，没熟人，又没有钱，而且病了，住在Maung Khine Street（当地华侨叫作五十呎路）的腾越栈内，自然很引起主人的讨厌，——想驱逐我，但并不明显地表示出来。这，大概是念在同国人的面上吧。一天，忽把我从床上拖起来，叫印度车夫送到仰光大医院去，说是那里可以住下养病，并且不要什么钱。同时又把我的全部财产——一包破书和旧衣，好好地包着，叫我随身带去。这突然好起来的举动，使我非常地感激，当登上人力车的时候，眼里竟然含着致谢的泪了。然而到了医院，才是由一位印度医生马马虎虎地诊了一下，就算了，并不容许我住下。于是，只好一路呻吟着，折了回来。但当这位好心肠的印度车夫，扶我走进店门时，老板便挺起肚子出来，塞在门口，马起脸说：

"这里住不下了！"

并挥着他那胖胖的拳头，仿佛硬要进去便会动武似的。

这样，我就算被驱逐了。

在店门前的街沿边上，我就把虚晃晃的身子靠着我的小包袱坐着，静静地闭上了眼睛。

那时，心里没有悲哀，没有愤恨，也没有什么眷念了，只觉得这浮云似的生命就让它浮云也似的消散罢。

这情形，大约是打动了旁人的悲悯吧？一个同店住的云南人，（很惭愧竟忘记他的姓名了。）很熟悉仰光的，就替我想想有没有同省的同乡，好半天才想出了半个；因为这只是祖籍同省，生长却是安徽的缘故。而且，这半个同乡，说起来，还是一位久矣不问事的出家人哩。他看着这样病了的我处在这般的境地，就不管什么出家人不出家人了，便叫黄包车夫一直拖到那里去。自然，他明白，这是一件使人家不愉快的事情，因此，一到那出家人的门前，连我向他致谢的话还没听清楚，就跟车夫一块儿溜开了。

怎么办呢？最后，我只得昏昏懂懂地自家碰了进去。因为那时候，仅是本能地渴望着一块能够安置病体的，而又是没风的地方。

谁肯收留一个陌生人？而这陌生人何况又是病了的呢？当然的，这是需得经过苦苦地哀求哪。同时又因为这位出家人也是仁慈的，便肯让我住了下去。

这位令我终身铭感的，而后来竟做了我的教师的出家人，万慧法师（谢无量的三弟），一让我住下之后，便好好地招呼我。而我在病好了时，就替他买菜，煮饭，扫地……做一些服侍他老人家的事情。但他是位研究梵文的学者，不住庙宇，一个人单过着清苦的教书的生活，那时还养活不起一个仆人，而我又一时找不着出卖气力的地方，当然的，从前已是清苦的生活，现在就不能不一天一天拮据起来了。

大约是看见我一得闲就爱写写吧，他便问我能不能替当地的华人报纸，写点东西去卖，因为好些编辑都是他的朋友，倘如写得并不过分坏的话，当能大量容纳一些。为了要"抵抗"恐慌的生活，我就勉强写了一篇小说，投到《仰光日报》去。编者陈兰星君在未登出之前，听说作者是这么一个的我，便由他私自先给了二十个卢比来。于是，从此开始，我在零售劳力之外，又添上了贩卖脑力的生涯了。

但那时，我对文艺的观念不好：以为这是无足重轻的，也不愿怎样苦苦地去研究。

说到把文艺看重起来，则是同电影接触之后的事了。有一次，在仰光Sule Pagoda Road（当地华侨称为白塔路）的Globe戏院内，看见一张好莱坞的片子。记起来，内容大概是这样的：新闻记者爱一名舞女，在美国经过一些惨痛的波折，都未达到成功。随后舞女到中国卖艺，新闻记者打听得这个消息，便远远地尾音追来。恰碰着辛亥革命之秋，正是中国大乱动的年头，这一对年轻的恋人刚要会在一块儿，互道思念之苦的时候，突然在人间失踪，关进黑暗的狱里去了。然而，事情又凑巧得很，两人居住的囚室，只仅仅隔了一层墙壁，彼此可以听着声音，而且，两人的手只要各从室门的洞上伸了出来，就能够互相热烈地握着。但是，老使他们俩都感着痛苦而又伤心的，便是现已攒在一块了，却还不能面对面地相看一眼！关于犯罪的事实，且单举舞女的来说吧。她在一位清朝大员的府上卖艺，适值当地民军起事，将那大官杀在后花园里，舞女恰来碰见了这样流血的惨剧，人几乎吓昏了。那时，大概又是正当清廷和民军议和的消息传来了吧，民军的领袖便趁此机会，把杀死清朝大员的罪名，轻轻地加在舞女的身上，且要处以大辟的惨刑。

当舞女将要拉出去砍头的那一天，新闻记者似乎买通了看守逃出监狱，便飞奔到电报局去：向美国发出求救的急电。于是，太平洋上的大美国军舰马上乘风破浪地，向中国驰来，且放出飞机，挟着炸弹，飞往求救的地方。正值撕衣上绑的舞女跪在断头台上，让万众参观，给两位屠牛大汉挥刀要砍的时候，大美国的飞机到了，轰然一声，炸弹从空投下。这一来，全戏院的观众，欧洲人、缅甸人、印度人，以至中国人，竟连素来切齿帝国主义的我，也一致噼噼啪啪大拍起手来。而大美帝国主义要把中华民族的卑劣和野蛮 *Telling The World*（这影片的剧名）的勋业，也于此大告成功了。因为，我相信，世界上不了解中国民族的人们，得了这么一个暗示之后，对于帝国主义在中国轰炸的英雄举动，一定是要加以赞美的了。

虽然，从此认清了文艺并不是茶余饭后的消遣品，但要把一生的精力全灌注在——或部分地灌注在那文艺身上，似乎还没有这么打算过。

随后，放逐回国来了。一天，偶然在上海北四川路独行的时候，一头碰见了几年不通消息的好友——沙汀。那时，他虽然尚未动笔创作，但已经苦心自修文艺好几年了，听见我有那么多那么奇的经历，且将过去所熟悉的我的性情加以估量，便劝我无论如何也像他似的致力文艺。并把当时穷迫的我，拉到他的家里住着，使我每天都得安心地无忧无虑地从事研究，写作。又在研究和写作的路上，热心地给了我无穷的指示。记得那些日子的晚上，当我已经倦了，头偏向另一边的时候，他却还更加热烈地说了起来，一面伸出手来，摇动着我的膝头，使我又不得不凝聚精神，重新谈论下去。我自己呢，当然感动得不得不努力了。那时也发下决心，打算把我身经的、看见的、听过的，——一切弱小者被压迫而挣扎起来的悲剧，切切实实地绘了出来，也要像大美帝国主义那些艺术家们一样 *Telling The World* 的。

这本处女作，就艺术上讲，也许是说不上的。但我的决心和努力，总算在开始萌芽了，然而，这嫩弱的芽子，倘使没有朋友从旁灌溉，也绝不会从这荒漠的土中冒出芽尖的，而我自己不知道现在会漂泊到世界上的哪一个角落去了。

一九三三年十一月一日于上海

人生哲学的一课

一　卖草鞋碰了壁

昆明这都市,罩着淡黄的斜阳,伏在峰峦围绕的平原里,仿佛发着寂寞的微笑。

从远山峰里下来的我,右手挟个小小的包袱,在淡黄光霭的向西街道上,茫然地踯躅。

这时正是一九二五年的秋天,——残酷的异乡的秋天。

虽然昨夜在山里人家用完了最后的一文钱,但这一夜的下宿处,总得设法去找的,而那住下去的结果将会怎样,目前是暂时不用想象。

铺面卖茶的一家鸡毛店里,我从容不迫地走了进去。

把包袱寄在柜上,由闪有小聪明眼光的幺㕚①,使着欺负乡下人的脸色,引我到阴暗暗的一间小房里。这里面只放一间床,床上一卷肮脏的铺盖,包着一个白昼睡觉的人,长发两寸的头露在外面。

幺㕚呼喝一声"喂"!

那一卷由白变黄以至于污黑的铺盖,蠕动了几下,伸出一张尖下

---

① 幺㕚:对茶房伙计的称呼。

巴的黄脸，且抬了起来，把两角略现红丝含着眼屎的眼睛，张着，不高兴地望幺厮的脸，又移射着我。

"你们俩一床睡！"幺厮手一举，发出这道照例的命令，去了。

睡的人"唔"的一声，依然倒下，尖下巴的黄脸，没入铺盖卷了。

我无可奈何地在床边坐下。

这同陌生人一床睡的事，于我并不感到诧异。我在云南东部山里漂泊时，好些晚上都得有闻不识者足臭的机会。如今是见惯不惊了。

屋里，比初进去时，明亮些了。

给烟熏黄的粉壁上，客人用木炭写的歪歪斜斜的字，也看得十分清楚。

"出门人未带家眷，到晚上好不惨然，老板娘行个方便，胜过那拜佛朝山。"

这一类的客人放肆的诗句，就并不少。但我一天来已没有吃饭了，实在提不起闲情逸致来，叹赏这些吃饱饭的人所作的好东西。

我得去找点塞肚皮的，但怎样找，却还全不知道，只是本能地要出去找罢了。

我到街上乱走：拖着微微酸痛的腿，如同战线上退下来的兵。

饭馆子小菜下锅的声响，油烟播到街头的浓味，诱出我的舌尖溜向上下唇舐了两舐，虽然我的眼睛早就准备着不朝那挂有牛肉猪肉的铺面瞧。

这时我的欲望并不大，吃三块烧饼，或者一堆干胡豆，尽够了。

我缓缓地顺着街边走，向着那些伙计匆匆忙忙正做面饼的铺面，以及老太婆带着睡眼坐守的小吃摊子，溜着老鹰似的眼睛。喉头不时冒出馋水，又一口一口地吞下去。

叫花子三口吃完一个烧饼的故事，闪电般地掠上我的心头。

是这样：他，一个褴褛的叫花子，饿急了，跳到烧饼摊前，抢着两三个冷硬的烧饼，转身就跑，连忙大口地咬，拼命哽下。等老板捏着擀面棒气呼呼地打来时，他已三口吃完了一个。

这故事在我的心里诱起了两种不同的声音：

一种嘲弄的道："你有三口哽完一个冷烧饼的本事么？"

另一种悲凉的答道："没有！"

嘲弄的更加嘲弄道："没有？那就活该饿！"

……………

吃了饭没钱会账的汉子，给店主人弄来头顶板凳当街示众的事，也回忆起了，地点似乎在成都。不知昆明的老板，对待一个白吃的客人，是采怎样的手段，想来总不是轻易放走的吧。

肚子里时而发着咆哮声，简直是在威逼我。脑里也打算乱来这么一下：做个很气派的风度，拐着八字足走进饭馆，拣一方最尊的座位坐着。带点鼻音叫旁边侍候的伙计来肥肉汤一大碗，干牛肉一大盘，辣椒酱一小碟。……舒舒服服地饱吃一顿。

然而，料到那饭后不轻的处罚可就难受。

只有找点东西卖了。卖东西，就很生问题，包袱还放在柜上，要当老板面前取出东西卖，似觉不妥，这非晚上再为设法不行。而且，可卖的东西，除了身上的毛蓝布衫子外，包袱里的衣裤都是脏的，有的甚至已脱了一两个纽扣。给老太婆填鞋底，作小孩的垫尿布，倒满有资格，要别人买来穿，那就全不可能。至于书，虽有两三本，可是边角通卷起了，很坏。当然那些残书摊的老头儿看见了，便会摆手不要的。总之，就我的全部所有，变卖不出一文钱来。

一面走，一面思索，脑子简直弄昏了。

直到檐头河也似的天空渐渐转成深蓝，都市的大街全换上了辉煌的新装时，我才转回店里。

店老板的一家人正在吃着饭。我连忙背着灯光，又吞了几口馋水。

托词取得了包袱之后,拿到小旁间里打开看。这一晚要同我一床睡的黄脸尖下巴人,早已溜出去了。包袱里找得一双精致的草鞋,细绒绳作的绊结,满新的。

我由成都到昆明,这一个多月的山路,全凭两只赤裸裸的足板走。因为着布鞋,鞋容易烂,经济上划算不来。着草鞋,倒是便易,但会磨烂足皮,走路更痛得难忍。因此,由昭通买好的一双草鞋,就躲在我包袱里,跟我走了两三千里的路。这在当时是可以带也可以丢弃的东西,料不到如今会成了我的一份不小的财产。拿到十字街头去拍卖吧,马上心里快活起来了。

草鞋塞在裤裆里,满有生气地,又像做贼一般,逡出店外。在街灯照不到的地方,看看两头没有警察的影子,便忙从裤裆里取了出来摆出做生意人的正经嘴脸,把货拿到灯光灿烂的街上,去找主顾。

立刻想着,这该怎样措辞,才使人家看不出我是仅仅拍卖一双,价钱上不致折本呢。

这简直是一般的原则:货在商人店里,贵得如同宝贝,真是言不二价的;等落到你我手中,而要拍卖的时候,虽然你并不曾用过,但那价钱就照例减少一半。这双草鞋,由我的手托到街头标卖,准于亏本了,还说什么呢?然而,我不能听其得着自然结下的局面,我得弄点小聪明,就是装假也不要紧。真的,为了必须生下去的事情,连贼也要作的,只要是,逼得非饿死不可的时候。围绕我们的社会,根本就容不下一个处处露本来面目的好人。真诚的好人也可以生活的话,那须要另一个新的天地了。假如我一进店时,就向店老板申明,来的我正饥饿着,店账毫没把握,那我真要睡在街边吃警察的棒了。

依据这生存的哲理,我就向小贩摊边休息着的黄包车夫叫,一面伸出拿草鞋的手。

"喂,你们要草鞋么?新从昭通带来一挑,这是一双样子,看!

要不要？"

　　黄包车夫一个个把草鞋接递着，在小贩摊边的臭油灯下，摩挲着瞧。我背着手，像个有经验的老板样，观察着顾主们的神色。

　　一个喜爱地说："这太贵了！"

　　一个摆摆短髭的下巴道："不经穿哪！"

　　一个悠然自足地说："还是穿我们的麻打草鞋好！"

　　这行市，实在太坏，我有点着急了。忽然那卖花生胡豆的小贩，问我的价："一双多少钱？"

　　"你要买几双？"做得真像卖过几百双草鞋似的样子问："多，价钱就让一点。只买一双，就要四百文！"我就是照这个价钱买的，并不心狠，本想喊高一点，又怕失去这位好主顾。

　　"吓，再添一点钱，就得买一双布鞋了！哪有这样贵？"小贩就装着不看货了，另把眼光射到摊子上，似乎在默数花生胡豆的堆数。

　　我抓着草鞋给他看，说："看，这是昭通草鞋哪！"其实昭通草鞋之所以特别于昆明的，我一点也不知道，只是装成像行家也似的在说话。

　　"不管你什么昭通来的，草鞋总是草鞋，不像蛋会变鸡嘞！"小贩微微地歪着嘴讥讽我起来了。

　　我的脸，不知怎的，登时红了，气忿忿地拿着草鞋就走。

　　"两百文！卖吗？"他突然还我一个价钱。

　　"三百五！"我掉头答，足放松一点。

　　"一个添，一个让，二百五。"一个黄包车夫打总成。

　　"就是他说的好了！"小贩高声叫着我，我站住了。

　　"三百！一个也不少！"坚持我的价钱。

　　"去你的！不要了。"

　　我去走了一大转，找了一大批主顾：黄包车夫，脚夫，小贩，小伙计。像留声机器把话重说了许多次：一挑草鞋……样子一双……买得多就减价。然而，结果糟糕得很，不是还价一百六，就是一百八，仿佛他们都看穿了我是正等着卖了草鞋才吃饭的。

我没有好办法了，就只得仍走回去找这卖花生胡豆的小贩，由二百五的价钱卖出。但他却拿出不摆不吃的嘴脸，鼻子里哼哼地应我。大概我刚才挂的假面孔，已给窘迫的神气撕掉了。因此，落得他目前装腔做样。最后，他才"唔"的一声说："不要！这草鞋不经穿哪！"

这真是碰了一个很响的壁啰，我掉身就跑。

"好！两百，两百！"他又这样抓住了我。

这一声是实际地比一百八多了二十文，而这二十文之于此时此地的我，价值是大到无可比拟。于是我就卖给他了。

酱黄色的铜板（一枚值二十文）由他的手一枚一枚地数放在我的掌上，一共十个。我小心得很，又把铜板一个一个地掷在阶石上，听听有没有哑板子，——这举动，全不像一个贩卖一挑货物的商人了，但我已顾不到这些。

同时侧边的黄包车夫说："呵，两百文一双，那我们也要了。再去拿几双来！"

"不卖了，不卖了！"我有点气。但这气不久就消失了。

如同在袋里放了十个银圆，欢愉在我的唇边颤动。

我走进一家烧饼店，把十个铜板握在左手里，右手伸出去选那大一点的烧饼；一面问着价钱。缠着洋面口袋改成围腰的伙计回答：

"一个铜板一个！"

我想着用当廿的铜板，当然可买两个了。便瞠的一声丢了一个在摊上，两块黄黄的热烧饼便握在我的手里了。正动身要走。

"喂，还要一个铜板！"伙计叫起来了。

"嗯，你说的一个铜板一个饼，是当十的铜板，还是当二十的？"我诧异地问。

"全城都没有当十的铜板了！"伙计的声音已放低，似乎业已悟出我是远乡的人。

再丢下一个铜板之后，对于现存的财产，消失好些乐观了。

我走到灯光暗淡的阶石上坐着，匆忙地大嚼我的烧饼。

昆明初秋的凉意，随着夜的翅子，掠着我的眉梢了。

头一个饼，连我也不明白是怎样哽完了的。第二个，我得慢些嚼。咬了一口，从饼心里溢出来的热香，也已嗅着。越吃越好吃，完了，还渴想要，觉得有点不对。像悭吝老头子警告放浪儿子那样的心情，竟也有了。

终于忍不住，后来又去另一家店里买一个。全部的财产就消耗去十分之三，然而，到底还没有饱。不过，人是恢复元气了。

有了元气的我，就走进夜的都市的腹心，领略异地的新鲜的情调，一面还伸出舌头去舐舐嘴角上的烧饼屑。

滇越铁路这条大动脉，不断地注射着法国血，英国血……把这原是村姑娘面孔的山国都市，出落成一个标致的摩登小姐了。在她的怀中，正孕育着不同的胎儿：从洋货店里出来的肉圆子，踏着人力车上的铃子，喤啷喤啷地驰在花岗石砌成的街上，朝每夜觅得欢乐的地方去。那些对着辉煌的酒店，热闹的饭馆，投着饥饿眼光的人，街头巷尾随处都可以遇着。卖面包的黑衣安南人，叫着"洋巴巴"的云南声调，寂寞地走在人丛中，不时幌在眼前，又立即消失。

拥有七个铜板的财产，在各街闲游，仿佛我还不算得怎样地不幸福了。

夜深回去。这要同我一床睡的人，悄然地坐在床边吸烟。他对我投一个温和的眼光；同时一支烟，很有礼貌地送在我的手头。我望见他递给烟枝的手颈，密散着黑顶的红点，登时使我怕起来了。"呵呀，今晚要同一个生疥疮①的人睡，怎了得！"这由心弹出的声音，幸好忍在唇边了，我才得仍然有礼貌地把烟枝退还。当他偶然抓抓身上的时候，我周身的皮子也忽地发着痒了。我不得不去找老板另换房间，他却白着眼睛给我一个干脆的拒绝。

同我睡的伙伴，是终夜醒着，不住地抓他的腿，抓他的背，抓他的肚皮，抓他的足板……

我憎恶着，恐惧着，昏昏迷迷地度了一个不舒服的初秋之夜。

二　拉黄包车也不成

走到黄包车行的门前，就把腰杆伸直，拿出一点尚武精神来：总之，要在车行老板的面前，给他一个并非病弱的印象。同时，觉得自己也有九分把握，两只足干，只要拉起裤脚给他看，包会认为满意的。在学校的期间，我爱踢足球，近来又几乎走了两个月的山路，足腿实在发育得很健全的。

见着戴瓜皮帽的经理，向他用委婉的语气说明来意之后，便又急促地问了一句：

"我这样的身体，也可以拉黄包车吗？"

"怎么不可以？你来拉最合适了！"他发出鼻子壅塞的涩音，咳呛了一下，吐了一口痰，"十四五岁的孩子，五十多岁的老头儿，都还拉车在街上跑哩！"

---

① 疳疮：疥疮。

我起初担忧着我的病色的脸，会生出别的问题。如果他斜着白眼说"你不行"，我的手就预备着拉起裤脚，亮出足腿，作最后争辩的保证的。料不到结果如此之佳，自然，心里就很快乐。

"你认识街道吗？这倒很——"涨红了脸，又咳呛了几下，"很要紧的！"

这确实是一个不小的难题，使我有点费神解答了，"我街道……"突然增加了勇气，"认识的。"

"真的吗？"见我回答得似很勉强，自然怀疑了。

"不认识街道，我敢拉车吗。"饥饿的威胁，逼我一直勇敢下去。

"对！那就很好！"他取出属于账簿那类的庞大的书。提起笔，把我报告给他的姓名年龄籍贯，全录了上去。随即眼里射出一线狡猾的光芒，十分郑重地说：

"车租一天一元哪！"擤了一下清鼻涕；粘在两根指头上的滑腻东西，就从容地揩在他坐的椅子下面，"这也不打紧，多跑几条街，什么钱都赚回来了。还有，客人给你车钱，不管他够不够，你都伸着手说：'先生，添一点！'我告诉你，这就是找钱的法宝！"

"车租可以少点么？"这一天一元的租钱，确实吓着了我。

"这是一定的规矩，你不拉，算了！"

"好，我拉！我拉！"要把走到绝路的生命延续下去，目前的敲诈和苛待，就暂时全不管了。

"呵，谁保你？是那一家铺子！"他在胜利之后，得意地问。

"呵，我没有铺保哪！"我有点惊惶了。

"哼，铺保也没有找着，就来拉车么？小伙子你怎么不先打听打听哪？"

"实在找不着铺保，没法哪！"窘迫地回答他。

"什么？什么？找不着铺保！"眼睛立刻睁得大大的，很诧异，一定在脑里把我推测成一个歹人吧？他涨红了脸，咳呛了几下，"去你的！去你的！"急摆手，头转向另一边。

  我微愠地退了出去。门外初秋早上的阳光，抹在我颓然的脸上。市声在一碧无云的天空下面，轰轰地散播着，但一种莫明其妙的寂寞，却卷睡在我的心里。我伸手进衣袋里，昨天剩下的七个铜板的财产，依然存在，刚才由那壅塞鼻音给我的悲观，就减少些了。只要有炭来添，我这个火车头，是不怕一天到晚都跑的。找百回事，总要碰着一件吧，我是抱这样不灰颓的心情了。

  虽像无目的地在每一条街上乱走，但我的眼睛总愿意在不知不觉的时候看见有可以觅得工作的地方。这时，我是无所选择的了，只要有安身之处，有饭吃，不管是什么工作，不管有没有工资，都得干了。

  本来我在成都想读书而没法继续进学堂的时候，就计划在中国的大都市漂泊，最好能找着每天还有剩余时间来读书的工作的，于今不但全成了泡影，而且连变牛变马的工作也找不着，但这并不使我丧失了毅力，不过处世须要奋斗的意义，如今却深切地烙在我每一条记忆的神经线上了。

  走到城隍庙街，依往昔在成都的脾气，我是要到那些新书店里，翻翻架上的新书，消磨半个钟头的。但在这时的我，却自觉有点羞惭，因为凭着买书的资格，而在书店里随意翻书的好时光，于我已全成过去的了。如今，我只要一走进店里，准于我的手，我的足，是被许多人的眼睛，监视着，憎恶着哩。

  在这条街漫步徘徊，忽然发现了通俗阅报社的招牌，挂在商业场的楼上，打算进去休息，同时还想给脑筋一点粮食，就完全不顾及由污旧衣衫表现出的身份了。

  一间临街的小楼屋做的阅报室，没个人在里面，看守的又似乎出街去了。只是桌上放些杂志，放些书，放些报纸。窗上射进一两线阳光，满室都浮着通明的微笑。这安适的小天地，正合我的意，正能寄托我彷徨的心。如果我是这阅报室的看守人，多么好呵！每天一定的工作，大致是扫地板，拭桌椅，整理杂志，挟好新旧的报吧？这，我一定会做得有条有理，而且得着阅者的称赞的。其余的时间，得让我像一个阅者似的自由看书。工钱没有也可以，如有两块钱做零用，那就更好。拿着新杂志，看看封面，看看题名，全无心管它的内容，当指头在翻动的时候，心里只是幻想些暂时安定的甜蜜的梦。

后来，又翻看报，华安机器厂招收学徒的大字广告，跳到我的眼里来了，地点说是南门外商埠里，——那儿是滇越铁路的终点。目前待遇学徒以及将来成了匠人的好处，诱惑地讲了好些；详细的章程，须到厂里办事处去取，在那上面似乎就把好处形容得更其尽致。这是一线生机，我记好街名厂名，就去了。

由商业场到南门外的商埠，只不过二三里路，却因街道不熟，东问一个老头子，西问一个小孩儿，走了好些冤枉路，到了机器厂的屋檐下时，我在秋阳下的影子已缩成一堆，蹲在我的足下了。厂里刚放了工，黑烟筒下的铅板屋顶，还有放哨后的白色水蒸气，淡淡地遗留着。在机器厂前贴了一张招收学徒的章程，我就站着看，用不着再进去取一份了。上面说：学徒进厂后，食宿均由厂方供给，自然这使我非常满意。但说到三年才得满师，就令我有点作难了。然而，一转念，不要紧，住三四个月或者一年半载就跳槽吧。另一条，满了师后，须替该厂服务。这倒用不着挂虑，未学完，我已跑得天远地远了，你要用条件来限制我，由你剥削吗？那是在做梦。一面看，一面就斜眼看见厂门内那两桌的人——大概是些技师吧，正在饮酒吃饭，欢快得很。声音和容貌，全是些安南人，那饮酒的惯例，就同中国人大有分别，一大碗酒放在许多菜碗的中间，在座的人就用调羹掬来饮，倒特有风致。同时，我的食欲，不消说也被骚动的了。我想，等我进去做学徒时,一定要吃个饱饱的。然而目前只能尽量地咽下一大口馋水了。继续再注意向壁上看下去,又一条说,须有殷实的铺保——有鬼有鬼,我低声连叫几下。这还不算可恶,跟着来的,且要三十两银子的保证金呢。真够气煞人!为什么不在广告上讲个明白,叫我冤枉跑了大半天,流了一身汗,才触这霉头呢?你这狗厂主,作弄老子。两个拳头一捏,想干他一顿,然而,除了面前脏污的硬墙壁而外,全没有可打的东西。那该痛打一顿始足以消我的气的厂主,现在大概正从温软的被窝里跁了出来,躺在另一张华丽的床上,惬意烧着鸦片烟吧?

装着一肚皮的气,又开始无目的地向没有希望的地方走去。人是有点疲倦,感觉得十分饿了。花去两个铜板,买点东西马马虎虎地吃了之后,觉得这两次小小的挫折,也算不得什么一回事。我的肌肉,还没有倒在尘埃里给野狗拖扯蚂蚁嘬食的时候,我总得挣扎下去,奋斗下去的。不过七个铜板的财产,只剩下了五个,倒是一件担心的事情。无论你怎样的乐观,五个铜板总是五个铜板,不会添多,只会减少的。

下午的照着秋阳的街上,我拖着影子不息地走着。无意识中忽又碰着救急的地方,这地方的门口挂着职业介绍所的招牌,我就不管三七二十一地碰了进去。这时,我的心里早已制造出应付环境的诡计了。

一个半老年纪的职员,猫儿似的正在打盹,给我的足声惊动了,揉着眼睛,懒洋洋地听我的问询。

最后我说:"写字挂账①,这我会的。给人家跑街挑水扫地,也都愿意。老实说,先生,我不论什么事都可以做。"

他打了个满意称心的哈欠之后,皱皱眉,望望我,便取一本厚册

---

① 挂账:记账。

来，二指伸在唇边抹了一点唾沫，就开始一页一页地翻着，忽然在某一页上触了灵机似的，就把眼睛移射着我，问：

"你会做厨子么？"

"会的，会的。"我满口承允了。在云南东部的山里，那一带的客店，很异样，都是卖米不卖饭，须由你走疲倦了的客人自己煮饭炒菜的，因此，厨子的本领我是粗具一点点，不过不精熟，而且手艺也不齐全。这时，我大胆而冒昧的承允，全是逼于切肤的饥饿。他就不说什么了，便照例问我姓名年纪，自然又问到铺保，这我已计划好了，很自如地说出："南门外广马街，德盛隆号保。"

"老板姓什么？"他毫不迟疑地问。

"姓张名鸿发。"我答得非常地快，然而心里忍不住想发笑。字写完了，他顺手拿出一张印有字的条子，交给我，说："叫保人在这里盖个章，就对了。"

我接在手里，就问哪一天上工呢？

"到底会不会？"他伸出两个手指，在稀疏的头发里，近乎瘙痒那样地抓，也许是帮他考虑的，"小伙子，不要去了才丢人。连介绍人也难为情的。"

"怎么不会，不会还敢答允吗？"我的态度表示得十分坚决，但心里却不免起着恐慌。

"这是罗家公馆请的哪！"他的眼光逼射着我说，"工钱是很多的，就是要你会烧烤鸡鸭。还有他家的大老爷大太太，爱吃燕窝鱼翅，这也要你会做。我看，你们手艺人倒满不在乎，蛮高兴做这些的。我怕你年轻点，烧烤煎炒这类经验不多，做出来难免味道不合的。"又戟起手指在头发里戳了一会，慢慢地又说："还有点为难，就是好多厨子，去做了几天都不干了。罗家的老爷太太大少爷大少奶奶，他们晚上都要烧鸦片烟，烧到半夜后两三点多钟，就要叫你起来做点心消夜。小伙子,你勤快一点,就好了,工钱是不会少你的!"

"半夜三更,我倒不能起来服侍老爷太太的!对不起!"我很气愤,同时又感到滑稽,就顺口吹吹牛,出出胸中的恶气,"从前我在过好多大馆子,烧烤过无数的鸡鸭,说到做鱼翅燕窝,简直是我的拿手好戏。至于半夜起来服侍太太老爷,那倒从来没有过!"

"唉,这样不对哪!"起初是他冷酷地盘问我,现在倒反给我顽梗的态度窘着了。"有钱人,你得好好地服侍,自然会有好处的。难怪你有这样一副好手艺,弄到找不着事做,全是你的脾气不好哪!年轻人,听我劝吧!"

"硬没有办法啰!我天生就不能好好地侍候有钱人的。老先生,另找一件事情吧!"

"你不去做厨子,那是没有另外的工作了。你不知道,年轻人,现在的乡下人都挤到城里来,好像城里的街上,随地都可以捡着宝贝似的。每天都有些人来,上午便忙得不得了。许多人都只是报个名等工作哪。"他说到这里,便感慨系之矣似的叹一声:"城里哪有许多的工作等人做呢!唉!"

"对不起,打扰你了!"我懊丧地走了出去。门外向暮的秋风,扬着街上的灰尘,扑着眉宇,人是感觉更不舒服了。

一天的奔波,失望和饥饿,到这时,不能不感到愤怒了,重重地骂了几句粗话之后,便把手里拿着叫王八蛋来盖章的单子,扯得粉碎,片片纸花就随着街上的秋风,飘飘飞去。

在秋风里,一面缓缓地走,就一面深深地,痛切地觉着:这样的世界,无论如何,须要弄来翻个身了。

三　鞋子又给人偷去了

在这离开故乡四五千里的陌生都市里，我像被人类抛弃的垃圾一样了。成天就只同饥饿做了朋友，在各街各巷寂寞地巡游。我心里没有悲哀，眼中也没有泪。只是每一条骨髓中，每一根血管里，每一颗细胞内，都燃烧着一个原始的单纯的念头：我要活下去！就是有时饥饿把人弄到头昏脑涨浑身发出虚汗的那一刻儿，昏黑的眼前，恍惚间看见了自己的生命，仿佛檐头一根软弱的蛛丝，快要给向晚的秋风吹断了的光景，我也这样强烈地想着：至少我得明天，看见鲜朗的太阳，晴美的秋空的。

工作找不到手，食物找不到口，就只得让饥饿侵蚀自己的肌肉，让饥饿吮吸自己的血液了，不过这究竟还能够把生命支持到某些时候的。然而，当前最痛切而要立刻解决的问题，却是夜来躲避秋风和白露的地方了。早上走出店子和晚上进去，一看见店主人那样不高兴的脸色，伙计们那样带嘲带讽的恶声，虽然可以勉强地厚着脸皮，但心里总有着说不出的万千委屈。夜里给那生着疥疮的同伴弄得不能入睡的时候，脑里就爬着许多的缥缈的幻想，连千年前被店主人逼迫的秦叔宝拉着黄骠马在街道上拍卖的悲惨事情，也热烈地艳羡过来：想着有一匹马来卖，那多好呀！比如隔壁房间内有人拉胡琴唱欢乐的小曲，我就会不知不觉神往地小声唱起来："店主东，你不要吵来不要骂，待咱牵出黄骠马，……"但是越唱越感到自己的空虚，心，便会暗暗地给深沉的悲切侵袭着，围困着了。

在店里住到第五天的晚上，我被幺斯引到另一间更黑暗更肮脏的屋里，介绍给另一个陌生人同睡的时候，我就忍不住问及和我往天晚上一块儿睡觉的那个同伴了。因为我虽是讨厌他一身癞蛤蟆似的疥疮，但我却忘不了他那待人和善而有礼貌的样子。

"没店钱，赶出店外去了！"幺厮这样粗声粗气地回答，语势里藏着威胁和狞笑。

我打了个寒噤，说不出什么话来，只是这样地想：可怜他还是可怜我呢？我知道，我不久也会给人赶到街头去的。掉转身，望着小窗外的黑夜，——一个广漠的冷酷的昆明的黑夜。

这位新同伴呢，睡在床上，脸朝着壁头，在半明半暗的灯光下面，看不出他是一个怎样的人来，而我的心里早就制造出这样的公式："同是天涯沦落人，相睡何必曾相识。"也就无须乎详细的观察和询问。我只是默默地依窗站着，望着无边黑暗闪着小星点的秋空，追想那给店主人赶在街头的旧同伴，这一夜不知蹲在那儿，含着眼泪，痛苦地搔着他身上发痒的疮疤呢？他的身世，我可不知道，只在夜里听见他一面搔痒一面这样愤激地说过："家乡活不下了，才来到省城的，哪知道省城还是活不下去呢。"就只是知道这一点子，然而这一点也尽够一个沦落人的注解了，所以我也就不曾追问，而且我也没有追问别人身世的好心绪的。但这时我整个的心却为被赶的他悲哀了。仿佛我已看见他荒凉不堪的家乡，在斜阳中躺着无数烧毁的破屋，没有一缕黄昏的炊烟，只有一队乱鸦，在空中飞鸣一会，散到远处去了。……

"老兄，吹灯睡了吧！"床上睡的那人，看着我尽是那样默默地站着，便忍不住这样说了。这一声，骤然打散了我心中的幻象，同时还觉得他的语气很是柔和，亲切，就无心地向他道：

"你老兄可也是来省城找事做的么？"

"不，我明天是要到外县去！"好像听着我这样的问询有着憎恶似的，便用这样硬的话来搪塞。等我吹了灯上床睡的时候，他才深深地叹了一声："这年头儿有什么事可做呢？"

安慰的话，对他是没用处的，而我也说不出安慰的话来。于是两人静静地躺着，不作一声。秋夜的黑暗，把我们深深地掩埋着了。

一股汗足臭的气味，不时钻进我的鼻子，在平时是会使人发着呕吐的。但在这一夜却并不感到讨厌和憎恶，我只深切地体味到这足臭的主人有着辛苦的奔波，惨痛的劳碌，和伤心的失望哩。

第二天早上醒来，约摸九点钟的光景，发现昨夜同睡的伴侣和我的一双旧鞋子，通不见了。没有鞋子穿，我十分地懊恼，但对于偷去鞋子的人，我并没有起着怎样的痛恨和诅咒。因为连一双快要破烂的鞋子也要偷去，则那人的可怜处境，是不能不勾起我的加倍的同情的。然而，我看着一双赤裸裸的足板，终于生气了，冒火了。我气冲冲地走到账房去，用着顽强的态度和咆哮的声音，同老板吵闹起来，把四五天来他给我的气闷，通通还给他了。我不管他辩护的话，只觉得在他的屋里掉了东西，做主人的他，是应该首先负这责任的。于是吵闹，吵闹，不息地吵闹。

老板到底屈服了，就赔我一双半新的鞋子，鞋面是黑色哔叽做的，自然比我的旧布鞋子漂亮得多。我便马上感觉到偷我鞋子的朋友倒替我做了一件不无利益的生意。但在老板交鞋子给我的时候，却严厉而愤怒地告诫，也许可以说是等于责骂吧，因为他的眼睛睁得很大，仿佛快要爆出火花的光景。他说："限你今夜清算店账，不……"气得说不出了。

"好的。"虽然我是回答得很不软弱，但心里却有点失悔我的吵闹，太过于凶悍了。然而想到早迟都要给他赶到店外的，捉到一个可以难他的机会的时候，客气的和平那是用不着的了。

赔偿的漂亮鞋子，诚然是出乎意料的收获，但等我朝足上一比的时候，才知道这鞋子比我的足短了一寸。以为我是胜利了的，看来还是失败了。没有别的方法可想，只有把这双短小的鞋子无可如何地套在足上。于是,在这山国的都市上又凭空添上了一个拖着倒跟鞋子的流浪青年,而我在街头走路的样子也就更加狼狈更加滑稽了。但这些,我全顾不到。我只是一面拐出店外,一面就盘算:在这一夜应该在那儿寻得一块遮蔽秋风秋雨的地方。

同时我想:就是这个社会不容我立足的时候,我也要钢铁一般顽强地生存!

山峡中

江上横着铁链作成的索桥,巨蟒似的,现出顽强古怪的样子,终于渐渐吞噬在夜色中了。

桥下凶恶的江水,在黑暗中奔腾着,咆哮着,发怒地冲打崖石,激起吓人的巨响。

两岸蛮野的山峰,好像也在怕着脚下的奔流,无法避开一样,都把头尽量地躲入疏星寥落的空际。

夏天的山中之夜,阴郁,寒冷,怕人。

桥头的神祠,破败而荒凉的,显然已给人类忘记了,遗弃了,孤零零地躺着,只有山风江流送着它的余年。

我们这几个被世界抛却的人们,到晚上的时候,趁着月色星光,就从远山那边的市集里,悄悄地爬了下来,进去和残废的神们一块儿住着,作为暂时的自由之家。

黄黑斑驳的神龛面前,烧着一堆煮饭的野火,跳起熊熊的红光,就把伸手取暖的阴影鲜明地绘在火堆的周遭。上面金衣剥落的江神,虽也在暗淡的红色光影中,显出一足踏着龙头的悲壮样子,但人一看见那只扬起的握剑的手,是那么地残破,危危欲坠了,谁也要怜惜他这位末路英雄的。锅盖的四围,呼呼地冒出白色的蒸气,咸肉的香味和着松柴的芬芳,一时到处弥漫起来。这是宜于哼小曲吹口哨的悠闲时候，但大家都是静默地坐着，只在暖暖手。

另一边角落里，燃着一节残缺的蜡烛，摇曳地吐出微黄的光辉，展画出另一个暗淡的世界。没头的土地菩萨侧边，躺着小黑牛，污腻的上身完全裸露出来，正无力地呻唤着，衣和裤上的血迹，有的干了，有的还是湿渍渍的。夜白飞就坐在旁边，给他揉着腰杆，擦着背，一发现重伤的地方，便惊讶地喊：

"呵呀，这一处！"

接着咒骂起来：

"他妈的！这地方的人，真毒！老子走尽天下，也没碰见过这些吃人的东西！……这里的江水也可恶，像今晚要把我们冲走一样！"

夜愈静寂，江水也愈吼得厉害，地和屋宇和神龛都在震颤起来。

"小伙子，我告诉你，这算什么呢？对待我们更要残酷的人，天底下还多哩，……苍蝇一样的多哩！"

这是老头子不高兴的声音，由那薄暗的地方送来，仿佛在责备着，"你为什么要大惊小怪哪。"他躺在一张破烂虎皮的毯子上面，样子却望不清楚，只是铁烟管上的旱烟现出一明一暗的红焰。复又吐出教训的话语：

"我么？人老了，拳头棍棒可就挨得不少。……想想看，吃我们这行饭，不怕挨打就是本钱哪！……没本钱怎么做生意呢？"

在这边烤火的鬼冬哥把手一张，脑袋一仰，就大声插嘴过去，一半是讨老人的好，一半是夸自己的狠。

"是呀，要活下去。我们这批人打断腿子倒是常有的事情，……你们看，像那回在鸡街，鼻血打出了，牙齿打脱了，腰杆也差不多伸不起来，我回来的时候，不是还在笑吗……"

"对哪！"老头子高兴地坐了起来，"还有，小黑牛就是太笨了，嘴巴又不会扯谎，有些事情一说就说脱了的，像今天，你说，也掉东西,谁还拉着你哩,……只晓得说'不是我,不是我',就是这一句,人家怎不搜你身上呢?……不怕挨打,也好嘛?……呻唤,呻唤,尽是呻唤!"

我虽是没有就着火光看书了,但却仍旧把书拿在手里的。鬼冬哥得了老头子的赞许,就动手动足起来,一把抓着我的书喊道:

"看什么?书上的废话,有什么用呢?一个钱也不值,……烧起来还当不得这一根干柴……听,老人家在讲我们的学问哪!"

一面就把一根干柴,送进火里。

老头子在砖上叩去了铁烟管上的余烬,很矜持地说道:

"我们的学问,没有写在纸上,……写来给傻子读么?……第一……一句话,就是不怕和扯谎!……第二……我们的学问,哈哈哈。"

似乎一下子觉出了我才同他合伙没多久,便用笑声掩饰着更深一层的话了。

"烧了吧,烧了吧,你这本傻子才肯读的书!"

鬼冬哥作势要把书抛进火里去,我忙抢着喊:

"不行!不行!"

侧边的人就叫了起来:

"锅碰倒了!锅碰倒了!"

"同你的书一块去跳江吧!"

鬼冬哥笑着把书丢给了我。

老头子轻徐地向我说道:

"你高兴同我们一道走,还带那些书做什么呢。……那是没用的,小时候我也读过一两本。"

"用处是不大的,不过闲着的时候,看看罢了,像你老人家无事的时候吸烟一样。……"

我不愿同老头子引起争论,因为就有再好的理由也说不服他这顽强的人的,所以便这样客气地答复他。他得意地笑了,笑声在黑暗中散播着。至于说到要同他们一道走,我却没有如何决定,只是一路上给生活压来说忿气话的时候,老头子就误以为我真的要入伙了。今天去干的那一件事,无非由于他们的逼迫,凑凑角色罢了,并不是另一个新生活的开始。我打算趁此向老头子说明,也许不多几天,就要独自走我的,但却给小黑牛突然一阵猛烈的呻唤打断了。

大家皱着眉头沉默着。

在这些时候,不息地打着桥头的江涛,仿佛要冲进庙来,扫荡一切似的。江风也比往天晚上大些,挟着尘沙,一阵阵地滚入,简直要连人连锅连火吹走一样。

残烛熄灭,火堆也闷着烟,全世界的光明,统给风带走了,一切重返于无涯的黑暗。只有小黑牛穷苦的呻吟,还表示出了我们悲惨生活的存在。

野老鸦拨着火堆,尖起嘴巴吹,闪闪的红光依旧喜悦地跳起,周遭不好看的脸子重又画出来了。大家吐了一口舒适的气。野老鸦却是流着眼泪了,因为刚才吹的时候,湿烟熏着了他的眼睛,他伸手揉揉之后,独自悠悠地说:

"今晚的大江,吼得这么大……又凶,……像要吃人的光景哩,该不会出事吧……"

大家仍旧沉默着。外面的山风江涛,不停地咆哮,不停地怒吼,好像诅咒我们的存在似的。

小黑牛突然大声地呻唤,发出痛苦的呓语:

"哎呀,……哎……害了我了……害了我了,……哎呀……哎呀……我不干了!我不……"

替他擦着伤处的夜白飞,点燃了残烛,用一只手挡着风,照映出小黑牛打坏了的身子——正痉挛地做出要翻身不能翻的痛苦光景,就赶快替他往腰部揉一揉，狠狠地抱怨他：

"你在说什么？你……鬼附着你哪！"

同时掉头回去，恐怖地望望黑暗中的老头子。

小黑牛突地翻过身，沙声嘶叫：

"你们不得好死的！你们！……菩萨！菩萨呀！"

已经躺下的老头子突然坐了起来，轻声说道：

"这样吗？……哦……"

忽又生气了，把铁烟管用力地往砖上扣了一下，说：

"菩萨，菩萨，菩萨也同你一样的倒霉！"

交闪在火光上面的眼光，都你望我，我望你地，现出不安的神色。

野老鸦向着黑暗的门外，看了一下，仍旧静静地说：

"今晚的江水实在吼得太大了！……我说嘛……"

"你说，……你一开口，就是吉利的！"

鬼冬哥粗暴地盯了野老鸦一眼，狠狠地咒诅着。

一阵风又从破门框上刮了进来，激起点点红艳的火星，直朝鬼冬哥的身上溅射。他赶快退后几步，向门外黑暗中的风声，扬着拳头骂：

"你进来！你进来！……"

神祠后面的小门一开，白色鲜朗的玻璃灯光和着一位油黑蛋脸的年青姑娘，连同笑声，挤进我们这个暗淡的世界里来了。黑暗，沉闷，和忧郁，都悄悄地躲去。

"喂，懒人们！饭煮得怎样了？……孩子都要饿哭了哩！"

一手提灯，一手抱着一块木头人儿，亲昵地偎在怀里，做出母亲那样高兴的神情。

蹲着暖手的鬼冬哥把头一仰，手一张，高声哗笑起来：

"哈呀，野猫子，……一大半天，我说你在后面做什么？……你原来是在生孩子哪!……"

"呸,我在生你!"

接着"颇"的响了一声。野猫子生气了,眙起原来就是很大的乌黑眼睛,把木人儿打在鬼冬哥的身旁;一下子冲到火堆边上,放下了灯,揭开锅盖,用筷子查看锅里翻腾滚沸的咸肉。白蒙蒙的蒸汽,便在雪亮的灯光中,袅袅地上升着。

鬼冬哥拾起木人儿,做模做样地喊道:

"呵呀,……尿都跌出来了!……好狠毒的妈妈!"

野猫子不说话,只把嘴巴一尖,头颈一伸,向他做个顽皮的鬼脸,就撕着一大块油腻腻的肉,有味地嚼她的。

小骡子用手肘碰碰我,斜起眼睛打趣说:

"今天不是还在替孩子买衣料吗?"

接着大笑起来:

"吓吓,……酒鬼……吓吓,酒鬼。"

鬼冬哥也突地记起了,哗笑着,向我喊:

"该你抱!该你抱!"

就把木人儿递在我的面前。

野猫子将锅盖骤然一盖,抓着木人儿,抓着灯,像风一样蓦地卷开了。

小骡子的眼珠跟着她的身子溜,点点头说:

"活像哪,活像哪,一条野猫子!"

她把灯,木人儿,和她自己,一同蹲在老头子的面前,撒娇地说:

"爷爷,你抱抱!娃儿哭哩!"

老头子正生气地坐着,虎着脸,耳根下的刀痕,绽出红涨的痕迹,不搭理他的女儿。女儿却不怕爸爸的,就把木人儿的蓝色小光头,伸向短短的络腮胡上,顽皮地乱闯着,一面努起小嘴巴,娇声娇气地说：

"抱，嗯，抱，一定要抱！"

"不！"

老头子的牙齿缝里挤出这么一声。

"抱，一定要抱，一定要，一定！"

老头子在各方面，都很顽强的，但对女儿却每一次总是无可奈何地屈服了。接着木人儿，对在鼻子尖上，鼓大眼睛，粗声粗气地打趣道：

"你是哪个的孩子？……喊声外公吧！喊，蠢东西！"

"不给你玩！拿来，拿来！"

野猫子一把抓去了，气得翘起了嘴巴。

老头子却粗暴地哗笑起来。大家都感到了异常的轻松，因为残留在这个小世界里的怒气，这一下子也已完全冰消了。

我只把眼光放在书上，心里却另外浮起了今天那一件新鲜而有趣的事情。

早上，他们叫我装做农家小子，拿着一根长烟袋，野猫子扮成农家小媳妇，提着一只小竹篮，同到远山那边的市集里，假作去买东西。他们呢，两个三个地，远远尾在我们的后面，也装作忙忙赶市的样子。往日我只是留着守东西，从不曾伙他们去干的，今天机会一到，便逼着扮演一位不重要的角色，可笑而好玩地登台了。

山中的市集，也很热闹的，拥挤着许多远地来的庄稼人。野猫子同我走到一家布摊子的面前，她就把竹篮子套在手腕上，乱翻起摊子上的布来，选着条纹花的说不好，选着棋盘格的也说不好，惹得老板也感到烦厌了。最后她扯出一匹蓝底白色的印花布，喜滋滋地叫道：

"呵呀，这才好看哪！"

随即掉转身来，仰起乌溜溜的眼睛，对我说：

"爸爸，……买一件给阿狗穿！"

我简直想笑起来——天呀，她怎样装得这样像！幸好始终板起了面孔，立刻记起了他们教我的话。

"不行，太贵了！……我没那样多的钱花！"

"酒鬼，我晓得！你的钱，是要喝马尿水的！"

同时在我的鼻子尖上，竖起一根示威的指头，点了两点。说完就一下子转过身去，气狠狠地把布丢在摊子上。

于是，两个人就小小地吵起嘴来了。

满以为狡猾的老板总要看我们这幕滑稽剧的，哪知道他才是见惯不惊了，眼睛始终照顾着他的摊子。

野猫子最后赌气说：

"不买了，什么也不买了！"

一面却向对面街边上的货摊子望去。突然做出吃惊的样子，低声地向我也是向着老板喊：

"呀！看，小偷在摸东西哪！"

我一望去，简直吓灰了脸，怎么野猫子会来这一着？在那边干的人不正是夜白飞小黑牛他们吗？

然而，正因为这一着，事情却得手了。后来，小骡子在路上告诉我，就是在这个时候狡猾的老板始把时时刻刻都在提防的眼光引向远去，他才趁势偷去一匹上好的细布的。当时我却不知道，只听得老板幸灾乐祸地袖着手说：

"好呀！好呀！王老三，你也倒霉了！"

我还呆着看，野猫子便揪了我一把，喊道：

"酒鬼，死了么？"

我便跟着她赶快走开，却听着老板在后面冷冷地笑着，说风凉话哩。

"年纪轻轻，就这样的泼辣！咳！"

野猫子掉回头来啐了一口。

……………

"看进去了！看进去了！"

鬼冬哥一面端开炖肉的锅，一面打趣着我。

于是，我的回味，便同山风刮着的火烟，一道儿溜走了。

中夜，纷乱的足声和嘈杂的低语，惊醒了我；我没有翻爬起来，只是静静地睡着。像是野猫子吧？走到我所睡的地方，站了一会，小声说道：

"熟睡了，睡熟了。"

我知道一定有什么瞒我的事在发生着了，心里禁不住惊跳起来，但却不敢翻动，只是尖起耳朵凝神地听着。忽然听见夜白飞哀求的声音，在暗黑中颤抖地说着：

"这太残酷了，太，太残酷了……魏大爷，可怜他是……"

尾声低小下去，听着的只是夜深打岸的江涛。

接着老头子发出钢铁一样的高声，斥责着。

"天底下的人，谁可怜过我们？……小伙子，个个都对我们捏着拳头哪！要是心肠软一点，还活得到今天吗？你……哼，你！小伙子，在这里，懦弱的人是不配活的。……他，又知道我们的……咳，那么多！怎好白白放走呢？"

那边角落里躺着的小黑牛，似乎被人抬了起来，一路带着痛苦的呻唤和着杂色的足步，流向神祠的外面去。一时屋里静悄悄的了，简直空洞得十分怕人。

我轻轻地抬起头，朝破壁缝中望去，外面一片清朗的月色，已把山峰的姿影，崖石的面部，和林木的参差，或浓或淡地画了出来，更显着峡壁的阴森和凄郁，比黄昏时候看起来还要怕人些。山脚底，汹涌着一片蓝色的奔流，碰着江中的石礁，不断地在月光中，溅跃起，喷射起，银白的水花。白天，尤其黄昏时候，看起来像是顽强古怪的铁索桥呢，这时却在皎洁的月下，露出妩媚的修影了。

老头子和野猫子站在桥头。影子投在地上。江风掠飞着他们的衣裳。

另外抬着东西的几个阴影，走到索桥的中部，便停了下来。蓦地一个人那么样的形体，很快地，丢下江去。原先就是怒吼着的江涛，却并没有因此激起一点另外的声息，只是一霎时在落下处，跳起了丈多高亮晶晶的水珠，然而也就马上消灭了。

我明白了，小黑牛已经在这世界上，凭借着一只残酷的巨手，完结了他的悲惨的命运了。但他往天那样老实而苦恼的农民样子，却还遗留在我的心里，搅得我一时无法安睡。

他们回来了。大家都是默无一语地，悄然睡下，显见得这件事的结局是不得已的，谁也不高兴做的。

在黑暗中，野老鸦翻了一个身，自言自语地低声说道：

"江水实在吼得太大了！"

没有谁，答一句话，只有庙外的江涛和山风，鼓噪地应和着。

我回忆起小黑牛坐在坡上息气时，常常爱说的那一句话了。

"那多好呀！……那样的山地！……还有那小牛！"

随着他那忧郁的眼睛，瞭望去，一定会在晴明的远山上面，看出点点灰色的茅屋和正在缕缕升起的蓝色轻烟的。同伴们也知道，他是被那远处人家的景色，勾引起深沉的怀乡病了，但却没有谁来安慰他，只是一阵地瞎打趣。

小骡子每次都爱接着他的话说：

"还有那白白胖胖的女人啰！"

另一人插嘴道：

"正在张太爷家里享福哪，吃好穿好的。"

小黑牛呆住了，默默地低下了头。

"鬼东西，总爱提这些！……我们打几盘再走吧，牌喃？牌喃？……谁捡着？"

夜白飞始终袒护着小黑牛，众人知道小黑牛的悲惨故事，也是由他的嘴巴传达出来的。

"又是在想，又是在想！你要回去死在张太爷的拳头下才好的！……同你的山地牛儿一块去死吧！"

鬼冬哥在小黑牛的鼻子尖上，示威似的摇一摇拳头，就抽身到树荫下打纸牌去了。

小黑牛在那个世界里躲开了张太爷的拳击，掉过身来在这个世界里，却仍然又免不了江流的吞食，不禁就由这想起，难道穷苦人的生活本身，便原是悲痛而残酷的么？也许地球上还有另外的光明留给我们的吧？明天我准于要走了。

次晨醒来，只有野猫子和我留着。

破败凋残的神祠，尘灰满积的神龛，吊挂蛛网的屋角，俱如我枯燥的心地一样，是灰色的，暗淡的。

除却时时刻刻都在震人心房的江声而外，在这里简直可以说没有一样东西使人感到兴奋了。

野猫子先我起来，穿着青花布的短衣，大脚统的黑绸裤，独自生着火，炖着开水，悠悠闲闲地坐在火旁边唱着：

江水呵，

慢慢流，

流呀流，

流到东边大海头，……

我一面爬起来扣着衣纽，听着这样的歌声，越发感到岑寂了。便没精打采地问：（其实自己也是知道的。）

"野猫子，他们哪里去了？"

"发财去了！"

接着又唱她的。

　　"那儿呀，没有忧！
　　那儿呀，没有愁！"

她见我不时朝昨夜小黑牛睡的地方瞭望，便打探似的说道：

"小黑牛昨夜可真叫得凶，大家都吵来睡不着。"

一面闪着她乌黑的狡猾的眼睛。

"我没听见。"

打算听她再捏造些什么话，便故意这样地回答。

她便继续说：

"一早就抬他去医伤去了！……他真是个该死的家伙，不是爸爸估着他，说着好，他还不去呢！"

她比着手势，很出色地形容着，好像真有那么一回事一样。

刚在火堆边坐着的我，简直感到愤怒了，便低下头去，用干枝拨着火冷冷地说：

"你的爸爸，太好了，太好了！……可惜我却不能多跟他老人家几天了。"

"你要走了吗？"她吃了一惊，随即生气地骂道："你也想学小黑牛了！"

"也许……不过……"

我一面用干枝画着灰，一面犹豫地说。

"不过什么？不过！……爸爸说的好，懦弱的人，一辈子只有给人踏着过日子的。……伸起腰杆吧！抬起头吧！……羞不羞哪，像小黑牛那样子！"

"你的爸爸，说的话，是对的，做的事，却错了！"

"为什么？"

"你说为什么？……并且昨夜的事情，我通通看见了！"

我说着，冷冷的眼光浮了起来。看见她突然变了脸色，但又一下子恢复了原状，而且狡猾地说着："吓吓，就是为了这才要走吗？你这不中用的！"

马上揭开开水罐子看，气冲冲地骂：

"还不开！还不开！"

蓦地像风一样卷到神殿后面去，一会儿，抱了一抱干柴出来。一面拨大火，一面柔和地说：

"害怕吗？要活下去，怕是不行的。昨夜的事，多着哩，久了就会见惯了的。……是吗？规规矩矩地跟我们吧，……你这阿狗的爹，哈哈哈。"

她狂笑起来，随即抓着昨夜丢下了的木人儿，顽皮地命令我道：

"木头，抱，抱，他哭哩！"

我笑了起来，但却仍然去整顿我的衣衫和书。

"真的要走么？来来来，到后面去！"

她的两条眉峰一竖，眼睛露出恶毒的光芒，看起来，却是又美丽又可怕的。

她比我矮一个头，身子虽是结实，但却总是小小的，一种好奇的冲动作弄着我，于是无意识地笑了一下，便尾着她到后面去了。

她从柴草中抓出一把雪亮的刀来，半张不理地，递给我，斜瞬着狡猾的眼睛，命令道：

"试试看，你砍这棵树！"

我由她摆布，接着刀，照着面前的黄果树，用力砍去，结果只砍了半寸多深。因为使刀的本事，我原是不行的。

"让我来！"

她突地活跃了起来，夺去了刀，做出一个侧面骑马的姿势，很结实地一挥，喳的一刀，便没入树身三四寸的光景，又毫不费力地拔了出来，依旧放在柴草里面，然后气昂昂地走来我的面前，两手插在腰上，微微地噘起嘴巴，笑嘻嘻地嘲弄我：

"你怎么走得脱呢？……你怎么走得脱呢？"

于是，在这无人的山中，我给这位比我小块的野女子，窘住了。正还打算这样地回答她：

"你的爸爸会让我走的！"

但她却忽然抽身跑开了，一面高声唱着，仿佛奏着凯旋一样。

> 这儿呀，……也没有忧，
> 这儿呀，……也没有愁，
> ……
> ……

我慢步走到江边去，无可奈何地徘徊着。

峰尖浸着粉红的朝阳。山半腰，抹着一两条淡淡的白雾。崖头苍翠的树丛，如同洗后一样的鲜绿。峡里面，到处都流溢着清新的晨光。江水仍旧发着声吼，但却没有夜来那样的怕人。清亮的波涛，碰在嶙峋的石上，溅起万朵灿然的银花，宛若江在笑着一样。谁能猜到这样美好的地方，曾经发生过夜来那样可怕的事情呢？

午后，在江流的澎湃中，迸裂出马铃子连击的声响，渐渐强大起来。野猫子和我都感到非常的诧异，赶快跑出去看。久无人行的索桥那面，从崖上转下来一小队人，正由桥上走了过来。为首的一个胖家伙，骑着马，十多个灰衣的小兵，尾在后面。还有两三个行李挑子，和一架坐着女人的滑竿。

"糟了！我们的对头呀！"

野猫子恐慌起来，我却故意喜欢地说道：

"那么，是我的救星了！"

野猫子恨恨地看了我一眼，把嘴唇紧紧地闭着，两只嘴角朝下一弯，傲然地说：

"我还怕么？……爸爸说的，我们原是在刀上过日子哪！迟早总有那么一天的。"

他们一行人来到庙前，便息了下来。老爷和太太坐在石阶上，互相温存地问着。勤务兵似的孩子，赶忙在挑子里面，找寻着温水瓶和毛巾。抬滑竿的伕子，满头都是汗，走下江边去喝江水。兵士们把枪横在地上，从耳上取下香烟缓缓地点燃，吸着。另一个班长似的灰衣汉子，军帽挂在脑后，毛巾缠在颈上，走到我们的面前。枪兜子抵在我的足边，眼睛盯着野猫子，盘问我们是做什么的，从什么地方来，到什么地方去。

野猫子咬着嘴唇，不作声。

我就从容地回答他，说我们是山那边的人，今天从丈母家回来，在此息息气的。同时催促野猫子说：

"我们走吧！——阿狗怕在家里哭哩！"

"是呀，我很担心的。……唉，我的足怪疼哩！"

野猫子做出焦眉愁眼的样子，一面就摸着她的足，叹气。

"那就再息一会吧。"

我们便开始讲起山那边家中的牛马和鸡鸭，竭力做出一对庄稼人的应有的风度。

他们息一会，就忙着赶路走了。

野猫子欢喜得直是跳，抓着我喊：

"你怎么不叫他们抓我呢？怎么不呢？怎么不呢？"

她静下来叹一口气，说：

"我倒打算杀你哩；咳，我以为你是恨我们的。……我还想杀了你，好在他们面前显显本事。……先前，我还不曾单独杀过一个人哩。"

我静静地笑着说：

"那么，现在还可以杀哩。"

"不，我现在为什么要杀你呢？……"

"那么，规规矩矩地让我走吧！"

"不！你得让爸爸好好地教导一下子！……往后再吃几个人血馒头就好了！"

她坚决地吐出这话之后，就重又唱着她那常常在哼的歌曲，我的话，我的祈求，全不理睬了。

于是，我只好待着黄昏的到来，抑郁地。

晚上，他们回来了，带着那么多的"财喜"，看情形，显然是完全胜利，而且不像昨天那样小干的了。老头子喝得泥醉，由鬼冬哥的背上放下，便呼呼地睡着。原来大家因为今天事事得手，就都在半路上的山家酒店里，喝过庆贺的酒了。

夜深都睡得很熟，神殿上交响着鼻息的鼾声。我却不能安睡下去，便在江流激湍中，思索着明天怎样对付老头子的话语，同时也打算趁此夜深人静，悄悄地离开此地。但一想到山中不熟悉的路径，和夜间出游的野物，便又只好等待天明了。

大约将近天明的时候，我才昏昏地沉入梦中。醒来时，已快近午，发现出同伴们都已不见了，空空洞洞的破残神祠里，只我一人独自留着。江涛仍旧热心地打着崖石，不过比往天却显得单调些，寂寞些了。

我想着，这大概是我昨晚独自儿在这里过夜，做了一场荒诞不经的梦，今朝从梦中醒来，才有点感觉异常吧。

但看见躺在砖地上的灰堆，灰堆旁边的木人儿，与乎留在我书里的三块银圆时，烟霭也似的遐思和怅惘，便在我岑寂的心上，缕缕地升起来了。

一九三三年冬

松岭上

在岭上的山家店里,同一位白头发的老人,吃了一顿丰富的晚饭,揩了揩嘴巴,便说一声:

"谢谢你,大爹!"

就在淡黄光辉的油灯下面,坐在松木桌子的面前,开始上工了。

外面刮着很大的山风,——云南西部特有的山风,板壁和门一阵阵地碰得发响。四山里,远远近近都在起着松涛的咆哮,山中店子一时竟仿佛变成海边的渔家了。但屋里的小小世界,却是安静的,温暖的。

墙角落里,燃着枯干的松枝,炖有茶叶的开水罐子,便在火上哼出低声的歌曲。留有旅人漫画的壁上,映着一片怡悦的红色光影,正在高兴地、轻盈地缓缓舞蹈。旅人在这儿,灵魂也被深深地祝福了。

老人喝完杯中最后的一滴,舐舐酒杯的边沿,便醉盈盈地走来坐在我的面前,动手教我做工。他伸起枯藤似的大指和二指,抖抖地朝嘴唇上沾了一点唾沫,就很纯熟地先把烂布扯成一根一根的线,搓好,结好,然后将这旧线,挽在一节短短的麦秆上,做成鸡蛋那样的形式。刚挽到小半个蛋那样的时候,再用新的洋线子绕了上去。最后,贴上洋纸条子的商标。

这工作,很轻松,怪容易的。他见我一做就会,便理理白色的胡须，满意地走开了。倒在板床上面，点燃烟灯，半闭着醉了的眼睛，慢慢地炙着糖烟泡子。但不时还叮咛着我，混着说不清的声音。

"旧线多用点啦！"

鸦片烟流出了浓重的芳味，和着松柴的干香，烧酒的余芬，把这作为旅人暂时归宿的小小地方，简直幻化成诱人享乐的魔窟了。

老人吸了一口烟后，那给山风吹得黑黄的皱脸上面，现出了非常宁静非常安适的样子，刚才喝着酒大声爱说话的脾气，仿佛全都抛给门外的山风和山间的松涛去了。

他喝酒的时候，曾一面告诉我，说他小时，白天就在这些山里牧羊，晚上就在林中睡觉，成年成月，伴着风露，伴着星月，长大了的。十八九岁，便替人家赶马，从这山到那山，一路上唱着歌，喝着幺店子①的米酒，日子是过得满自由满自在的。因为漂泊惯了，到了这么老的年纪，还不打算租几亩田，或是在路上开家幺店，安安定定地住了下去，总是高兴挑起担子，从这儿到那儿，做着小小的生息。只是现在年老了，力弱了，一天天地爬不动了。起初还有兴趣地讲着，讲着，到这里便大大地叹了一口气，接着狠狠地喝一大杯酒。我一边吃着饭，看见他孤寂的样子，不禁问到他的儿女了；因为到了这么大年纪的老头子，是应该有个亲人照护的。他说，同时又现出不愿说的神气，他是没有家室的，就是光身子一个人。以前怎不请个人帮忙挑担子呢，我随口无意地问着。他摇摇头，半天才说，人么，都讨厌老头子了，好好地挑着担子，不知怎的忽地跑开了，有的连工钱也不要了。接着深深地叹息，垂下了花白的脑袋。蓦地又像驱逐苦痛那么似的，抓着瓦罐子，斟了一杯酒，两口就哽完了，热烈地再说下去，他现在这么辛苦地挑着担子，爬山上坡，也像一般人似的，是为

---

① 幺店子：是大路上的小店子，卖茶水点心，可以临时借宿一两个客人。

了儿和女。不全是替自己的吃饭打算的。这倒引我奇怪起来,但我也不爱追问他的。他的话显然是越说越糊涂,而且分明是人已醉了。可是,他却手颤颤地擎起酒杯,只管说着。

"这就是我的小女儿,她并不喊我一声爸爸,……我一看见她,马上,人就年轻了,快活了。……还有一个大女儿,在那里面!"

顺手指着他的两个竹箱子,但并不加以说明,随即我吃完了饭,他喝完了酒,话也跟着停止了。

我一面绕着线团子,就想着这一天怎么会遇着这么一个奇怪的老头儿,而且哪一个东西又是他的大女儿呢?为了要驱遣这寂寞的山中之夜,就打算问问他,并且再引起他那追怀往事的叙谈,然而一见他躺在薄明的烟灯旁边,眼睛半睁半闭的,露出那么舒畅,那么平和的神情,便不忍打岔他了。

"旧线多用点啦!"

不久之后,他又睁大眼睛,叮咛着我,这时语音明晰,似乎酒已清醒些了,我便乘势问道:

"老爹,谁是你的大女儿呢?"

他微微地笑了,很是满足似的。但却没有高兴谈话的样子,好像杯子一离开,话也逃去了一般。只是慢吞吞地说道:

"看吧,这不是么?"

原来是一支烟枪,我还想听听他的解释,谁知他却马上闭着眼睛了。我觉得老头子的脑袋,实在是异常的,不然就是有点神经病,也许是给酒精弄坏了。我不愿再思索下去,因为这一天的山路,确已把我走得疲倦了。

外面山风刮着,松涛响着,使人沉沉欲睡;眼光不时在蓝线黑线的鸡蛋上面,朦胧起来,恍惚起来。偶有崖头吹断的树枒,骤然大声地落在屋顶上面,蓦地惊震了我,才又片时清醒,马上重新忙忙地挽着。

每天早上,替他挑起远方城市贩来的一担杂货,迎着松树梢头的红日,踏着草间的清露,随同朝雾走了出去。转到山村彝人的松树门前,或是野皂角扎成的篱边,息了下来,同那些给孩子们围绕着的女人,和那些跳跳叫叫的姑娘,就做起小小的买卖来了。

黄昏,挑着换来的春天采下的茶叶,和夏天收好的鸦片,伴着山间的暮霭,牛羊的铃声,缓缓归来。至于踏着山径上皎好的月色,或是随着夜黑中路边的萤火,这么晚才回来的时候,也是有过的。

归途中,老人总是一路上敞大喉咙,发出少年之日才么高兴喊唱的歌声,常常逗起了远处松林中那些灯火人家一声两声的犬吠。

每晚,在这崖下的山家店中,听着松涛咆哮,山风打门,倘若没有这么一个爱喝酒爱讲话的老头子伴着我,真不知道要怎样排遣这些寂寞而恐怖的晚间。

要是白天用了少许的货物,换得了一大包的春茶或是鸦片,这一夜,老人便特别快活些,欢喜些,要喝许多酒,而醉后的糊涂话,也越发来得多了。有一晚,他擎着杯子这么说着:

"年轻人,我很欢喜你!……"

我一面吃着饭,一面抬起头来望望他,他的眼里已充满了红丝,知道酒已喝得差不多了。

"真的,我很喜欢你……你觉得吗?"

我晓得他在说着酒话了,不去理他,埋头吃我的饭。

"你要是走了,我很难过的……"

我每天替他挑担子,又不要他的工钱,当然他是舍不得我的了。

"我想我们来做个亲戚吧!"

我又抬起头来,睁大着好奇的眼睛。

门和板壁突然给山风碰得直响,发出怖人的声音。接着哗啦一响,崖头又有一枝巨树吹断了,落在屋顶上面。

老人和我都一下震呆了。杯子里的酒也跳了两点出来。他一口喝完了,放下杯子,揩揩嘴唇说道:

"所以我们要做个亲戚啦!……你以为我醉了么?……不。"

我不开腔,只是想着:

"这个老家伙要同我做个什么亲呢?"

"你到底喜不喜欢我?"

"嗯,嗯。"

"说吧,说吧。"

起先他还像长辈那样似的称赞着我,现在却对我做出恳求的样子了。这时我才含含糊糊地答道:

"老爹,我怎不喜欢你呢?很喜欢的。"

他满足地叹一口气,朦胧的醉眼,也放出光辉来了,兴奋地说着:

"你想,我一个人走在山里,有时候,半天也碰不见一个人花花,……看去尽是黑郁郁的松林……晚上也没一个人同我说句话……就这样孤孤寂寂地过着日子……天哪,那是些什么日子!……世间的人都抛弃我了,……是的,一个老头子活在人世上,活该讨人厌的。……唉,幸好还有两个钱……"

接着很高兴地提起瓦罐子,又斟一杯酒,一口喝完了,忽地站了起来,松木桌子都给他碰移动了。

"你喜欢我,我喜欢你,……那么做个亲戚吧!"

"什么亲戚呀?"

我含笑地问道。

"说一半天,你还不明白么?……"

"嗯。"

"我早就打算嫁个把女儿给你啦!"

"什么女儿？"

我倒突然莫明其妙起来，诧异着。

"哈，你年轻人的记性呀！我早就说给你听了。……她……她，……随便要哪一个都可以的。"

他指一下手中的杯子，又指一下床上的烟枪。

我哄地一声笑了起来，嘴里吃着的饭，也喷出来了。

他粗暴地怒喝道，嘴角上溅出了白色的唾沫：

"笑什么？难道还不配么？……她们比我的命还贵重，比我的……"

气得上气不接下气地，眼睛简直红得怕人。

我想这个老醉鬼，真够缠了，便开玩笑地回答道：

"配呀！怎么不配呀！你老爹的女儿，我还敢不要么？"

"那才是话啦！"他屏住气坐了下去，又斟一大杯酒喝着，随即又说道："不过目前你只能要一个！"

我就故意作难他，笑着说：

"要，那就两个都要，一个不好玩的！"

"那不行！"摇着白头发的脑袋，又愤怒地站了起来，"那是要我的命了！"

"这个老醉鬼！"

我低声说着，放下碗，笑着走开了。

他却没有听见，只是踉踉跄跄地追随在我的后面，带着央告的语气说着：

"一个吧！……就是一个吧！……现在……"

"好，好，好。"

不这样回答，恐怕会缠到天亮的。

"到底要哪一个呢？"

我掉转身去,指着酒杯说:

"就是她吧!"

"来,来,来!"他抓着酒罐子赶快倒出一杯酒,手抖抖地递在我的面前,高兴极了地喊道:"就结婚吧!"

我在心里答道:

"他妈的!结婚!"

然而,在这山间的寒冷之夜,喝一杯把酒,倒并不是一件不惬意的事情,于是,就接来一口喝完了。

老人喜滋滋地拍着我的肩膀说:

"这样我们才会亲亲热热地过日子呀!"

随即理理他的花白胡须,满足地走开,动手烧烟去了。炙好一个烟泡,用铁签穿在枪眼上,刚要放在灯上烧时,忽又取开,扬起眼睛,向我作着安慰的样子说:

"只要不离开我,以后也可以要这个的。"

我不搭理他。掉转身向着黑暗的角落,摸着下巴,心里想着:

"那还来得吗?"

远离了富有人间气息的平原和城市,住在这么冷落的山家店中,同着这么奇怪的一个老人,当这山风松涛怒吼的晚上,人简直好像堕入了神话中的鬼怪世界一样;有些时候,竟然恐怖起来。不过除了他在喝酒的晚上说些疯话而外,他对我的心肠,毕竟全是好的。白天替他挑担子,怕我累坏了,总叫我多多歇息,像主人对待小伙计的嘴脸,是丝毫没有使用出来的。而且在这绵亘数百里全是松林的山中,一时也找不着另外的工作,因此,也就不想离开他了。

在另一个山家店中,碰着一位秃头的小贩。许是由于同行相忌吧,当他同我讲到老人的时候,总是说出许多坏话。一开始就挥一挥手:

"你怎么同这酒疯子混在一起呢？这个老妖怪！这个老魔鬼！……"

有一夜，我在他的屋子里烤着火，讲闲话，他照例挥一挥手，竟然详谈起老人的生平来了。我觉得一起头就同老人自家说的不一样，便惊异地问道：

"他不是说由牧羊出身又做赶马人么？"

"呸，什么牧羊，什么赶马，那通是梦话啦……醉鬼的糊涂话啦……我听够了，……要你才信……。我替他挑过两年担子，天天晚上，一喝酒，就这样说，……就这样说……他么，不是这一带山里的人，家乡很远很远的。……"

听着，听着，我感到非常的惊讶。但这样可怖的故事，联系在这么和平的老人身上，无论如何是不会使人骤然相信的。便赶紧在他说完之后，追问道：

"真的么？"

"怎么不是？的的确确！那是他的同乡人亲口告诉我的，还说是亲眼看见的哩，别的赶马人也说是……我一听见连工钱也不要，就离开他了……这老妖怪！这老魔鬼！"

他的眼睛突然张大，向老人住的隔屋望望，竟然现出恐怖的神情，仿佛会有一个提刀的汉子挟着打门的山风，一下子扑了进来一样。

山风卷着松涛，像海洋的狂澜似的，带着吓人的声浪，从远处嗬嗬地滚来，一阵阵地刮着崖头刮着树，打着板壁打着门，发出怖人的巨响。有时且扬起尖锐的悲鸣，像是山中的妖怪在外巡游一般。

秃头的小贩，听着风声，一时沉默着静静地在火上暖着手。我坐在对面，却越发不安起来，重复地想着，难道这竟是真的么？而那可怕的故事，也翻来覆去涌现着，如同山中起伏的松涛，一时排遣不开。

一个牛那样壮的穷汉子，反剪着手吊在架梁上，给地主的儿子们鞭打着，拷问着，血和涎涂在嘴边，无力地呻唤。这是在广大的宅所中，粉墙边露出有花有树的地方。

另一个圆脸的老爷，指着抱有孩子的年轻女人威吓着，一面故意数着手里白亮亮的银圆，显示在女人的眼边。女人知道在老爷家做长工的丈夫，偷米回家来喂儿喂女的祸事发作了，就抓着头发嘤嘤地啜泣着，颤抖着。小儿小女牵着妈妈的衣衫，就陪着妈妈哭。但哭泣是赶不走老爷的，老爷且说，不那样，就要把男子送到城里去，坐一生一世的牢的。于是，为了丈夫，为了儿女，女人低下淌泪的脸，依从了，这是在矮小的茅屋中，屋顶上漏下月光星光的地方。

牛那样壮的穷汉子放回家去了，知道妻子做了那件事，邻人在笑他，田野在笑他，山林也在笑他，放牛的孩子且把那件事编成歌曲，在不远的坡上，整天整天地唱着。于是，丈夫把妻子杀了。

月夜的山中，树影稀疏的路上，牛那样壮的穷汉子向着坡那边黑影庞大的住宅走去，一手握着涂血的刀，一手提着滴血的头。

于是，那个准备要过新年的山村，突然给血的事件震呆了。

巨大的宅所中，拥挤着满村的人，张大眼睛吐吐舌头，啧啧地叹息。

矮小的茅屋里，也拥挤着满村的人，同样地张大眼睛，吐吐舌头，啧啧地叹息。

而那牛一样壮的穷汉子呢，却永远不见了。

二十多年前，在遥远的一个山村，消失了的牛那样壮的穷汉子，说他就是如今在彝地寂寞过日子的白发老人，这怎么叫我能够一下子就相信呢？但我却没有旁的事实，证明这是荒诞的，虚妄的。而且竟至一听着山风突然打门的时候，便忽地惊怖起来。因为秃头的小贩，最后曾坚确地说：

"把老婆杀了,老爷一家杀了,也尽够了嘛!天哪,他还回家去,把倒在妈妈尸边的男孩和女孩,也一刀一个地杀了,天呀!这不是杀星下凡么?……那些晚上,我还在替他挑担子,半夜醒后,总听见他说梦话,'我杀死你!'又听见嘀嘀的山风,简直把我吓得打抖……哼,他会杀你哩!你不走。"

但看见老人每晚白发盈盈地躺在淡黄光辉的烟灯旁边,静穆和蔼地睡着,而且在喝酒的时候,总是醉欣欣地讲着过去牧羊赶马那些又美丽又温馨的往事。又因晚上睡得太熟了吧,从来没有听见他那些可怕的梦话。我觉得秃头小贩那些可怖的传闻,应该把它当成酒后的醉话,倒要来得好些。

然而,秃头的小贩是不喝酒的。——不过我对老人却始终没有多大的惧怕。因为他本人是可爱的,并且对人也充满了好意。

但是我所怕的,倒正是他那过分的好意,像在醉了的时候,要把大女儿也嫁我的一类事情。想到这些,我就不得不走开了。

如果说秃头的小贩离开他,是怕他过分的凶残,那么我的打算走开,则应该是怕他过分的好意吧。然而,一见他这垂老的年纪,还在寂寥的山里,度着凄冷的生活,一时却又不忍丢弃那么似的离开了他,但是,分开的日子终于到来了。

这一天,约莫刚过吃午饭的时候,在一家彝人的门前,我放下了担子,一头就睡在稻草堆边,舒舒服服地息着气。老人因为是空身子走路的,便在门前,很有精神地摇起巴郎鼓来。姑娘们和孩子和狗,一齐跑了出来,围着老头子的担子,狗却单独向我汪汪地吠着。

老头子的做生意,是很有趣的,只是同姑娘们孩子们开着玩笑,一会儿伸着手掌摸摸小孩子的下巴,一会儿尖起指头抚抚女孩子的头发,全不板起面孔讲生意,活像白发的老祖父在逗孙儿孙女玩耍一样。有些年纪大的姑娘或是女人,抓着竹箱子里的货,翻来覆去地看时，老头子还是一面向孩子们扮鬼脸，吐舌头，一面同她们讲价钱，称赞着货色。等到有人还了价钱，不管合适不合适，他总是立刻走上前去，一把抓着货物，抱在他的胸上，做出保护什么东西似的躲开，嘴里故意说着：

"那不行！那不行！"

样子并不严厉，倒是很滑稽的，如同撒娇的孩子一般，惹得女人们姑娘们大声笑着起来。我也乐得想打滚，觉得这真是一位有趣的老滑头。

就在这些时候，老人也不会忘记我的。只听见他在笑声中，高声向着我喊：

"口渴了吗？小伙子！"

一会儿，一个年轻的赤足姑娘，端着一碗清水走到我的面前来了。这于走路人是很好的，我便赶忙坐起来，接在手里大口大口地喝着。她蹲在我的面前，睁着一双大大的黑眼珠子，定定地盯着我喝水。喝完了，递碗给她的时候，便说声：

"谢谢你啦！"

"谢？这是水呀！"

她接着高声笑了起来，喊道：

"有趣的人呀！"

等着我再要说什么时，又带着一阵笑声，野猫儿似的忽然溜开了。

息了一阵，我也走到货担子那里去。看见刚才拿水的一位姑娘，正把一排花绳子，解脱一节来，时而比在破烂的胸襟上，时而又比在扫刷似的裤脚上，不住地望望一位年长的女人——大概是她的母亲吧，现出恳求而又可怜的样子，女人摇摇头，她便红着脸，仍旧把花绳子放进箱子里去。随又抓起一个洋线团来，放在手掌心里，前后左右地瞧着这洋线团，有一半是我在晚上挽的，绕得很好看，很整齐，里面却充塞着褴布丝搓成的旧线。另一半倒是全新的，但因放久了，样子松散散的，既不光生，又不入眼。这位姑娘选了一阵，正是选着我在晚上做的成绩。并且在妈妈的那样好眼色之下，生意快要作成了。我看着她那天真的样子，心里倒很难过起来，便鼓起勇气，把她手里的一个来抓丢在竹箱内，另外捡起一个松散散的，塞在她的手里，说道：

"这个要好些！"

她看见我塞在她手里的东西，正是她所不要的，大概就以为我在同她开玩笑吧，便对着我皱着鼻头笑了起来，喊道：

"真是有趣的人！"

跟着俯下身子换掉了，仍旧抓一个齐整而好看的。

老人站在侧边，不说话，微微地笑着，点点头。

晚上喝酒的时候，他打趣起我来了。

"哈哈哈，年轻人！"

我照例不理他，知道他又在发酒疯了。

"哈哈哈，年轻人，太不行了……太不行了。"

我抬起头来望他，看他究要说些什么。

"生意像你那样做，就糟了！……还能养活儿女么？……哈哈哈，年轻人，见了姑娘就变傻了……哈哈哈，你得老实点！……"

"该老实点的，怕不是我吧？……你……"

我气愤起来，但见他是个醉了的人，便不再分辩下去。心里却决定离开他了。

次晨，老人看见再也留不住我时，干枯的眼睛上，泪也滚了出来，像老祖父那么似的低声泣着。

我终于硬着心肠走了。

他老人家做的事情，是可原谅的，但我却不能帮他那样做了。因为，我以为同情和助力，是应该放在更年轻的一代人的身上的。

爬上一个坡，回头来看，老人还无力地倚在门边，望着我去后的背影。

四山静寂，松林无声，牛羊的铃子，在朝雾蒙蒙的远处，幽微地叮当着。

在茅草地①

一

当我在南国天野里漂泊的时候,没饭吃,便做工;得了流汗换来的工钱,就又向一个充满新鲜情调的陌生地方走去。这,看起来倒是一件有味的容易事,然而,实际经历着,才并不全符脑里所起的美好的幻象。不过仍然有味,但这味,须要另一种心情来领略的了。

到缅甸北部靠伊拉瓦底江的大商埠,八莫,又没钱吃饭了,自然就得仍旧使用随身带着的法宝——做工。然而,谁要我呢?至于做什么,在我倒全不成问题,文的方面如写字,武的方面如挖土,都来过。人,通是陌生的,不理我,两天全找不着一个要我流汗的主顾,于是,我彷徨了。然而,并不怎样恐慌,因为在中国西南部的好几个大城市里,都曾经饿过整天整天的肚皮,这时,资格已老,再来一次,满不在乎。可是,这心情总不能支持多久,所以,偶然也着急明天怎样生活下去的事,全不是没有。

因此我的脸色,我的眼光,那曾对饥饿有过经验的人,是全看

---

① 茅草地在克钦山中,距八莫两天路程,距中国地界约一天半。

得出的。于是同我一块儿住在汉人街苦力店的一位苦力,便用好心肠,把他从我脸上眼里发现的苦楚,向店里以及隔壁小茶店里那些穿草鞋的人尽力宣传了,起初心里很感谢他。后来竟有点讨厌,因为他太把我形容得可怜。虽然别人并不曾说"可羞哪,你这饿肚皮的年青人"。可是总觉得在人群中已暴露了——我是这么一个乏力生存的弱者,禁不住过分难受。无论什么辛酸,什么苦痛,素来是一并吞在肚里,向人示弱,可不能。

然而,这好心肠的苦力,毕竟是可感谢的。店里一位终日吹鸦片睡懒觉的苦力模样的汉子(后来才知道他是由苦力改行偷卖鸦片的)竟听了他的宣传,对我起了相当的同情,而且热心地替我找事做。这一夜我回去的时候,这汉子睡在昏黄的烟灯侧边,便叫我进去坐着,带着一种安慰病人的好声音,悠悠地安慰我——他说:

"看来你还是读过书的,你得到那家店里去教几个小孩子。能吃苦,更好,他们开店的,要你早晚招呼客人,这,轻便呵,并不是叫你跑路抬人!"

他随即把店主的姓名也告诉了我;那地方叫茅草地,恰在两天不见人烟的山路中,说是如果不吃烟,定会积起钱的。不用说我衷心地谢谢这个好人了。

二

带我到深山客店里去上工的,并不是这好人,他,正被未曾销脱的货牵住了。而那位曾把我形容得过分可怜的苦力,恰好要拾客经过那店子,就自告奋勇,做我的引荐。于是,我就很愉快地由八莫起身了，沿着榄橄江而行，一路不时吹着得意的口哨。

到时，让我像客人一样地先到那店里住下，他们这批抬客的苦力，却在另一家对门的客店下宿，问原因，他们笑笑，然而，不关我的事，懒究得。

我照着一个客人的规矩在店里吃了一顿极惬意的晚饭。引荐的人尚未来，我也不好向主人自表来意，就一个人往屋外学绅士模样的散步，山风摇曳在明月照彻的空地上，我的心，全泛溢着清爽和光明了。

不久，那引荐我的苦力找着我，不平地挥着拳头，吐出些愤激的话，于是我愉快的心竟陡然堕到无底的空虚了，这原来是那店主根本就不请一个教他孩子的人。

怎么办呢？这只得仍然像一般客人似的睡去，然而，我的天，哪里睡得着。八莫那里的息店钱（这店供宿不供食）既欠着，这儿又新增了一笔账，前后都是一天不见人烟，除了这几家寥落可数的店子，去找鬼！大都市中，可活之道总多，谁叫你轻信一个陌生人的甜言，被骗到了这么一条绝路，倒霉乃是活该。于是，我在被盖窝里诅咒那个好人了。

第二天早上，那自告奋勇引荐我的苦力和着他的伙伴，把夜来留宿的客人，全抬到朝雾弥蒙的群山里面去了，剩下的，就只是一个活该倒霉的我。我，没奈何，便老着面皮住下去。以后要发生些什么事，不敢想象。照例取出破书来，斜依窗子立着看；让苦闷的时光悄悄流过去。

这一天的午饭和晚饭，一直是老着面孔去吃的，感谢得很，全没有发生一件意料中的可怕的事情，然而，心的不安，够我受了。有时，我很气，简直想开口骂人，可是那该骂的，却并不在身边。

像这样需要老着面孔去过的生活，倒不如饿饭好，然而也毕竟拖了两天。

店主人要向我发作的话,终于说出口了,可是话却出乎意料地和善。他说:

"我没钱,哪能请一个教书的呢?从前只是向人说说罢了,并不是一定要的。这店里的事,目下又都有人做,真没法哩。"灰青色脸上的眉头,皱得紧紧的,好像替进退两难的我担忧,然而,望着那流氓式的眼里,透出一点近于讽刺的光芒,我就把一时委屈的怒气,当他面骂那介绍我的人。他打量了我的小包袱和枕边丢的一本破书之后,忽有灵机转动似的,脸上做出微笑说:

"来了没法,也莫怪他了。好,距这儿不远的深山里,有座洋学堂,听说要请个教汉文老师,你去包成功的。"

"对呀,那里请多久也没找着人哩!"赤足着木拖鞋的老板娘也来打总成。后面尾来两个孩子,一个是十二三岁的男孩,惊奇地看我,又望我的书;一个是八九岁的女孩,拉着她妈的手,短发覆额的小面孔有点羞,大概这就是我在八莫梦做先生时的学生了。他们叫我明天一早去,爬半日的山,准到了,说得来真像有幸运在那儿等我,还有什么法子呢?我得去碰一碰哪。照上流社会的客气,就趁夜里摇晃的油灯下面,写了一封给洋学堂校长的英文自荐书,字错了一圈一点,也得另行誊清,从没有用过的小心,也恭而敬之使出来了。唯独校名人名,他们很模糊,只得保留着空白,到的时候再填上不迟。

这一夜,竟没有梦,睡得很安好。

三

次日早上由他们的说明,就带着一封不知给谁的信,踏着坡上的萦迂小径，穿入雾的山林，向疑着是否有无的陌生地方去了。

衣袋里照例塞着钢笔墨水瓶杂记簿这一类的小朋友，他们曾随我在许多荒凉的山野里作过东西南北的漂泊，曾同我在小客店的油灯下度过不少寂寞的晚间。这一天为要填信上的空白起见，似更少不了它们，而且走倦了，得坐在山坡林下，把脑里飘忽而来飘忽而去的情绪，在膝上随意抒写，多够惬意呵。

一个追求希望的人，尽管敏感着那希望很渺茫，然而，他心里总洋溢着满有生气的欢喜，虽也虑着成功还在不可知之列，但至少不会有绝望和灰心那样境地的黯然自伤。因此，这山里的峰峦，溪涧，林里漏出的蓝色天光，叶上颤动着的金色朝阳，自然就在我的心上组织成怡悦的诗意了。

好希望，驮着我跑，翻几个坡，也蛮容易。正午，果然在一座山岭上发现炊烟缕缕的山村人家了。似觉梦想的丰收，已收获了一半。

然而徐徐走进这山村，却给我一个有味的惊奇，差不多把来时的希冀，暂时忘掉了。人家自然全是茅屋，但前后的房檐，都拖到地面，应开的门，就移在侧头。门前悬挂水牛头颅的骨骼一二块，黑而弯曲的角仍然留在上面，不知是用来避邪，还是作门面的装饰。间或屋外树下有赤足的女人席地坐着，把一条条的棉花用手搓成线，帮助她的工具，既没有纺车，只一根尺来长末端带铁饼的细竹条而已。她们的装饰显然着裙不着裤，而裙又极短，膝以下全露出，缠着黑漆细藤数十圈。头上包黑布，竟有尺多高，有点使人想到城隍庙中的地方鬼。每走过一二家茅屋的门前，就有这样的女人停着工诧异地望望我。我想起来此的目的了，遇着一个男子就问学校所在的地方。谁知他全不懂，回答的话，我也莫明其妙，这真是走到怪地方遇到怪人了。他短衣着裤，像一个汉人，嘴唇红得可怕，如同刚才吮过生血，头上包的黑帕，余剩一短节，从耳边斜翘在头上，看起来很威风。然而，他却和善，竟会意地把我引到一座木建楼房的门前，这地方是在斜坡的那面，正是我要找寻的洋学堂了。天主教堂和小学校英文的招牌都挂在一块儿。由门口就可以望见楼上楼下有桌椅成列的讲堂，静悄悄没个人。我便走了进去，一个白衣的洋修女，推开办公室的门出来，我便用英文简单地说明来意。她从头到足的端详我，一面说"今天是礼拜哩。"及到听完，便答道：

"是的，要一个教员，但要懂得克钦①话哩，这里的学生没一个中国人。"

昨夜费心誊好的信，所用的精力都等于零了。要不是这女人在面前，真想抽出信来撕个粉碎。

"傻子，你又上当了！"暗暗骂我自己。

四

这法兰西的修女将有四十岁的光景，做一副母亲那般慈祥的脸，叫我到厨房的廊下去喝茶，吃面包，这因为我随口应她说是住在山那面谷底的村子，就忽然这样地加以款待。她十分高兴地说：

"叫你的姐姐妹妹来这里听听福音哪！"

"呃呃。"

我由嚼着干面包的嘴里，发出含糊的不置可否的声音。

她以为我真的有姐姐妹妹，真的同意她的邀请了，便做模做样

---

① 克钦：英人译为Kachin。克钦人自称"景颇"，与中国景颇族同源。克钦人居住的山区称为Kachin Mountain。新中国成立以前的地图，称为野人山地。

地说：

"愿上帝赐福她们呵！"

又去取两个面包出来。

动身时，她叫一个克钦的修女，拿一块银角子形式的东西，用线系在我颈边的衣钮上。并吩咐以后常常来，总要早一点，才赶得上做礼拜的。

我说一声谢谢就去了。

下山的路上，我自嘲地想着，今天沾了你的姊姊妹妹的光了，明天你这漂泊者又怎样活下去呢？把胸前挂的银角子取下看，一个庄严面孔的女像现在上面，大约就是所谓圣母玛利亚吧……不知值得几文钱？……总能换一些吃的东西哩。……

除了疲倦，心是空空洞洞的了。足软，山路已不像来时走着那般的上劲。

在路边堆积的落叶上坐着息气，照例取出衣袋中的小朋友来，在它们的身上发泄我胸中的郁闷。

每写起一条目前继续活在人世的设计，就跳出一个捣乱小鬼似的难题，阻塞着出路。

我写，我要在这一带山林中做一个樵夫，砍柴到山下去卖，下雨也不躲懒，积着钱，又可以走了，而且要走得远远的。后面更加以想象结局美满的描画。但马上想着没有那重要的家伙——斧头，于是不留情，把写起的一笔勾销了。

我又写，我在这山里做猎人追逐野兽的快乐，同样，又被没猎枪的感觉涂抹了。

………

归来可以望见山下人家时，我简直没有下坡的勇气了。就坐在路边的石上，茫然望着远山的落日。这儿没有成群归巢的暮鸦，没有喧声噪林的画眉，只苍茫的黄昏景色，悄悄地潜来，展在林梢，布满幽谷，渐渐把周遭卷入无涯的深蓝。我忆着这时从小窗里透出灯火的故乡的家，灯下共语的每一个熟悉的容颜了。

露在林中装点珍珠，萤在草上散闷逍遥，我继续回味着另一个星空下的往事。

欠圆的月迟迟地出来了，树影错综地绘在下坡的路上。我终于踏着散碎的月光不自主地归去。

店主和他的妻儿，只在灯下争看着我带回去的犹太女子，我脸上的狼狈气色呢，却没有引起谁的片刻留心；然而也无须向谁低诉出我这一天的遭遇。

五

夜来不曾好睡，次晨竟昏昏入梦。

从梦里拍醒我的，是早起的披着衣的店主。他说：

"肯帮我做活吗？今天就动手。"

"什么？……做活！"我被欢喜冲击着胸腔，简直呼吸停止了。

于是依照他的命令，把每一间屋里地上点缀的口痰，鼻涕，瓜子壳，香烟屑，扫除干净。夜来客人盖的被窝收去折好，放在一定的地方。侍候客人洗脸吃饭，叫一声，应一声，殷勤地奔跑。

客去后，又降下一道圣旨，着去店后的马场上，打扫马屎马尿和溅污了的稻草，扫成一堆一堆的，然后用竹篓挑到远处去抛掉，这倒使我通身流汗了。店子是在滇缅通商的大道上，每天总有几十匹驮洋货的马进来投宿，因此做店伙的贵干，不仅是招呼来客了。

等我把膝以下全弄污的足干洗净了时,屋上该浮着一缕蓝烟的正午又到了。女主人便吩咐快到不远的江边,挑每天缸里这时应添的水,马上两个洋油桶改做的装水家伙,就在我的一前一后摇荡,从江边到厨房,一路溅着水珠了。

吃了午饭,没事做,只等晚间的来客。

原来在店里的一位伙计,听说因脾气不好,就在我上山的昨天被辞退了,但据我几天的接触看来,这人只是个动作有点笨拙的老实人而已。我明白了这是谁把他扔下深渊,含悲的心情想表示歉意,然而他已去远。

流汗的工作稳定了,聪明的店主就玩出他的花样:第四天的午后,檐下土阶上摆了一张矮小的方桌,两个小孩之外,又添了一个十五六岁的女子,围着坐,各据上方,像三缺一,等人搓麻雀,不同的只是每人面前放的是书。店主及其妻都堆着一脸的欢笑,用甜蜜腔调敦请我去做半下午的先生,晚间客人到时才下课。

这边两张笑脸向我讨好,那边六只小眼睛向我祈求,我软化了。如同鞭后的奴隶,委屈地含泪服从。

从此就把职兼下去了。他们在我上工的那一天,都从我的姓下加了大哥两字呼叫,然而到这时我像是升官似的突改了头衔,大家用另一种口吻称为先生了。可是以后每次当客人投宿时,店主就拿出大老板的气概,仍遵旧章斥责似的喊"×大哥,打洗脸水来,快点哪。"但女主人和她的儿女,则把新加的头衔,无论在什么人前俱一致照常使用,如在替客人摆饭的时候,厨房送来的声音,总是"先生,来拿碗筷呀!"

不几天,在八莫贩私烟的那个汉子来了,第一句就问荐的人还好么,店主微笑不答,只是请他吹烟,他又高兴地向我说你得请我喝酒哩。晚上趁他要睡时,我把初来时的经过告诉他,他就起气地小声骂,连别个苦力不抬客人到这店里的原因也说给我听了。

然而,就在这位店主的统治下面,竟由春末兼职到秋深,才又漂泊到印度洋边一个繁华的都市去了。

洋官与鸡

"洋官来了!"

先被马场上玩耍的小孩子望见,伸手指着,呼叫了起来。大人便忙从茅屋里跑出,把右手掌遮在额上,顺着孩子的手望去:东南面倾斜的山坡,布满蓊郁的绿色丛莽,静伏在热带三月的阳光里。坡边一条略加人工修筑的山路,如同一尾灰白色的蟒蛇,弯弯曲曲地在丛莽中隐现着。十多匹骑着人的马,就沿着这条蟒蛇缓缓地走了下来。人马的轮廓,已可看得分明了。小山谷里的人家,都忙乱着:有的在捉鸡,有的在捉鸭,都是捉来送给洋官的。——这是一向如此的老例。起初仅由于一二家人的讨好卖乖,不料怕官的人家,都争先仿效,相沿下去,就变成无法避免的成规了。

这小山谷位在滇缅交界的克钦山中,四面都是密生绿树的山岭。只是北面和南面,裂有窄狭的缺口,宛如山谷里的两道门户,从那里便露出明媚的蔚蓝的天空。由云南流入缅甸伊拉瓦底河的槟榔江,就在这两个缺口下流过,波涛冲碰着峡里嶙峋的山石,成天成夜生气似的吼着。山谷里的平地依近在江边,简直小得来像一只巨人的手掌,除了四家汉人开的马店,几间简陋的克钦人住宅,及一座茅草盖成楼房的洋官行署(洋官来巡视时,只驻足一两天)而外,连可以栽种蔬菜的空地方也没有了。但是,地方虽小,却因处在滇缅通商的要道上，每天总有一二百匹驮洋货的马，从缅甸北部的商埠八莫走来过夜。这里的人家便专靠开设马店来过活。由此再走一天半的山路，才得到中国地界。每月有英国官从远处克钦山寨走来巡视一次。平日只住一个印度人，管理修筑这一带的山路的。

我的店老板，一个三十七八岁的矮汉子，鸦片烟瘾很不小，瘦削的脸上，浮现着青灰的暗色，——听见洋官来了，赶快放下嘴里的烟枪，翻身下床来，吩咐我快去捉鸡，要选一只肥大的。强壮的好像一个男子汉的老板娘，就马上喝着老板的话：

"又不是你的老祖宗到了！要献个肥大的鸡做什么？"

她掉头向我说：

"老汤哥，捉那只瘦小的黑鸡好了。"

又转去斥责老板：

"肥肥的鸡自家吃不来？要给洋鬼子！"

她是汉人同傣族女人生的，自小就在干崖的傣族地方长大。一双比男子还长的足，走起路来，异常快捷，做事也很能干，只是性子没有汉族女人那样地柔顺。

"你们女人家，总是这样没见识！洋官把你送去的瘦鸡，皱着眉头看了两眼，你好意思吗？"老板一面说，一面竟来围捕这些惊逃的鸡了。

"要你才这样呆！隔壁老刘哥，前次连生病的鸡，也拿去送，不见得就犯了法。你，——哈戏！"我正赶着一只肥大的茶色母鸡过来，老板娘连忙扬着声，把慌张的鸡赶开去。

"学老刘！我看老刘就要吃苦头了。"老板板起他的面孔，张开两手，偏去捉那茶色母鸡。这被肥大躯体害了的鸡，惊吓无措地碰进屋里去，我们马上关门来捉，它却从围捕的几只手腕上，鼓着翅子跳上了老板的烟榻，一足踏翻了吹烟的玻璃罩子灯，燃着的火，立刻熄了。香油漫溢在紫黄色的木盘里，烟针烟杯都被油浸润着了。

"你妈的，捉着，杀死你！"老板的脸色气得更青了。

"好了，好了，被杀的鸡，报了仇了。"到这时，老板娘才把紧张的脸解放了，唇上泛着爽心的微笑。

惊逃的茶色母鸡，终于做了我们的俘虏。老板愤怒地用力扭着鸡的两翅，亲身提到洋官署那边去。可怜的俘虏，用着它所有的哀声，一路喊叫着。

不久，老板现出蛮高兴的面孔，同两个牵着马的中国人走了回来，一路扬着谈话的笑声。

"呵，寸师爷来了，老汤哥快去打洗脸水来！"老板娘也勉强做出愉快的样子，迎接着客人。我正好把烟床上零乱的东西整理好了。

寸师爷，约摸三十年纪，一张黄而略带油黑的脸，嘴上留着几根胡子。他是在缅甸长大的云南人，凭着会说几种语言的嘴巴，便做了洋官的翻译。自己喂两匹马，一匹用来坐骑，一匹驮行李，常常跟随洋官到克钦山中的各处山寨巡阅。我的老板暗里贩卖违禁的鸦片烟，对于这位这洋官的师爷，特别献着许多小心，每次来时总请他来自己的店里住；吃饭，喝酒，吹烟，完全孝敬。师爷是满会交际的，对人总表现出笑嘻嘻的面容。有时，就连英国人的坏处，他都可以在你面前骂出来，使你十分信赖他。你有时会想着对这样的好人不设法来孝敬，心里真过不去。

午后两点钟，洋官出来巡阅，寸师爷便过去跟随着。洋官是个高长的汉子，跟着他的四个师爷（缅人，克钦，傣族人及汉人）以及几个克钦兵，都低了一个头。他戴顶涂有白垩粉的仿佛像船的帽子，穿着反领的白色汗衣，黄斜纹布的短裤，足套在长毛袜及黑漆皮鞋里，挺直地站在老刘的马店前面，打量着。当门的一列房子，才改建了一个多星期，完全新的。

老刘茫然不知所措地站在门前，嘴里慢吞吞地嚼着槟榔，唇角上溢出一点红色的汁水，时而用粗大的手指抹进口去，脸皮已皱了，现出四十来岁的样儿。他的马店生意最倒霉，人家看见他那破败的茅屋，多不愿意去住，只有从干崖担土货到八莫去卖的傣族男女，贪图店钱便易，才肯去投宿。这样赚来的钱自然很有限，只够一家人糊口度日了。他这一两年来，夜里做梦也在想法弄钱，改建他的店房。现在他从高利贷商人那里借得了一笔款子，才算打发了一半心愿，只把挡路的一列房屋，完全重新改建，他知道这是要紧的招牌，惹动旅客的广告。其余的房屋，要待发财的时候才能再修理。

洋官望了这一列的新屋子，又看看躺在足下的滇缅通商大路，便叫克钦兵拿出软尺来量量路的宽窄。随即向寸师爷讲着英语，寸师爷便翻译给老刘：

"洋官说：你新修的房子，把官家的路占了二十英尺，犯了大英国的法律，叫你今天就把占了路的房子拆去，这算宽容的优待，不然，定要处罚你。"

老刘着急了，忙把口里的槟榔汁水，吐在灰色的路上，像生肺病的人唾出的血。

"我的天，做梦都没有想到，我会侵占官家的路！我哪里敢？房子照着原来的地基改建，一寸也没有移出，请师爷看，请洋官看，这是旧地基呀。唉唉，泥土是不会装假的呵！"

寸师爷就将老刘的话翻译给洋官。洋官又叽里咕噜说了一会，望着老刘的脸色。老刘急于要知道洋官说些什么，便向寸师爷走近了一步。寸师爷掉头转告他：

"洋官说，两年前就出过布告，官家的大路，要保持五十英尺宽，修房建屋，都不得侵占一寸。至于早年的旧房子，只好听其自然，一旦改建时，就一定要依照新规矩，丝毫不能违犯的。这是大英国的法律,你明白吗?"

"呵呵,新规矩!……新规矩!"老刘伸出双手,乱抓他的头发。面容非常难看,好像误喝了一大口怪酸的醋。猛然叫道:"我不懂!我不懂!我怎么知道?天呀,我的新房子真要被拆吗?"两个拳头在空中挥,眼角上涌出泪来。

热带的三月,午后阳光是很热人的。洋官不耐烦了,伸出他黄毛茸茸的左手,把上面的长方形小手表看了一下,口气极严肃地向寸师爷说:

"告诉他,限他两分钟答复。否则就砍倒他的房子!"

寸师爷立即警告老刘。

"不!不!我们拆了房屋,天呀,还不饿饭吗?房屋,这新房屋,好像我的独儿子。你叫我杀死独儿子么?不能!不能!"老刘乱摇着头,嘴唇不住地抖,眼泪已经流在脸上。

洋官看着这个顽梗不化的人,知道没有自拆的希望,立叫克钦兵拔刀去砍屋壁,推倒占着官路的屋柱。

老刘一把抓着寸师爷,像发羊癫疯地叫:"我的天,救命呀!救命呀!……"

他的女人也号叫起来了,嚷骂着听不清的克钦话。她是户董山寨生长的克钦人,头上缠着尺来高的黑布帕,已抖散了。气得只顿她的两只脚,膝下围着数十圈细小的黑漆藤子,不住地在阳光里闪耀。

壁已砍坏了,柱也推倒了,新的房屋也就塌了下去。老刘像气疯了,大骂起来:

"天杀的官呀!天杀的狗官呀!……"

洋官冷冰冰的面孔问寸师爷:

"这老头儿叫些什么?"

寸师爷大概也有点可怜老刘了,才不忍心把骂的话老实翻译出来，只应道：

"他不过叫叫：上帝，救救我！上帝，救救我！"

"就是上帝也不能推翻我大不列颠的法律哩！"洋官的唇上，露着讽刺的神气，喃喃自语，一面转身带着人到吴家马店去检视。

"洋鬼子，真没有良心呵！"旁观的老板娘，这时才深深地叹了一口气。转进屋里时，老板带着教训的口气，向她说：

"这是老刘自讨得，送病鸡的报应呵！人不会做事，会处处吃苦头。你该亲眼看见了。哼，叫我学他，真是没见识的女人！一个鸡算得什么？"老板眉宇间扬着得意的光彩。

"好，多喂几只大肥鸡，专献给你的洋爸爸，洋老祖！哼，像这样没良心的东西，我，病鸡也不给的。"老板娘的嘴，永远不让人。

老板马上沉下了脸，只骂一声"你这张嘴哟！"就倒在床上吹烟了。

一会儿，洋官又来我老板家查看了。路边马场上新插着粗竹片编成的篱栅，被洋官的蓝眼睛打量着。这是因为两礼拜前打失一匹过夜的马，才新造篱栅来遮拦的。洋官叫人量了之后，说是侵占了官路二英尺半，吩咐马上拆去篱栅。老板额上的青筋，气得暴露出来了。连分辩的话，都说不出；又眼见刚才老刘的事，说出来，也没有效。只把嘴唇用力咬着。寸师爷带着劝慰的口气低声地说：

"英国人真难说，他们的法律，铁一样，改不动。他们办公事，一点不讲人情，不像中国的官，可以随便来的。我看，你还是自己拆的好，砍，那就太不好看了。幸喜拆篱栅并不费事，是吗？"语调十分地温和。

老板娘立刻发火似的去拆，我也照样去做。老板的两个女儿，和一个男孩，都来参加这急迫的工作。因为拆下，还可以移进去插好，砍了只可当柴烧。老板娘一面拆一面喃喃地骂：

"什么官呀！鬼官，烟堂官，尿罐罐，不要脸，黑心肺，没良心，吃你的肥鸡，给你气闷！"

一切都查看完了，寸师爷仍然回到店里，同老板睡在烟床上吹鸦片，他一面就慷慨地替老板骂英国人，不过口气还是温文尔雅地。

"英国人对待缅甸人，也是这样的。只顾在乡村地方修铁路汽车路，好运他们的洋货，到处行销，人民的苦楚死活，他们是不管的。管的时候也有，就是你犯了他们的法律。

"这里顶烦扰你们开店的，洋官也知道是那些偷马贼，但他却当作不晓得，偷几匹马，算得什么事？休想他派兵来守夜。他们官家的钱，是用来雇暗探，专查你有没有私运军火，有没有阴着捣他们政府的乱。

"这里要他派兵来，也很容易。只要是大帮匪人出现，交通断绝，洋货不能运到云南，那马上就是洋兵到了。从前，云南地方匪多，洋货去又退回，运不通，他们差不多要派兵去剿了，你说他们不热心吗？哼，为了他们自己的事，拼命都要去干的。你的苦楚是你的，同他们没关系，为什么要来管？"

洋官的随从，只有寸师爷才懂汉人话，现在寸师爷既是这样地拆穿西洋镜，谁还不放心地痛骂呢？于是，老板娘，老板的儿女，及一批来闲谈的邻家汉子，都在此时，尽量使用他们平日刻薄别人的术语，对着英国人，像箭也似的乱发，仿佛把仇敌扎成一个稻草人来射一般的痛快。

寸师爷就在这骂声盈耳中，爽心地吹着不要钱的鸦片烟。

要到黄昏了，一个克钦兵，走来店里，向寸师爷讲几句克钦话。寸师爷便向在烟床上打盹的老板，拍了一下。

"真是岂有此理，洋鬼子竟这样的厚脸皮！"

"什么？"老板睁大眼睛。望见了面前站的克钦兵，白布包在头上,腰间挂着长刀和手枪,雄赳赳的样子。

"洋官派他来说,你养的鸡,很肥大,要你再送一个去做晚饭的菜。"师爷末尾加一句,"真是厚脸皮呵!"

"妈的!"老板要骂下去。

"算了,不要为了一只鸡,再生事端了。我们中国人还要在他的地方做生意呵,老板,你是明白人。"师爷柔声劝着!

老板忍下去了,吩咐正在劈柴的我:"老汤哥,去把瘦黑鸡捉给他!"随即忿忿地叹息了,"算是又被贼偷了一只!"

嘴不让人的老板娘便趁这机会报复说:

"不呀!选一个肥大的献去,你们男子汉怎么这样气量狭小!一两只鸡,算得什么?"完全仿着老板在上午时教训她的口气,眼里射出讥讽的光芒。

老板气得手都颤抖起来了,然而回骂不出来,只有睁大两个眼睛,盯着她。

我把瘦黑鸡捉来时,克钦兵嫌小了,摇摇头,两手作势比着说:"格八,格八。"①

"格你的妈!"老板粗鲁地向旁边六岁的小女儿大喝一声。

她吓得哭起来了。

寸师爷首先哗的一声笑出来,大家也接着哄然笑了。只有克钦兵茫然的呆站着,发出一种莫明其妙的微笑。

一九三一年七月

---

① 格八:克钦话,是大的意思。

我诅咒你那么一笑

如今一想起那么一副笑容,我还要狠狠地说一声,我诅咒你!

事情的发生,原是有好几年了。但印象太深,总使人不易忘去,虽然我是极愿意在心里埋葬了这么一件不愉快的事情。

那时候,我正在克钦山中的一家客店里,做一名不三不四的伙计,过着半天苦工半天教书的日子。

每天日头落山的时候,总有好些驮货的马队,从山峰上面,带着黄昏,走了下来,在谷里的店家过夜。另外,隔不两三天,还有干崖坝的傣族妇女,尤其多的是农家少女,挑着本乡的产物:像鸡呀,鸭呀,鹅呀,蛋呀,果物呀,以及一些不知名的,少数民族地方才出产的东西,经过这儿,也来在山家店里,息宿一晚,才走到缅甸北部的大商埠,八莫去,换了些洋线,洋布,洋针,洋油,洋火之类回来,再行经过这儿,住下去,等待次日的晨光,才又同着朝霞一道儿去了。

她们成群结队地,走在三四天少有人烟的,全是原始森林的克钦山中,当然也掺杂些男子,但男子比起女的来,总是为数寥寥的。一队差不多有二三十个人,每人的肩上都挑有两个装满杂货的竹筐子。那样儿,看起来,全不像汉人挑东西的办法:竹筐子上拴着四股索子,索子系在扁担的两端。他们的呢,却不要什么索子,只把扁担的两端，插进竹筐子里面，便挑起走了。像这样挑着担子的队伍，白天缓缓地走在群山里面，一路说着笑，一路唱着歌，劳倦和辛苦，便都给年青的锐气征服着了。

正午，就把重甸甸的担子，放在坡边的树下，取出竹筐子内的铞锅，装些菜和米，走到不远的涧边，淘洗干净，拿回来放在三块石头支成的灶上。同时，另一个女伴，已在路旁的林中，捡得一抱枯干的枝条和落叶，笑盈盈地走来燃火。

饭后又重新登上熟识的旅途，同着苍茫的暮色，一齐走进山村的茅店，镇日的劳苦，便和肩上的担子，一同卸脱了。她们走进店子的时候，仿佛回到自己的家一样，也不通知主人，也不做出客气的招呼，只是笑声，话声，和着人影，一伙儿涌了进来，就急急忙忙，争先占据着好的房间，好的铺位，然后，赶到厨房去，抢着水瓢，争取清凉的水，一个个仰起脖子，咕咕地喝着，笑着。

我们的山谷，整天都是静悄悄的，非常的清冷。尤其在正午之后，大家都要躺息一会儿，店门外也少有人行走了，这时就更见寂寞，竟连四周的群山，都仿佛沉入了远古的梦中。但当她们一从山上走了下来，山谷里的茅草店子，就里里外外通换上了一种热闹的而又是欢愉的空气。

这一队漂泊的傣族女子，喝好水，息足气，便各自拿着一条洁白的汗巾，到溪边去洗澡去了。直到夜色埋着整个山谷，家家茅屋透出点点灯火时，才一面低声唱着，一面绞着水湿的头发，带着凉爽的夜气回来。登时店家的院落里，点缀起了堆堆煮饭的野火，同时弥漫着忧郁的，而也是快乐的歌声。火光闪现着，她们微红发光的面庞，晚风吹拂着，她们滴落水珠的长发，真像一群魔女似的突然在夜间出现了，也可说是江中的水妖，林间的精怪，到来了吧。

对于这些傣族少女的样子，似乎没有夸写的必要，不过我要略为说一点,就是走过好些地方,看过好些民族了,但要像傣族妇女那样的清秀,确是很少有的。第一稍稍使我感到诧异的,是她们生息的家乡——怒江流域,槟榔江流域(又名橄榄江及太平江)全是些烟瘴毒烈汉人不敢长住的地方,怎么会长出这么佳丽的花呢?大约在昆明吧,同时也在滇西的旅途中,都听到这么相似的话:

"到彝方①么?那危险,谁也不会回来了。"

自然要寻根究底问下去,而回答的话是:

"你说为什么?你会给那里的女人抓着哪!"

意思就是说滇缅滇暹交界间,有一种傣族人,女的要比汉人姑娘,好看些,容易诱惑人些。话虽是不免过分一点,但含义却有一部分是对的。

这些下山谷来过夜的傣族妇女,多半是——似乎简直照例是:先到我们这家店子来。实在住满了,才到老刘的店子去。其余的店子,却很少有去住的。这并不是我们这家客店招呼客人,特别谦和些或是店钱少些。原因是,我们店里的老板娘和她的大女儿,都能够讲三种话,也可以说是这小山谷里的两位语言学大家吧。老板娘在这儿学会了本地的克钦话,同时又因为是汉人父亲傣族母亲生的,自然汉人话和傣族话,就非常熟练的了。她的大女儿呢,在语言学这一课程上,却应当算是她妈妈的得意门徒的。因此,那些远地到来的傣族女子,为了讲话的便利,和又可以得着同族女主人和悦的招呼,便都高兴跑来就宿了。

至于老刘的店子呢,他的女人是位克钦人,会说些傣族话,但不其精通,然而,比起那些连傣族话也没人懂的客店来说,也就算是外交上的人才,不见怎样乏的了。所以,在我们店中住不下的傣族人,

---

① 当时云南人称呼少数民族住居的坝子为彝方。

便也愿意去宿夜的。

别家客店的老板，因为缺少这种外交上的语言人才，生意当然减色了许多，常常对这两家的店子，尤其是我们这家的，一面搔着头皮，发出这么羡慕的话来：

"嗯，我有这样一个老婆就好了！"

"半个也对哪，……像老刘的！"

我的老板呢，也非常自满的，以为有了这么一个老婆，做外交大臣，这么一个女儿，做着帮办，自己简直可以在这小山谷里称王了。不管哪国的使者（各色人种的旅客）前来朝贺（息宿）进贡（给店账）是一点也感不着外交上的困难的。

但有一次，进来一个买货的客人，却在外交上，因为语言的交涉，竟然也惹起了一点儿怪有兴趣的事情。

莫非来人是个哑子么？不，还是精通三种语言的哩。你想哪，这不是很有趣味吗？

这人也是住在山谷里的，专门管理山中培治道路的事情，倘若山路上，有一块地方，突然给山洪冲毁了，从八莫到腾越去的驮货马队，没法儿通过，那么，八莫的英国当局派人来查出了，便要责备他的。他是印度人，懂缅甸话和英语。但他叫克钦人下山来修路的时候，却必然先要找个会讲缅甸话的克钦人做工头的。

一天，他到我们店里来买东西，嘴里说着缅甸话"姐伍"那个名字，他满以为住在缅甸地方的人，总会懂缅甸话的。随即看见大家莫明其妙，就用拇指和二指做个圆圈圈，嘴里重又说着：

"姐伍，……姐伍！"

我们店里的两位外交人才，老板娘和她的大女儿，便把"姐伍"这个名字，费力地推测着。

"芒果吗？"

老板娘觉得他平常一来店里，看见有新下树的水果，总要买一点的，所以便这样说。跟着，就向门外的芒果树，指了一指，看看这位印度人到底是否要那种果子。

印度人却摇摇头，红着脸，急促起来了。

"姐伍，……姐伍！"

连连说着，一个音一个音地吐出，手又做着圆圈圈。然而外交大臣的老板娘，也失败了，谁还猜得出呢？

"我晓得了，我晓得了。"

做妈妈帮办的女儿，猛然爆发似的叫了起来，啪嗒啪嗒地响着木拖鞋，跑进厨下去了。笑嘻嘻地端了一竹筐子洋山芋，又啪嗒啪嗒地跑了出来，高高地举在印度人的面前，几乎要抵着他棕色的鼻头，快活地急说着：

"是不是，是不是，是不是，……你这哑巴！"

但这印度人还是摆着下巴，而脸却更红了，不自然地微笑着，嘴里想说话，却又说不出来，很着急。

满以为准猜着了的，结果却仍是错了，她便异常的扫兴，竹筐子软拖拖坠了下来，尖起嘴，气狠狠地直对着印度人骂：

"你要死了，印度鬼！"

自然他不懂得，但却明白在骂他，就现出非常难过的样子。

"不要听他的鬼话了！"

老板娘看见这已经上了门的生意，做不成，叹了一口气，便坐在一边，敞开黑洋布的胸襟，扯出奶头，塞在孩子的嘴里，一面轻轻地摇着。

这位陷到绝境的，弄成又傻又哑的印度人，突然一下子精灵了，便稍微俯下身子，蹲在地上，把两腕平伸了起来，鸟儿拍翅似的扇着，嘴里做出这样的声音。

"过得儿果，过得儿果，过得……"

同时，又把右手往屁股上一摸，仍然用手指做个圆圈圈现了出来。

"鸡蛋呀！鸡蛋呀！"

大家哄地一声，嘀嘀地大笑着。

端着竹筐子，正闷着气的人呢，也笑得把洋山芋倒了出来，骨碌碌地遍地都滚去了，她的小弟弟和妹妹，就快快活活地赶着去捉拿。

老板娘眼泪也笑了出来，一面叫着。

"天呀，天呀。"

一天到晚都躺在床上吹烟的老板，这个国王呢，也笑得从宝座上坐了起来，很有精神地喊着。

"记着呀，你们记着呀！……呀，刚才说的是'鸡母'吗？"

连自己也记不大清了，却还在正经地吩咐人家，便小了声音，改正道：

"该是'鸡乌'吧？"

一面抓抓自己的头皮。

"鸡母……鸡公嘞！"

正高兴着的老板娘，就回头打趣老板来了。

"你……哼，你多懂得喃！……人家买芒果嘞！"

老板偏一偏颈子眯小眼睛，也高兴地打趣过去。

这事以后，小孩子们一看见这位印度人走来，便远远地站着，笑嘻嘻地喊过得果了，有时还故意蹲在地上，拍着两手，学他前次下蛋的样子。这位被叫做过得果的印度人呢，就只有不好意思地，难为情地笑着。

后来，他偶然知道我是懂得一点子英语的，便在买东西的时候，就叫我来解决他的难关。比如他一进店门，就喊着：

"姐马！姐马！"

马上觉得不生效，便赶忙找着我喊：

"Hen！Hen！"

经了我的说明，才把缅甸话的"姐马"和中国话的"鸡母"联系起来，而他要的东西，也就毫不费力地得到手了。

因此，一有关于外交上的事情，他总要来拜访我这位扫马粪的伙计的。而我也有时要跑到他那里去借点书来看看，像缅甸神话印度故事那一类的英文小册子，他是藏有好些的。

在我们老板统治下的这个小王国里，我也渐渐能在外交上站得一点子地位了。老板娘和她的大女儿呢，也慢慢地由我的从中翻译，就逐次懂得好些由那位过得果所说的缅甸名词了。有些时候，竟然不要我的斡旋，也能够把过得果的外交，马马虎虎地应付过去。

至于我们的国王，这位老板呢，在语言这一课程上，却只有永远地做了个劣等的学生。像老板娘就尽可以教会他的傣族话和克钦话，而且满应该说得很流利的，但他却除几个傣族话的名词而外，什么也不会说。见了店中过夜的傣族女子，就仅会放些"黄腔"。像有些晚上，遇着她们煮好了饭，没有把院子里临时搭成的野灶撤去，他便气呼呼地叫了起来：

"小'蒲骚'你们砖也不弄开，就去'景好'吗？"

弄得那些围在油灯下面，正在吃饭的女孩子们，莫明其妙地抬起头来，怔怔地望着，筷子不动地衔在嘴里，直到他的大女儿啪嗒啪嗒地响着木拖鞋跑来，笑着说，这是讲小姑娘们砖也不弄开就去吃饭的意思，大家才笑了起来，有的竟然笑得饭也喷出。

老板便在哗笑声中"妈的"骂了一声，就红着脸躲开了。说到过得果和他直接发生了外交时，那就非找我不行了，因为到现在连他喊着"记着呀，你们记着呀"那一个缅甸人叫鸡蛋的名字，都还弄不清楚哩。

有一个深夜，我已睡着了，却被老板轻声地叫醒（往夜总是大声地呼喝着的），我就赶快翻爬起来，抓着床边照常放好的风雨灯，预备点燃着。因为我以为由山里接到马场的竹涧，大约又被落叶塞住，山泉不能流来，马又没有水饮了。这须得提着风雨灯，爬上山坡的林里，走到泉边去清理一下子的。像这事情，隔不几夜就会发生，所以风雨灯总常常放在床边的。老板见我要点燃风雨灯，就阻止我说：

"不，不，……印度人说什么？……吓吓，不晓得他要什么？……这真是讨厌的事情，吓吓。"

老板用好声音央求着我，又像在独白一般，印度人要的什么，他仿佛早已会意一点了，但又不愿对我表明似的，只是吓吓地微笑着。

把我从甜美的床上叫醒，却并非为了职务上应做的事情，我是怪不舒服的，然而，听着是在央求，也只得尾着去了。

印度人在对面那一列屋里等着，身子正像死尸似的摊在老板的烟铺上面，只有两只还是活着的手，却在缓悠悠地烧炙着鸦片的泡子。清油灯映出来的面孔，棕黄色里透出紫黑的颜色，光景像是喝过不少的酒了。

旁边坐着一位年青的欧洲绅士，装束是：翻领的白色汗衣，短的黄斜纹布裤子，长毛袜，黑皮鞋。手里握着手电筒，正把电光一下子放出，一下子关闭，那么地玩耍着。样子自然全是欧洲的模型制出的，只是一头光溜溜的短发，却是东方人的黑色，看起来大约是白种人和印度人的混合儿吧。

印度人勉强向我笑了一笑，并不说明叫我的用意，却对那欧洲绅士说着我所不懂的印度士坦里话，随即那位欧洲绅士带着命令的语气，直对我讲：

"I want a girl, boy!"

舌头弄不灵活似的，吐音极其僵硬，像也是喝醉了的。

听着这样的话，我生气了，忿忿地望着印度人；他却把眼光低了下去，射在一边，略略感着窘迫的样子。

回头看看老板，老板向着我微笑，又把这微笑献给欧洲绅士，而且更要做得谄媚些。真奇怪哪，这位语言学上的初等学生，怎么会懂得那意思呢？呵，也许是，那过去的经验已经告诉了他吧。

但我仍旧翻译给他听了，却带着埋怨的口气。

"真怪了！他向我要女人。……我有什么女人！……我又不是开窑子的！……"

"他们就是要那些傣族女子啰。……"

老板用嘴巴往那些客人睡觉的房间一指，轻声地说，做出很懂事的样儿。随即补了一句，意思是叫我识相一点儿，莫要在贵客的面前现出那么不好看的嘴脸。

"不好得罪的哪，……这是八莫官家派来查路的人。……在这里开店子，唉，真是……"

不再往下说了，苦恼地叹口气。

我按下了愤怒，稍微放软声音说：

"是不是叫我替他去找一个……"

老板点点头。

我却很生反感地说：

"这样的事，我不会做，不会，不会，不会，……我又不懂傣族话，……叫老板娘不好吗？"

最后一句话，简直是硬着头皮说的。

"嗯，嗯，这是什么话！什么话！……"

老板立即大发脾气了。就把外国人手里的电筒抓着，口吃地说：

"来，来，……大人，我，我引你去，我引你去。"

马上一个悲痛的意识，子弹也似的打进我的心头；难道竟眼睁睁地望着那些可怜的傣族少女,让人活活作践么?看看睡着的印度人,全不说什么话,只是闭起眼睛,摆着青色的下巴,他也像我的老板似的,陷到无可奈何的境地了。

都是没用的家伙!我心里恶毒地骂着,同时,燃起了愤恨的火焰了。这打扫马粪的,侍候客人的倒霉事情,也不想再做了,今晚上痛痛快快地揍那洋鬼子一顿,当夜或者明早就跑回中国去。但想到把祸事丢给这家子和那印度人,又觉不忍。而且又使我那三个可怜的小学生,弄到老虎的嘴上去,却更令我心上不好过。因为他们太天真了,从不曾把我当成小伙计一样地看待过,总是像对先生那般地敬爱着。然而,闭着眼睛让那些在生活上辛苦奔波的傣族少女给人蹂躏么?这于我,又是不可能的,绝对不能够!于是,我突然向老板和那洋鬼子追去了。

但并没有挥起拳头,却只把老板手里的电筒抓着,急促地说道:

"还是我来好了!"

"嗯,嗯,……"

老板依旧现着大不满意的样子,但也不说什么话,就把手电筒交给我,很快地便抽身转去,那样子,宛如是在说,倘若和那些傣族姑娘弄不上手而又闹起来了的话,那是不关我的事的,因为这是你自己甘愿做的哪。

于是,这一件丢脸的不愉快的工作,便全放在我的肩上了。但我这时的心上,却非常地平静,因为应付这事的计划,已经一下子布置在脑子里了。走到那些傣族少女睡的房间门口,我蓦地站住了,立在洋鬼子的面前,静静地问:

"What do you want?"

意思是想使他小小生点气,故意装做不懂的神情。

"I want a girl—beautiful girl."

虽然仍旧是不灵活的口音,但却变成急迫的恳求的语气了。仿佛一个诚实的可爱的孩子,在大人面前要糖,而现出欢喜的光景在说:

"我——我要一块糖——好吃的糖。"

并且Boy那一个使我不高兴的称呼,也取消了。

"All right!"

我冷冷静静地笑了一笑,便带着谦和的口气,简切地说一声,就带着他去找好看的姑娘去了。

旅客住屋的门和壁,就是全山谷人家的门和壁,都是苦竹片子编成的,第一取其缝隙多,容易通风透凉,同时也因为遍坡遍山丛生着矮树竹林,便于砍取,且好修造茅屋的缘故。我掀开了竹笆门,手电筒的白光,就引了我们进去。屋子里原是用竹子做的大床,组成连间铺的样式,紧靠着竹笆子的壁头。傣族的男男女女,就通通乱躺在上面。不过,两人之间总是隔有一挑杂货担子的,彼此的身子都各有秩序地伸着,谁也不会挨挤谁的。她们都静静地睡着,响着甜美的酣睡的鼻音,没有一个醒了的,抬起吃惊的头来。幸福的旅人哟,我们这两个闯入者,要来踏碎你们的好梦了。这样歉然地想着,足步便自然而然地轻了起来。但看着这位醉了的欧洲绅士笑欣欣地咂着嘴的贪馋神情,背皮都打起冷噤来了。

事情已到这步田地,是无可奈何的了,只有开始寻找美丽女子的工作。然而凡是遇着盘毛辫子,缠黑绸帕子的少女的头,我就很快地把电光摆开,不让这位馋涎欲滴的绅士瞥见,只是半带报告半似鄙夷地说一声:

"Old woman!"

遇着围有尺把高黑纱帕子的中年妇人的头(傣族女人大约是处于热带的缘故吧,三十来岁的光景,便苍老起来),就把电光在那不十分好看的面孔上,停个一二分钟,且使他注意地说道:

"Here is a girl."

这位欧洲绅士便将又尖又长的鼻子,伸了下去,但在朦胧的醉眼中,也渐渐地鉴别出来这是不够美的。鼻子里哼出一声No,就失望地抬起头来。随即忧郁地低声唱着:

"Where is she? My sweet girl..."

照见包着黑布帕子的男子的头,电光便在那粗糙的脸部上面,游戏三四分钟,让这位心急的绅士饱饱地看个够。同时利用他那醉了的糊涂心情,便略带打趣的调子问:

"Is she beautiful?"

"No,No,No,No,No,No."

鼻子里发出一串兽也似的叫声。随即抓着我的肩头乱摇,粗暴地笑着,强烈的酒气,直冲我的鼻子。

"Ha-Ha-Ha,Chinaman! Ha-Ha-Ha."

我想他一定还没有认出这是男子吧,原因是,一则醉眼昏花了,一则想不到世界上竟有这么样的旅馆,不相熟的男女会睡在一张大床上的。他的哗笑大概是奇怪我怎么会发出那样的愚问罢了。

这样游戏了好一阵,每个房间都去玩过了,终于没有找着一个好看的姑娘。当然的,这位欧洲绅士是非常的颓丧,嘴里就仍旧忧郁地哼着他那老是哼不完的调子。

"Where is she? My sweet girl..."

我却高兴极了,愉快极了,简直想跑上山峰去,大叫几声,让山泽林莽都知道我的快乐呵。

但他的贪欲的火焰,尚未熄去,无论如何,还要到别家去游猎,我也趁一时的欢喜,便率性去玩个痛快,就带他到老刘那家店子走去。

屋外的马场,浸在清清冷冷的月光里面。地上散乱地点缀着淡黑色的马的阴影，到处都响着牙齿磨着稻草的声音。不时，在稍远的地方，间或有马在作声地喷着鼻子。稻草的干香和着马尿的浓味，随着微微吹拂的夜风，一阵阵地飘来。

露天下燃着的火堆，已没有熊熊的光辉了，但那红红的余焰，却还留着；马哥头蜷屈地睡在侧边，蓑衣和月光温柔地盖在身上。犬儿听着我们的足声，狂噪地吠了起来；睡在地上的主人，翻起身，粗暴地叱责着。我向他作了一个有礼貌的问讯，便轻轻地走开了，犬儿依旧转去，平平静静地伏着。

围着马场的竹篱外面，睡着滇缅通商的灰色大道，蜿蜒地从群山里面伸了下来，又蛇也似的爬了上去。路边蔓延着的含羞草上，流着三两点暗绿的萤火，用电光触去，它们便没入草间了。

电光射入坡上黑郁郁的丛林，枝头夜宿的小鸟，便慌慌张张地叫了起来，抖着眉峰一样的翅子，纷纷散入月明的空际。一会儿，便重归静寂了。四周蓝色的山层，静悠悠地熟睡着，月光的素足，在它们的身上践踏过去，也没有丝毫觉着的样子。

只有峡里由中国奔来的槟榔江，还在深夜里独自儿雄壮地歌着，仿佛逃出故乡，远来异国，正是非常快活地，高兴地。

竹壁缝里透出了老刘家的灯光，我们这两个寻觅美丽女子的夜游人，便掀开竹笆子门，走了进去。油灯下面做着鞋子的克钦女人，黑布高包头和大耳环的阴影，正粗大地画在竹壁上面。抬起头来怔了一怔，等我招呼之后，才微笑地用汉人话问：

"做什么呀！"

一面打量着站在我侧边的外国人，就稍稍流出了惊讶的神情。

"他要查一查这屋里人，有没有为非作歹的。"

我忍住了笑，故意打起很漂亮的官腔，吓吓这位平日横蛮的女人，同时也想遮掩着这件丢脸的事情，使人家不会知道起来。

"吓吓吓……"

一通带着怪样的笑声，响在后面。回头看，不知几时老刘就已经站在我们背后了。他向我吊下嘴角含意地一笑，仿佛是在轻蔑地说——可尊敬的年青人哪！怎么你也做起"牵马"的事来？一面怪不高兴地说道：

"这一晚！一个傣族女人也没有来哪！"

不用说，他又像我的老板一样，预先懂得了，跟着很生气地说：

"你们店里不很多吗？"

看着这样的笑容，听着这样的冷语，顿时把我气恼坏了，简直像是灵魂上重重地着了一鞭似的。

"干我屁事，人家是来检查的哪！"

红涨着脸，勉强这么抵了一句，手电筒塞给外国人，便气狠狠地独自抽身走了。

到了店里，向印度人交代之后，就去睡觉，一面脱衣，一面突然想着：

"这不对哪！"

但一记起老刘刚才说的"这一晚，一个傣族女人也没来哪！"便安静地睡下了，虽然那么一副笑容曾使我不舒服了好些时候。

第二天早上，我在马场上，一面打扫马粪，一面就从树荫疏处，向老刘的门前望去。糟糕透哪！昨夜在他店里宿夜的傣族女人，正一个一个地挑着竹筐，在门边芒果树荫下，现了出来。大家沉默地走着，仿佛送葬的行列似的，已没有往日动身时应有的朝气了。内中有两个十六七岁的傣族女子，则更是低低地垂着头，软弱无力地拖着足步，仿佛还留着夜来低泣的样子。

我心里很是难过，想着，希望着：昨夜该没有那么一件不幸的事情发生吧！但愿她今朝的不快，是由于女伴间吵了嘴，骂了架，或是互相揪着头发，打过来的。

然而，不到吃早饭的时候，这曾经的确在老刘店里发生的悲惨消息，就像晨风似的吹遍山谷中的每一个茅屋了。

老板一面吃着饭，一面说着这件事情，随即带着讥讽的口气总结一句道：

"不晓得刘老乌龟昨夜又得了多少钱？……哼！这个老家伙……"

他摇摇头，好像道学先生一样，大约昨夜央求我的事情，今朝业已全然忘记了吧。

"损阴丧德哪，"老板娘起初听见老板说，就这样骂了一句，现在听完了，又重复这样叹了一声，接着说道："幸好没有在我们这里。幸好……你的眼睛瞎了哪！"突然看见她的小女儿挟菜的时候，把袖头拖在油汤里面，就这么转了话头。

"这还不是一样的么？"我接着这样地想，却没有说出，无味地吃了两碗饭便悄悄地走开了。

一面扫着马粪一面难过地思索着：昨夜做了刽子手的，不正是我吗？倘如没有老家伙的那么一笑或者我能老着面皮毫不动气的话，事情不仍然游戏似的轻轻度过了么？沉重的砖块，压上我的心头了。

但是，内心的苛责，还正担受不起的时候，却又加添了外面可怕的谣传：昨夜老刘家的洋人是我引去的，并替他传话，威吓着那儿过夜的姑娘。

这一来，我更生气，更发恼了。想着那些辩解不了的谣言，那两个受污低泣的少女，便简直恨老刘极了，无法减少心上的苦痛时，见着人家含意的微笑时，就只有忿忿地大骂一声：

"老鬼哪！我诅咒你那么一笑！"

如今想起来，我是怎样的一个懦弱而又好动感情的人呵！倘若那一夜把那色鬼痛打一顿，跑回中国，或者不顾讥笑，坚定下去，那么现在我的心上一定是清爽无垢，而也不会觉着痛苦的。

一被这件不愉快的往事，苦恼着的时候，除了切齿地骂一句"我诅咒你那么一笑"之外，不禁要想起那些勇敢的坚毅的人们而羡慕地说道：

"你们是有福的了！"

我们的友人

老江这小伙子，近来常到仰光附近的各个小城市，替人做偷卖鸦片烟和吗啡的勾当。这勾当，倒给了他适宜的好处：瘦黄带黑的脸，竟小小胖了。然而，附带这好处而来的，是从各个小城市的缅甸女人身上，惹起一点点不好向人说明的那一种疮。

当这疮恶毒地刺噬他身体的时候，便不得不留在有宏大医院的仰光从事养息了。然而，他在仰光又没家，且要每天照常吃饭，钱呢，在各个小城市赚来的，早就由那些或明或暗的赌摊，送进别人的荷包里保存着了。那些大规模贩卖毒货的大肚子老板呢，看他袖手熬着痛苦的期间，只以为他这家伙懒，绝不怜悯他施济一点点。干脆点说，留在仰光，就是饿肚皮。

然而，幸好老江还认识我们，但我们每次也就够受他的麻烦了。因我们几个失业的汉子，合租一间市外的矮小房屋，正过着缺少愉快的艰涩日子，再添一张漏洞似的嘴巴，支持起来，真难。

但他终于来找我们了。起初照例并不谈到来的本意，只是笑着像小孩子似的讲他在每一个小城市的奇遇，如像说：

"呃呃，红毛鬼哟，真像骚羊！有一天，我在竖磅的街上遇见一个醉得偏偏倒倒的红毛鬼，拦腰一抱，就把对面来的一个缅甸姑娘，紧紧搂着，尖起嘴唇，对着嫩脸上像盖印一样地乱盖。那个姑娘吓个够，像杀猪似的叫起来。……"

都知道我们过的是艰涩的日子，因此来往的人，自然少。在这寂寞的时光里，对这带着许多新鲜事件而来访的老江，就并不过分的讨厌，有时竟使我们沉闷的生活上渲染了些活泼的气象。虽然他的身上不时挥发出西药的臭味，但大家的注意，都应用在新奇事件上面，也就不介意了。而且，当他讲着奇遇时，我们——尤其是我，总是迫不及待地爱插嘴。如刚才举出的那一段新闻，就有我如此的惊问：

"那里的警察在睡觉么？"

老江因我这样的问询，似更助长了高谈的劲，便像勒着马一下再奔驰似的答复：

"警察么？红毛鬼的狗哪！站在旁边笑，伸手拉拉就是了。"

又继续有劲地说下去，或则滑到另一个动人的事件上面。直说到该烧火煮饭的时间，还不休止，于是就留下吃饭。他一面喷着口沫地说，一面便来帮着生火洗菜。吃了饭，他争着去洗碗。厨下的东西，碗柜、菜板、饭锅、铲子……都给他收拾得很干净。久没有切鱼肉而锈满了的菜刀，也沾了光，磨得透亮。同时就夸着他煮饭的本事：从福建一个有名的师长还在山里做匪头的时候，便在他部下煮饭起，一直到仰光回教店里煮饭，被主人发现是假回子而遭逐的时候止。这又是丰富的动人的宝藏。

偶然看见他在不经意地抓着两腿，便惹出我们会意的笑来了。他就窘迫地回答一个微笑，随即骂着与这抓痒有关的人：

"老缅婆娘，坏的多，你在河里洒水，她也敢扑通一声跳下来洗……"骂了一阵，他就用一种真诚而多经验的眼光射着我，说：

"我劝你不要再学老缅话；我就因懂得话弄糟糕了。"

我想找工作而学本地话的心，非常切。每次遇着这常同缅人厮混的他，总把许多事物的名称，和应酬上的用语，问个够。而他也很不

惮烦地翻译给我听,直使我流利地上了口。这时,便反问他:

"你不懂老缅话,会做你那好赚钱的生意吗?"

他没话说,含糊地笑了。

于是他的抓痒,就像忽有理由似的,趁势放肆起来。

"还是到医院去看看吧!"

我们应景就吐出这样的话,便激起他的感情了,他骂着小城市里医生的糊涂……叹着仰光没处住的苦处……

他的父亲,据他说是个贵州人,跟做官的当仆役,到广东的大城市里养了他。后来,他做了孤儿——这事连他自己也很渺茫,竟流落在福建南部的山里,匪的队伍中混过好些惊慌和欢乐的日子。四年前同些苦力漂到南洋;炙热阳光下的盐水海边,他赤裸着身体搬过轮船上的货物;鲜绿朗澈的人造森林里,他唱着猥亵的小曲,取过胶树的汁液,一直到目前去小城市里走动,度过这轻松而不十分安全的时光。他这些历史,我们听过好多次;实则也是我们高兴听,他也就不惮重复地说了又说,因此,目前他诉的苦楚,虽然觉得他是自讨得,活该,但想到这从苦难中挣扎出的一个年纪还不大的青年,把健壮的好身体,陷在没法挽救的那一般田地,总不能装出毫不关切的样子,像在对待一个陌生的偶来访问的人。于是从他激动的感情里流露出的那些话,便在我们的脸上引起相当的变化了。

由骂而叹的结论,他自然又来了这一套:

"让我煮几天饭好吗?病好,我就去了。"

我们厌恶他那抓痒的手来淘米洗菜,作为拒绝的理由,还算小。最大的,是我们处在没工作的穷苦中,没力量顾到另一个可怜的人,然而,在我们犹豫的脸色里,他又加上了凄寂的眼光望着。

谁愿意眼睁睁地看见一个熟人,站在面前苦痛地快要滚出恳求的泪珠呢?

于是，我们就勉强地答应了。让出屋的一角，作他夜里安息的地方。

炒菜煮饭，还是我们做，跑街买菜，就由他担任了。

每天早上老江到市里的大医院看了疮，便买了价钱不多的一篮菜回来，做正午十二点钟才吃的早饭。该买菜的钱，总在头一天夜里先给他；因为替我们管账的那一位，照例要睡懒觉的，不高兴别人以索菜钱为理由，一早扰了好的梦。这先给菜钱的机会，大概就使老江燃起了一点野心。晚饭吃了，他拿着钱，就悄悄地走了，点多两点钟后，便不动声色地走了回来。这一层，我们懒注意得；原因这屋里的几个汉子，素来就谁不管谁的行动。但他一进门后，金花牌的香烟，便由他笑眯眯地给我们手上各插一枝，大家也就不管三七二十一地抽。只有我缺少这本事，退还了他。我就默想着，说不定菜钱生了问题。但第二天老江提回来的菜，并不减色，照钱估计起来，似乎太丰盛了。于是大家便作一个很有礼貌的称赞：

"老江真会买！"

老江就摆出一个老跑街的架子说：

"这算得什么？"

同时放下菜，又向人散了一通烟枝，纸盒上的标号，却换成一只翘起鼻子的大象了。众人依然不好问烟的来历，一面吸，一面劈柴的劈柴，洗菜的洗菜……

这家伙，哪来这么多的钱？我脑里浮起这个疑问。

饭吃了，没事做，照例同他开玩笑，我们中的一位问：

"那里还痒么？老江。"

老江把眼睛鼻子皱在一块儿笑。

"痒倒不痒呢，打针的地方，真痛！"

同时用手轻轻摸腿子，像探险似地不敢随便落下。

"活该！谁叫你胡闹？"

"吓，不痛的时候，不由得你不胡闹。"老江竭力设法掩饰自己的短处，"唉，一个人总是自己捣自己的鬼哪！你们看，叫花子真不要脸么？也要呀。可是那肚皮捣鬼时，也就顾不得谁张着嘴向他笑了。人人都是一样，明知道有些事来不得，可惜忍不住呀！"

我们讲话素来是乱七八糟的，往往丢弃了正题不管，只抓着旁的枝叶去争辩，如上面老江建筑的那一座自卫炮台，我们中便有人不向炮台自身进攻，却开枪兜头痛击那拖来做援兵的叫花子。

"叫花子本来就不要脸——我就断不会弄到那样糟，伸手向人喊太太老爷的。"

老江便立刻脱了重围，只代叫花子尽义务来反攻了："可是哪，肚子饿了怎样办呢？老哥。"

"去作工找饭吃！"对方毅然招架。

"喂，找不到工作呢？"老江带着讽刺的微笑。

"呃，……"对方的枪眼，大约打涩了。

"我问你，你能忍着活活地饿死么？眼睁睁地就让手足硬了么？你不愿做叫化，是的，那使你太难过，但也不由你不去干坏事呀！"老江像在开机关枪。

于是，我们中的另一位，便杀出来助战：

"干坏事就会丢你的老命哪！"

老江毫不畏怯，摆过枪头就射："丢命有那容易？真的就丢了命，他也是个饱死鬼哪。你白白饿死，才真叫做活该！"

这炮弹，真足以击碎我们的阵营。因我们怕饿饭的念头，一天天地在脑里放大，早已压碎着每一个人的灵魂了，更加听着这饿和死联在一块组成的惊心吓目的字眼，多胆寒呀！

老江在暂时沉默的空气里，又像得意又像叹息地说：

"我不只想一回了,立心要做一个好一点的人。咳,总做不成!……"忽然变成粗大的声音骂:"都是为了你这家伙好捣鬼呀!"一面用手打他那漠然不理一切的肚皮,如同打一个顽皮的孩子来作玩一般。

"但我看你并不坏呀。"我们中的另一位趁势讥讽他。

"吓吓!"老江故意做出很得意似的:"不要见笑。老实说,好坏真弄不清楚,你瞧,好些没饭吃的小鸡蛋,还想和我学乖哩。"

"收住!学乖?跟你生杨梅疮么?吓吓!"

就这样你一嘴我一嘴地把一个下午的时光安置在说说笑笑的空气里面了。

每天晚上老江照例要出去玩一两点钟,回来总笑眯眯向别人手上插香烟。而每天早上的一篮菜,也是照样令人觉得过于丰盛。但到第六天晚上迟归来的,他既不散烟枝,也不笑眯眯的了。只闷坐在屋角里,想心事似的低着头。别人正讲一件目前有工作机会的事情,心里都满溢着如同犯人有出牢希望的欢乐,无心留意今晚改了样儿的他了。只有我爱关心这令我动疑的异状:

"怎样?是今天打的针,作痛了吗?"

"呃!"

我细察他的脸色,分明不是痛,而是焦躁不安。便又问:

"遇着什么事了吗?"

"呃?"

等一会,他拉我到屋外的阶边,并肩坐着低声说:

"真倒霉,一出街就碰着那个东西!"

"谁?"

"个乡下姑娘!唉!"叹了一口气,又继续说下去:"从前在芒果林里,同我睡过觉的。今天来大金塔拜佛,一头就在河滨街碰着倒霉的我，正没钱，打算眼睛掉开。唉，她才看见了，一把拉着我的手，'阿哥几……'①喜欢得说不出话来了。哼，没法，这一来就不由得不请她吃点东西，糟糕，明天的菜钱花光了！"沉默了一会，绝望似的说下去："你们知道我是这样地乱来，哪肯再留我呢？"

我一边听着他的话，一边望着天空里蓝色光辉的星点。待他忧愁地说完，便看一下他那垂头丧气的侧影，心里就想脾气不好的他们，对这可怜的人儿实在会发生不利的。好在我自己还剩下一点钱，便把该买一天菜的那个数目替他暗中补上了。把钱放在他的手里时，并说不用他还，怕他心里不安，就安慰他说：

"你教我那么多的老缅话，这就算敬你的茶钱。"

他带着惶恐不安的声音说：

"我实在是个坏蛋哪！你给我……"

终于颤抖地说不下去了，在这屋外没月光的天空下面，真分不出他的脸上起着怎样情感的变化，而我只高兴地揶揄他：

"这样同你要好的女人，有多少？"

"不多，十来个。"

他像极老实地答复，我就顺手往他肩上轻打了一巴掌，笑着骂一声：

"真是坏蛋！"

随后有一天的早上，换洗衣衫的时候，发现衣箱里仅有的三个卢比，早已失落了一个。同居的都是合得来的朋友，箱子全是照常不用锁的，而且从来就没有过打失东西的意外发生。目前除了外来的老江该处在可疑之列，还有谁呢？他的不由得的理由，和不由得的主张，实也是供人起疑的好证据。我就把箱子加了锁，紧防第二着。但他买菜回来了，样子很泰然，我也没多大理由该向他发作，又怕错怪了

---

① 阿哥几：缅语，大哥之意。

人。同时想，说不定我们中的一位抓去应急了，偶然忘记告诉我吧。我只有不愉快地洗着我的衣衫。

这一天，吃了十二点钟的早饭后，老江便匆忙地又到仰光市里去了，像那儿正有要事等待着他，吃饭的时候，就见他比平时吃得快。直到晚间之前，他才带了一脸的欢笑回来，似乎完成了一件重要的事情，并说着明天就得往别的小城市去重营他的勾当了。

晚上睡觉，忽发现枕头下面放着一个白亮亮的卢比，我惊异了，抬头望望每一个同伴的脸，只有对角落里躺着的老江，向着我现出不好意思的微笑。我明白了，便笑着骂：

"坏蛋，你这捣鬼的家伙！"

他忙伸出一根手指在嘴唇上一比，意思叫我不要声张。我看见他那羞涩难堪的红了耳朵的脸，便笑笑忍住了。

第二天，当他动身的时候，我打趣他说：

喂，去找你的姑娘吗，当心你的疮哪！"

他狡猾地笑，说："哪有那样多的姑娘，这样痛，谁要我？"

"不是前几天还有个拉你的手吗？"

"嗬嗬，要你才听进去哩！"

"什么？你这坏蛋！"我扬手要打。

他连忙笑着朝后退，同时望望有没有别人注意他，便小声说：

"真该骂！有了钱，不由得不去赌呀。你们的菜钱，我输光了两次，好危险！"

我恍然大悟了，便骂：

"哼，是的，两次：一次骗，一次偷！好家伙。"

他忙拉我到屋外去，现出孩子似的苦脸央求：

"请你打我好了，打吧，除了有疮的地方，随你手的便哪。"

"打你，弄脏了我的手！"我仍生气地骂。

"赌钱，真不好呀！"他悠悠地叹着说："竟得罪了我的好哥子！"

"一点钱不算得什么，为甚你不直说'我输了'，偏要骗人偷人呢？"我对着他的脸忿忿地问。

"你不是常常见着就骂我不该赌钱吗？哪里还敢说输呢？"他的脸浮着悲痛的颜色，静一会，又哀伤地说下去："呃，我的疮还没有好。今天看见你的箱子上了锁，我就难过得很。忙跑去找我的老板，说我要去做生意了，便得着一个卢比的路费，才拿回来悄悄地放在你的枕下。唉，我只有忍着痛走了！"

看见这可怜的人吐出可怜的声音，我便不由得不转成另一种的心情原谅他！

他走后，每天再买不着他那样一篮过于丰盛的菜，而众人也不能再从他那个笑眯眯的脸面前接着好烟抽了。

我的爱人

两个闲得无聊的朋友，真讨厌，竟寻起我的开心来了。偏把一个毫不相干的小女人，联在我的身上，硬派为我的爱人；他们两张嘴巴一齐说，全不由我分辩。结果，我生气了，连不十分入耳的话，也回敬了过去。不过平心静气地想想，他们的无理取闹，也不是凭空飞来的。因为我一听到那小女人唱着凄婉的歌曲，总不知不觉地，在脸上，口上，流露出悲恻的心情。

这可笑而又可恼的事，是发生在印度洋边的仰光Lockup里面；我同两个朋友都因犯了印度政府的第×条法律——据说是犯了危害当地政府的罪，被英帝国主义请了进去。那时正是一九三一年的初春。Lockup内的房间，蛮漂亮的，电灯和西式茅厕，通不缺少，同我在仰光郊外亚弄区住的缅式屋子一比，无论如何，我的物质生活，总算是大大地跨高了一级的。不过住久了，也讨厌，何况又缺乏生活的要素——自由呢。大概因为三个中国人都是政治犯的缘故吧，一进去就同别的囚徒隔开；于是一间屋子，便成了我们三个人占有的世界了。而三个人，在外面，就彼此怪熟悉的，因此，处在这个无聊的世界里，便简直找不出一点新鲜的有趣的故事，拿来挂在嘴上。大家只有即景生情地在对方的身上，栽诬一点令他笑也不是气也不是的趣话。我们就这样地把整天整天的好时光，全放在互相打趣的游戏里了。

另外还有一点高兴的事情，就是每天午饭后，看守的印度胡子把铁栏门打开，让我们到屋后一条露天的过道上散散步。仰头看看蔼然可亲的蓝空，总是喜欢得高举两臂，想把鲜美的空气，完全吸进肺里。有时望见一只不知名的飞鸟，闪着黑的翅子，在晴明的空中掠过，缥缈的遐思，便好像给它的双翼载去了。寂寞的心地上，跟着泛起了淡淡的乡愁。

过道对面，排立着些较少的房间，檐头垂着疏疏朗朗的绿叶藤条，门上挂着Female Cage的黑漆木牌。这，打动了我们好奇的心，每次散步时，总要悄悄地立在窗下一会儿，打算看看里面的女囚徒。但每一间都是阴沉沉的，只装满了冷寂，没有半个人影。

有一夜，忽然Female Cage那边传来了女人的歌声，正坐得乏味的我们，便一齐给歌声擒住了。屏着气，听下去。

  呵，我认清了，你们是谁呀！
  把我丈夫杀在芒果林里的，
  可不是你们这些毒蛇吗？
  茅屋也给你们放火烧了。
  如今又把我捉拿，
  请，要打就打，要杀就杀。
  你们这些毒蛇呀！

一个印度胡子大声喝止着，歌声如同胡琴断了弦一般，立即停止了。

"真是一个可怜的女人呵！"

这叹息像给弹簧一弹，突地从我心里跳了出来。两个朋友虽不十分懂得这缅语的歌曲，但那女性声调的哀婉和凄怆，却也穿透了他俩的心灵；因为，他俩的眉宇间，登时浮动着一脉悯恻的同情。

　　夜深，腰部带着一大串锁匙的印度胡子，走到铁栏门前查看的时候，我们就找些话问及那唱歌的女囚徒。从他那不高兴回答的嘴里，也打探不出什么，不过约略知道那有着哀婉歌声的女人，确是从沙拉瓦底县（Tharawaddy District）提来的"强盗婆"。

　　谁不知道沙拉瓦底县是一九三〇年十二月缅甸农民暴动的发源地呢。那女人，无疑地是一位反帝战士的妻子了。于是，在我那对她有着哀怜的心上，不知不觉地，又添上了庄严的敬意。并且由那女人歌里的意思，我就懂得暴动的农民为什么要用那样奇怪的旗帜了。在我被捕之前，曾看见英政府从农民那边夺回来的旗子，是一幅三角形的白布，绘着一条遍身鳞甲的大蛇，给一位威风凛凛的神人踏在地上挣扎。那神人有着一副雷公嘴，头上顶着小尖塔，手肘上长着一对翅子；左手捏着蛇尾，右手的刀作着快要砍下的姿势——这显然是一幅英缅斗争的剪影，巨蛇不正是象征着毒害全缅的帝国主义吗？

　　一九三一年的缅甸，正在开始咆哮的时候，每天铁栏门前阴森森的过道上，总有一队庞杂的足声，伴着铁链的噪响，刮耳地流了进来。我们把眼睛嵌在铁条缝里，就看见椎发文身，着有红绿布裙的农民的影子，带着愁苦的棕黄的瘦脸，一个个晃了过去。间或还有披着黑色袈裟裸露半臂的僧人，垂着光濯濯的头，也同他们一块儿被押着走。但这些犯人，通关不上一二天，就都又配到仰光中央监狱去了。留在这个Lockup内的，只是些案情不重的囚徒。至于那个会唱歌的"强盗婆"，却拘在这儿比较久些，也许因为是女人的缘故吧？

　　她在Female Cage里面，每天总是无缘无故地咒骂，吃饭的盘子常常给她摔破。连凶神恶煞的印度胡子，也有点感到辣手了，当她高兴要唱的时候，也不敢怎样严厉地去呼喝，只远远地皱着眉头，对她摇手。我们头一天散步，还喜欢去望望她，但不久大家就觉得怕了起来。因为她一望见谁在望,便马上凶狠狠地盯了过来,眼里射出恶毒的光芒,一直要射进你的骨髓和腑脏似的。并且,自进来以后,她的面孔,一天更比一天凶恶:头发乱蓬蓬地散到额前,黄黑的两颊深深地陷了进去。见了任何一个人影,就好像快要露出牙齿来痛咬一般。然而,她唱的歌曲,却永是含着无限的哀楚,无限的凄怆,无限的悲凉。有一次偶然听到——

"儿子和猪一块儿烧死灶旁。"

这么一句的时候,我的眼里忍不住涌出泪水了。但我的两个不懂缅语的朋友,却渐渐地感到厌倦,甚至嫌恶起来。于是,把她硬派为我的爱人的趣话,就在这些时候使用出来了。虽是我也诚诚恳恳地加过解释,然而,这趣话,却在无聊的光阴里面,长出翅子,飞翔起来。只要一听见歌声,他两个鬼东西就四个眼睛有意思地笑了起来,对着我说:

"听,你的爱人唱起来了。"

在散步时,那就更糟糕,他俩个坏家伙,便互相用肘碰我道:

"喂,去安慰人家一下吧!"

接着就哄笑起来。看着自己流露的同情,只换来恶毒的讪笑,就是石头也会气得爆炸了。……每天,每天,我总是不愉快地度着囚犯的日子,就是露天过道上的愉快散步,也不多享受了。

不久,我们三个人受了帝国主义的判决:逐出印度和缅甸。于是,Lockup的无聊生活,便轻爽地结束了。等到押送我们的海船浮在深蓝的印度洋上,看见远远的陆地变成一线黛痕的时候,我情不自禁地叫了起来。

缅甸呀,永别了!

印度呀,永别了!

我的两个永远不忘说笑的朋友,这时就在旁边微笑道:

"还要别一声你的爱人呀！"

我没有像往天那样回骂过去，也没有气恼，只凭着栏低下头去，心里真觉得有个永别的爱人，在那永别了的陆地上面受着苦难一般地悲痛！

一九三三年一月

蝎子寨山道中

——由云南的顺宁赴永昌山间

山路给旅客踏成灰白色的了，蜿蜒地伸进绿树布满的群山里面。夹道的枝头树叶，浮着温暖的三月阳光，凝成一串翠绿的微笑。我赤着脚，背上斜挂着一个白而微黄的小包袱，沿着这条毫不荒野的山路，独个儿寂寞地走着。右手握着一条从树上折下的粗树枝，尖端还留有三四片青嫩的小叶，对着路旁的草丛，一打一打地走。嘴唇微微噘起，悠然地吹着口哨儿。

"怎么今天的路上，连放牛的孩子也不见一个呢？"

从背后那面隐在天末的山腰人家，趁微明的早上便动身，已经走了半天，老是没有遇见一个人；而这毫不荒野的山路上，应该是走有响着铃声的驮货的马队，应该是走有扬着笑声的赶街的村人，心里就不免浮起这么一个疑问。

不知名的鸟声，从山腰的密树里清脆地荡漾下来，山路上就愈见得寂静幽冷。

不久，歧路现在面前，便收住了脚步，细瞧路旁草丛中一块尺来高的石碑，那曾经风霜雨露侵蚀过的苍老面孔，当然比我阅历的风尘多了。但上面几行疏疏落落的字迹，却还使人分明认得出来。照碑上所指，向西的一条比较宽的大路，是引到一个名字怪陌生的市镇，大概就隐在辽远的山峰的那一面吧。我还要走三两天路才能到的那个平原中的永昌城市呢,正分向南方的那一条小路上,而路却没有来的路上那么多的足迹,野草也不客气地侵入路心。但那朗澈微笑的绿荫旅途,在我缓缓走着的面前,仍然不吝惜地延续着,不过却淡淡地渗进了一派荒凉的野趣。然而,我悠闲无关的心情,却不能像这条山路似的延续伸展下去。口哨儿停止吹了,粗树枝也懒洋洋地拖在手头。

我想,要是有一个同路的人,就是不通姓名,默默地毫不相关地走着,也多么好呢!小时家里的狗,顽皮地尾着走到远处的往事,也惘然地浮上心头了。那欣喜地忽然窜在前面忽然地止住的小生物,连用石块投击也赶不回去的样子,使我心里激动起一点点轻微的感伤。

走路人闷躁的时候,随意唱几句调子,不舒适的心情,尽够排遣了。这我满懂得,然而偏在这个时候,这一带的山路上不宜于张口唱,做这好消遣!因为山里的林莽,越走越见得茂密,并且亚热带森林的野蛮样子,逐渐显露出来,首先溜进我的脑里的恐怖影子,便是那黄身黑斑纹张口像血盆的猛虎。虎,曾在辽远的故乡城市公园里望见过,凶恶的残酷样儿,于我并不是陌生的。我怀着近于冒险的那种心情,悄悄走着,恐怕惊动伏在丛莽中正做午睡的山野主人,扰破了它们饱唉人肉的酣梦。

到了下午两点钟,再经过一个立在草中的指路碑,才在荒凉的山道上,发现几块新鲜的马粪,又细看新印着的马蹄痕迹,正是连续地现在我要走的山路上去了。

"这骑马的人,大概刚从岔路上转来的吧?走快点定能赶得上。"

我快活得禁不住唱了起来,是学的四川戏的高腔:

    快马加鞭,

赶上那——前途的旅伴。
走着一个人呵，
好不凄然……

可以唱"凄然"的时候，心情仿佛在快乐的厅堂里跳舞着了。但我仍然不敢放肆下去，因为山路仍旧那么荒凉，林莽还是那么凶恶，没有赶上前面陌生的旅伴时，自己总是十分孤独的呀。

走了一会忽然想着：说不定前面那般骑马的主人，会是大卷黑布包头的可怖人物，手里握着枪，向人收买路钱的哩。同时又安慰自己：

"不会吧，我这样一个人。并且我可以打开背上的包袱对他说，自然先要做出和善的样子，好汉，除了这几本破书，这几件旧衣，什么也没有。你搜吧，有一句谎你，由你处置！……唉，人总比野兽好一点，匪也是人呀。……"

这么盘算一通之后，便快快地赶上前去。

斜阳偏在西面的天空了。赶到山路的转弯处，便听见小山坡的那面，嘈杂着谈话的笑声，并不止两三个强盗吧，心急得有点跳起来了，忙放松了脚步缓缓地前进着。走了十多步，又不敢前进了，站着，凝神细听，再捕捉那些从树叶缝里溜来笑声的意义。我想：

"该冒险窥探一下。真要是些收买路钱的家伙，我可以不远不近地尾在后面走，占点便宜，既不怕林莽跳出来的野兽，又没有遭抢受骇的危险！"

大着胆，小心地跑上弯路侧的小山坡，钻进坡上茂密的树丛，向弯到那面的山路窥探下去。看见下面路上走着两匹驮着箱子的马，并没有骑人。人都错落地尾在后面，高矮不齐地一共有五个。两个像是做庄稼的汉子，手里拿着马鞭，一摇一摇地走。三个十五六岁的青年，穿着蓝色的制服，像是到城里学校去读书的学生，脸上都现出互相嘲笑戏谑的样子，我舒了一口气，心上立刻爽快了。

于是兴冲冲地从坡头跑了下去。将坡上的丛莽，碰出一片声响。坡底路上走着的五个人，马上抬起头来，看见我这么一个特异装束的外乡人，都现出惊慌的脸色。他们随即赶路，一面用肘互相示意地撞一下，一面又回头来射出侦察的眼光，看看我的后面，还有伙伴尾着没有。他们刚才嘈杂的谈笑声，立刻静下了，大家互相在紧张的空气中低语着。

往天，我在路上遇见这类善良的旅伴，总高兴现出一副微笑的脸色，和蔼地去同人家攀谈。但目前却用不着，因为已给他们从不好的那一方面去描画着了，不直接着作杀人不眨眼的匪，也当成强盗的侦探。我只有带着歉然的样子，默默地尾在后面走。忽然在前面的低语中，一个瘦长身子的学生，现着鬼精灵的面孔，回转来一望，随即掉回去，大声地说，好像同人争论：

"有什么好抢的财宝呢？几箱子破书呀！"

一个圆脸的学生，半掉现着狡猾的笑容，马上转过去，也大声地说：

"抢我们么！真算瞎了眼睛，倒了霉了！"

我听着这么一唱一和的对答，心里禁不住好笑起来，暗暗说道：

"小家伙，你才瞎了眼睛了！蚊子吃菩萨认错了人！"

同时一种被人误会的悲凉，潜袭上我的心头，便有些愤激地想：

"难道我的样子会像一个匪么？身上哪一点表现出凶恶呢？难道就是这一条树丫有点像武器么？"

我随即无意识地把握在手里的粗树丫，投下路旁林木深黑的山谷里，觉得自己一身的武装，通通解除了。

做庄稼的汉子。作声地鞭着马，急躁地催赶着。学生们则无声地急走，时而掉现不安的面孔来。无尽的绿荫山路，饱和着不幸的祸事就要来了的空气。

我歉然的心情简直不安起来，几乎要这样地喊出：

"朋友们，我并不是匪，也不是匪的侦探，请放心吧。我只是一个漂泊者……"

但我马上转过一个念头，觉得好些事是越申明越糟糕的，就只好由他吧，仍默默地在紧张的空气中走着。

这一小队人中，我是一个被人憎恶的，给人恐怖的生物了。很想慢慢地缓下了脚步，还是寂寞地一个人留在荒凉的路上好些。恰好在这个时候，遇着另一批从岔路上转到前面去的苦力。他们都挑着两个空箩筐，像是在远处山里的镇市，卸脱了挑的东西，现在是怀着汗水换来的工钱，满意地转回家去，一面去，一面互相开着玩笑。

做庄稼的汉子和学生些，仿佛出了险似的，立刻放缓了紧张的脚步。马也乖巧地松了奔走的蹄子，用力地耸耸背皮，企图移一移那些给书箱压伤了的地方。

我也像得救一般，连忙越过这一小队的人马，尾在那一批苦力的后面。苦力们回头望一望，仍然不经意地走着谈笑着。我一面跟着走，一面现出问询的笑脸，同走在末尾的两三个汉子，随便地攀谈起来。偶然把彼此的姓也很亲切地交换了，而这样合心的话，也从粗厚的唇上流露出来了：

"慢慢走吧，着急什么？太阳落山，包你走到前面的客店。"

"天晚了，就走一截黑路，也不打紧。吓，人这样多，山里的野兽，哪敢出来！"

"同我们一块儿去住一家店子吧，包你占便宜，我们这一伙人，常常在这一条路上来往的！"

随便你一句我一句地乱谈着，偶然讲到土匪，一张黄麻的大面

孔,回转过来答道:

"有是有的,吓,你我一样的人,他们会来抢么?"

同时又掉过来一张瘦削的短髭脸,略微现出狡猾的样子,小声地说:

"老实说倒喜欢遇着这批贼大爷哩!"

"为什么呢?"

我惊异地问。

另一个苦力抢着回答:

"你说为什么?替他们挑东西,工钱像水一样的给我们……那真大方得很!"

我暗自想着:

"如果我真是一个绿林好汉,那目前会一定更受这些好旅伴的欢迎了!"

掩映着斜阳光辉的绿荫山道,杂响着欢快的前进的步伐,生气洋溢的旅途呵,引诱着我这双迈进的脚。

一九三二年

山中送客记

我们在克钦山中的茅草地客店,一到春末花落,瘴气出来的时候,除了少数的马驮子和傣族人经过歇夜而外,骑马坐滑竿的阔客人,简直可以说是全然绝迹了。这个期间,缅甸人称为雨季,几乎是天天落着雨,一直到十月才会停止的,因此,我们做店伙计的人,每天招呼客人的事,也就很少,便常常到山中去割喂马的青草,或是在林间采摘雨后长出来的野菌子。

但在阴历中秋的前三天,落着小小雨的黄昏时候,突然来了一位骑马的阔客人,身边带着一名跟随。他在吩咐什么的当儿,他的跟随,就略略弯着腰杆,恭恭敬敬地回答。在这样的雨季里,会来这么一个客人,实在很使我们感到诧异。大约在第二天的正午,老板就在客人那里探听出一点什么来了,便响着啪嗒啪嗒的木拖鞋,兴冲冲地跑到厨房去,拉着老板娘的手腕说:

"嘿,我说嘛,正是一位贵客哩。今天的菜要炒好一点哪。"

正给油烟子熏得满头是汗的老板娘,立刻把两只嘴角,往下一拉,铲子朝锅边用力地一撇,翻过不高兴的脸来答道:

"什么,就是皇帝老倌儿,也是这样待他,菜不好吃,就喂给猪。"

老板却一味笑嘻嘻地说:

"你不知道，我还要同他讲一笔生意哩！"

老板常常同阔客人一块儿睡着抽大烟，讲些中国地方打仗的事情，有时也听见老板在大声地笑，学着做生意人那样油滑的腔调说话。

"老先生，在这里，外国地方哪，值不到那么多，请再少一点。"

阔客人当他一个人的时候，便坐在窗前，望着檐边的雨滴出神，不住地理他嘴上的八字胡子，耸耸两只眉毛。有时忽然很严厉喊道：

"张二，你在哪里呀！"

在阔客人来的第二天下午，大老杨也骑着马来到我们的店里，他是这一条山路上的马贼，专以偷马营生的。他一到店里时，每次都是把挂在腰上的长刀，取来横放在老板的烟灯旁边，随后，就抱一个小孩在他的手腕上，抛着玩耍，一面大声地笑着说：

"嘿，小家伙，这一次又忘记给你们买东西了！"

老板一见大老杨来了，招呼之后，就赶紧躺下来，替他烧炙鸦片烟泡子，随即举起烟枪喊：

"来来来，杨大叔。"

大老杨睡下来，舒舒服服地吸了一口之后，才向老板递了一个眼色，小声问道：

"骑马的客人，还在这里吗？"

老板用手指搔搔他的头发，为难地笑了一笑，也低声问道：

"怎么？要干他的马吗？"

大老杨把嘴巴一撇。

"不，他是一位逃走的县知事，油水多哩！"

随即不说话了，取出一支香烟吸着，向屋顶吹着一圈一圈的蓝色烟子。晚饭后，他便冒着夜间的微雨，骑着马走了。

次日中秋，天可晴明了，县知事便动身到八莫去。这时他的马已经六十个卢比卖给我们的老板了,但须再骑一天,到了小田坝,才能交出。老板就派我和他十二岁的孩子阿昌,尾着去,第二天把马带回来。

临行的时候,县知事却同老板争吵起来了。

"怎么?要这么多钱一天!就是云南省城也没这么贵呵!"

"老先生,这是外国地方哪!无论你去问哪一家,都是一甲四别钱①一天!"

县知事仿佛要把嘴上的胡子,扯脱那么似的生气说道:

"哼!一开口就是外国,东洋日本我都到过,这里算什么!你们做生意的人,总是一味狡猾!"

"老先生,鸦片烟钱还没有算呵!"

老板用脚上的木拖鞋,踢着桌子脚,同时脸上做出的笑容,也已完全消失了。

县知事便走上前一步,直对着老板的鼻子,鼓起眼睛说道:

"我的马才值那一点钱吗?才值那一点钱吗?"

后来,终于是老板让步了,但却对着县知事骑在马上的背影,恨恨地吐了一口唾沫。

我们沿着大盈江的山路,向南面缓缓地走着。路虽是极其蜿蜒曲折,但却是很平坦的,道旁岩头,布着斑竹的林子,江风一阵阵扑来,枝间叶上,便洒落着夜来的露珠,湿上人的衣衫和马的鬃毛。

四周黛绿的群山,已给天风拂去了雨季期中的瘴雾,都裸露出身子,迎迓着鲜丽的朝日,清爽地微笑起来。

远的峰上,近的峡里,全是洋溢着群猴欢欣的呼啸,野鸟的歌鸣,倒反而被湮没了。

---

① 甲:即卢比,缅甸银币。别:缅甸铜币,合四个摆燦。

朝日的霞光,点染在江那面的峰尖,慢慢地抹到山脚。山脚下的林丛,江边的草莽,也渐次在晨光中很明晰地绘了出来。

浮在江里的野象也在途中望见了,要不是竖着长长的鼻子,人家会以为那是水牛哩。

县知事骑在马上,头一点一点地走着。跟随他的张二,却同我们落在后面,一路讲着闲话。我问他跟随老爷多少钱一个月,他用手拭拭额头,稍微踌躇一会道:

"我不知道,我要用钱,我就向老爷要。"

他在店里时,要买烟卷,或别的零用时,的确是伸手向县知事要。县知事总是皱一皱额头皮,三个铜板四个铜板地给他。他却每次都现出极其满足的样子,当作受了恩惠那么似的。因为想起县知事给他的钱那样的少,便问道:

"你的老爷,没带多的钱吗?"

"是的,钱带得不多!"

他一面说,一面就自然地显露出作伪的笑容,那意味宛如是在说钱是带得多的,但我却不愿意告诉你呵。

在岔路上,听见有人在那边唱着歌:

说荒唐来就荒唐,

不纳税也不完粮,

碰着官儿还要打他的耳光!

呵呵,到处都是我们的天堂!

呵呵,到处都是我们的家乡!

不久,两个人骑着马从后面赶来,打我们身边跑过,都穿着青绸短衣,黄斜纹短裤,背上挂着长刀和吊着红黑须子的通袋。一个侧过头来，对我们笑了一笑。一看，原来就是大老杨呵。他们飞快地驰到前面，扬起很大的灰尘，一会就没入前面的竹林那边去了。

要到洗马河的时候，天空飘飘扬扬地落起雨来，我们赶紧到附近破败的克钦人棚内躲避。远远近近的山峰，都给灰色的雨线封锁住了。屋前的矮树枝叶，不住地颤抖着，溅跳着水珠。

县知事坐在布满蜘蛛网的屋角下面，大大地打了个呵欠，用手揉着冒出来的眼泪水，一面喊：

"张二，快把烟家什给我拿出来！"

张二赶紧把腰杆一弯，回答一声"是"，就把驮在自家背上的包袱打开，取出烟灯烟枪和烟盘子来，放在泥地上。县知事看了一下，觉得不好躺下去，便吩咐张二道：

"把你的衣衫脱下来！"

张二简直弄得莫名其妙，只有怔怔地望着。

"快点，快点，蠢东西！"

县知事不耐烦了，接二连三地打着呵欠。

张二立刻脱下来，看见衣角上有一片泥渍，便连忙用指头刮去。县知事却马上抓着，铺在灯边湿润的地上，即刻躺下去，抽起烟来。张二看见了他的衣衫，受了那样的遭遇，面上现出甚是难过的颜色，我望他的时候，他便悲苦地微微笑着。

在洗马河到小田坝这一截路上，检查得极严，鸦片烟和烟家什一类的东西，是不可以带的。每次有客人从我们的店里动身时，老板都要叮咛又叮咛的，以免客人误陷危险。然而，这一次却没有了，大约是由于金钱上起了争执，就不愿多管闲事了吧。我自己呢，看见烟灯烟枪拿了出来时，也想告诫他的，但见他那样地作践别人的衣裳，便又不想开腔了。然而十二岁的阿昌，却不顾及别的，就一直把检查的事，讲了出来。

县知事一手拿着烟枪，张大着嘴巴，惊诧地问我道：

"你告诉我，这是真的么？"

我只得一老一实地对他讲了。但他还是现出半信半疑的样子，仿佛觉出我和阿昌想要他的烟灯烟枪一样。雨止后，在动身时，他一面冷冷地望着我，好像要看透我的肺腑似的，一面说道：

"我就相信你的话吧！我就。"

跟着登上了马。吩咐张二把烟家什和一大盒糖烟，抛入路边的江里。

到了小田坝，结果却没有遇着检查的暗探。天快要黑了，大家便在一家傣族人开的马店里歇下。县知事的烟瘾，大约又在发了吧，连连地打着呵欠，同时喃喃自语道：

"什么检查！我早就明白了。"

我不管他的，把马上了料，就带着阿昌出去玩耍，刚走到门外，便听见一个女人的声音，阿昌阿昌地喊着。一看，原是先前住在我们那里的邻居，大家喊作拐子婆的。她在一月以前还同李家马店的伙计老赵住在那边。当时他们俩打得火热，老赵在替人家炒菜的时候，往往是多放了醋，或者简直是忘了下盐，这样的笑话，如今还留在我们那边山谷里的。因此，老赵便给店主人辞去了，两人一同搬到这里来住着。后来，老赵在八莫的饭馆里找着事做。每礼拜便回到小田坝，相会一次。我同她应答几句之后，就问道：

"老赵好吗？"

她微微笑了一笑，尖起二指头掠掠她的头发，半带思索似的反问道：

"哪个老赵呀！"

刚巧由八莫开来的搭客汽车，停止在我们的不远处，穿白色洋汗衣，围红绸裙子的缅人司机，走了下来，拐子婆赶快掉过脸去招呼道：

"勒拍液捣，慈雅基！"（吃茶哪，先生！）

她一面站起来,同缅甸人到克钦人开的茶店去,一面掉回头来喊我们道:

"来,来,来,一道喝茶去!"

她见我们不去,便请我们晚上到她那里过中秋节,最后附加一句道:

"不来,我是要来拉的哪!"

在小田坝买不着鸦片烟,县知事便当夜搭汽车到八莫去。临行时,应给我们一块钱的,这在早上就曾经预先讲过,但他却理理胡子这样说道:

"钱,我不能给你了,你知道我那副烟家什要值多少?……哼!……"

他冷冷地望了我一眼,就大踏步地走上汽车去了,仿佛在命令人似的叫道:

"走吧,马上走吧!"

缅人司机便用中国话回答道:

"先生,还要等客人哩,一个人怎么能够出这么多的钱?"

"你看我没钱吗?多少?我全出!哼!"

"五甲!"

"走吧,这算什么?"

于是汽车睁大两个发亮的眼睛,驶进夜色笼罩的原野去了。

我们给县知事这么一来,连宿店钱也找不着了。在小田坝的熟人呢,就只有拐子婆,便不能不去找她。拐子婆,是有一双媚人的眼睛的,常常是水汪汪地盯过来,撩拨对面的人。但在这一夜却是非常的庄重,像一个不曾出嫁过的姑娘一样。她在煮饭的时候,不时跑到后面的窗口去探望,微微含笑地瞧那夜色掩着的田野。同我们一桌吃饭的当儿,总常常偏着头,做着在听的姿势,有时会忽然红起脸来,好像觉得我们明白了她的心事似的。窗外杂响着青蛙的声音,和着野虫的嘶鸣。在中国已经是秋天了，但这里却仍旧如同盛夏时节一般。

不久，后门内的树荫下，突然起着口哨的声音，她便把筷子一放，笑着低声说道：

"对不起，我要出去一下，你们慢慢地吃吧！"

大概她是会她的情人去了，这些事在她这里发生是毫不足怪的。

夜深还不见她回来，只有静静地等着，阿昌在我身边疲倦地打着盹。窗外的芭蕉林子和远处的田野，都浸在银白色的光海里面。几家茅草店子的小田坝，全都仿佛睡熟了。只有傣族人断断续续念经的声音，不时送了过来。

邻近人家的犬，吠着了，沉重的脚声，渐渐地响到门前，我以为拐子婆从幽会的地方归来了，但推开门进来的，却是一别多月的熟人老赵。他两手提着东西，喘着气，看着我和阿昌在屋子里，便现出惊诧的眼色，随即勉强微笑起来，招呼我们。他把手里提着的东西，放在桌子上，一面拉起衣角来，拭拭额上的汗，一面在屋里查看着。

"嗯，人呢？人呢？哪里去了！"

我怕他难过，便说她刚才出去，等一会，就会回来的。他取出几个碗来，把荷叶包内的猪肉猪蹄，鸡腿鸭髈，分别装着，另外又把月饼水果放在一个盆子里面。他显然是走得又乏又饿了，接连地吞咽着唾沫。我劝他道：

"我们已吃过了，你快吃点吧！"

"等一等，等一等。"

他望一望门外，现出孩子那么高兴的脸色，很明白地他是在盼望进来的人，会看见桌上丰富的食物，而惊喜起来的。

我不愿久待了，同时也不愿以一个朋友的资格，掺杂在他们的会聚里面，便带着阿昌告辞，他也不甚挽留，只送给我们一些月饼和香蕉。

回到傣族人店里，我先去看看我的马，却早已不见了，仅剩着一堆散乱的稻草和湿润的马粪。这一来，简直把人都急昏了。顺着马蹄的痕迹查看，发现竹笆的篱落已有拆坏的地方，篱脚下的含羞草，亦因遭了践踏，完全低垂着了。同时在浸着雨水的泥地上，且找出了人脚的印迹。这很明白，我们的马已给人家偷去了。

店主人同我到处去寻找，但哪里寻得着呢？小田坝的人家都已睡了，一切都是静悄悄地躺在月光底下。只有老赵那里，还透出一星的灯火。顺便走了进去，桌上的食物，还一点也不动地放在那里。蜡烛已快要燃完了，烛泪在慢慢地往下流着。扑灯蛾在火光的四周轻轻地飞舞。老赵独自坐在屋角落里，靠着墙壁睡着了。听见了我的脚声，他突然惊醒起来，欢喜地喊道：

"呀，你回来了，等多半天呵！"

他一面揉着眼睛走来，看见是我，顿时脸色变了，笼上一层失望的悲哀。

"她还没有回来过吗？"

问这样话的时候，我心里也很难过，他摇摇头，嘴唇扭动，说不出话来。

"你该吃一点东西哪，不要难过，她会回来的。"

他看一看桌上的东西，眼睛润湿起来。

在这时，我觉得只有讲另外的话，岔开他的心思，便把店主人买马和刚才失马的事情，一五一十地完全讲给他听。

他却用他那只大手，搔着浅发的头，粗暴地打断我的话。

"我难过得很，请你不要再讲你的马了！"

虽然我知道他和拐子婆间的悲剧，迟早终有一天是要发生的，但我总希望她快点回来，暂时把这人从痛苦的海里救出。

第二天早上，失掉马的人和失掉妻的人，都带着难过的心情，爬上北面的克钦山峰，去碰各人以后的命运去了。一路上他没有说一句话，即在歇脚的时候，也只是低着头。

我自己呢，走向店子愈近，便越觉得难过，自然提不起好心情去安慰他，大家只有默默地走着，好像在送葬似的。

走到店子，一进门去，阿昌就带着哭声喊道：

"爸爸，马给人家偷去了！"

老板并不生气，只从烟铺上爬了起来，笑嘻嘻地说：

"我早就知道了，到后面去看看吧！"

同时又向老赵半带打趣似的说：

"你是寻找她吗？她也骑着马找你哩！"

我同阿昌连忙跑到后面马场上去看，昨夜失掉的马，正在芒果树下，吃着干草，摇摆着尾巴。我摸摸它的腰部，带着责备孩子那么似的口气说道：

"你这家伙，真使我们为难呵！"

老板娘抱着孩子站在我的身边说：

"今天早上一早，两个骑马的人跑来歇气，你猜，是哪两个人？……一个是大老杨，他这回是要抢县知事的钱的，几次都不凑巧，只偷得马了，哪晓得马是我们买了，真真气坏了他。又一个是——"

她看见老赵走来了，便住了嘴。老赵却惊喜地拉着我的手喊道：

"呵呀，你的马已找得了吗？真好运气，真好运气！"

他说得上气不接下气地，停了一会，才又说出：

"我一路上都在请菩萨保佑，让我们都有好运气，唉！菩萨真有眼睛呵！"

他那诚实的脸上，浮着希望的愉快的微笑。

一九三四年夏　上海

瞎子客店

到现在，我还忘记不了这家怪店子。一进门，店主人便说，你不要动，客人，对不起，我要摸摸你的身上。第二天早上动身时，他还要重新摸你一遍，然后放你出门。原来店主人父子两位，全是瞎子，他们怕人家拿走东西，所以对待来客，才有这样麻烦。

店子是就着一个岩洞做的，木板的门外边，横着一条行人稀少的山路，此外便没有别的人家。我到那儿的时候，太阳正落下山去，远近无数的群峰，都在黄昏的天空下面，显得异样的乌蓝。其间看不见一点生动的东西，没有浮云，没有飞鸟，就连近处，也听不出晚风吹过林梢的声音。一切都静悄悄的，走向黑暗中去。使人想着这是另一个世界吧，主人也许正是和我们相异的生物哩。

主人四十来岁，眼眶周围镶着红边，眼泪汪汪的，常常要掉下来的样子，枯瘦的两边脸庞，也现着泪痕。他的儿子有十四五岁，眼睛看起来好像没有毛病，但却一点也看不见，这就是俗语称呼的"睁光瞎"。他不像他爸爸老是低头坐着，他到底还是孩子，总爱手不停脚不住的。他把我安顿好，便拿把弯刀和根索子，走到外面去砍柴。我就奇怪地问道：

"现在出去干啥，天不是快要黑了么？出去怎么看得见？"

事后才想到这话问得太笨，天黑和瞎子有啥相干。当时店主人急忙拿话打岔我，并举起手摇了两摇。瞎孩子没说什么，只苦笑一下，现出一脸黯淡的神色。店主人等儿子走后，还侧耳倾听一回，才小声叮咛我，要我千忌莫说啥子看得见看不见的话，因为这会使他儿子难过的。他儿子生下来眼睛就不行，本来分不出啥子黑暗和光明，但因过往的客人，讲起外面的世道，怎样繁华，怎样好看，他儿子便由此动了心，渴想有这么一天，眼睛睁开看得见。同时又从他们那里，懂得了天热便是白天，天冷就是晚上，现在所以分不出来，原因目前正是暑天。并嘱咐我：

"你如果打动了他的心病，你得好好安慰他，说他的眼睛，包医得好，将来定会看得见光明的。他因为有了这些想头，人人又都替他担保，他才兴兴头头地做事。你想，这店子还弄得不坏，就全靠他哪。"随即叹息了一声，"可怜的娃子，世间哪有这样的医生呢，就有，我们也请不起，请得起，他也不会到这鬼地方来。"

做父亲的那种爱和忧郁，也感染到我的心上。我一壁听他讲，一壁把屋子中间微微冒烟的火堆，加上柴，引它着燃。到这时火已熊熊上升。趴在岩洞内的蝙蝠，见了火光，立刻飞起来，打了几个旋子，便飞了出去。我向店主人打量，才见他是拿背对我，脸朝着黑暗的角落里的。我便问他，为什么不车转身来。他才说，他是害怕火光的。因为他的眼睛生来并不瞎，后来生病失了明，不过还能模糊看见一点影子，只是一对着光亮的地方就痛、就不好过；所以终天老躲在黑暗里，或是时常埋着头，一到夜深熄了火，就顶好受了。凭他的记忆，指挥手和脚，还能走到洞外去汲山涧里的泉水。所以他往往到了夜间，才能做许多要做的事情，白天则全变成个废人，像老鼠子般的藏着。接着唉声叹气一会，说是为了儿子，他们该到先前眼睛不瞎曾经到过的那些城市去，一则好找生活，二则好寻医生。但为了自己怕见光亮，就不能不打算在这个黑暗山洞里，住他一生一世。可是一听见儿子说着要看光明的话，又不禁难过起来：

"我不能为我这把老骨头，就把儿子埋葬在这鬼地方。但要儿子丢了我，我又简直活不下。我只有让自己，同时也叫别人，尽量说着谎话，好叫他耐着性子，在这暗洞里陪我度日。咳，一想起我做的事，全是罪过，我的眼睛就越发疼痛起来，就越发不能朝着光明的地方看，我便只好啥子也不爱想，也不敢想了，甘愿一条猪样地活下去。但是，人到底不是猪呀。"

我望望他那消瘦的背，瘦削的身子，我懂得这是什么东西，将他弄成那样的，不觉深深叹息起来。

我忍不住问道："你们是这里人吗？"

"不是。"他摇一摇头。

我又跟着问道："做啥子来在这个地方，一路上几十里都没有人烟。"

他没有说话了，只低下头。

我看看岩洞，有些岩浆，凝结成锥形，悬挂在岩顶；有些则凝在地上，形成石笋；有些地方，水还一点一点地滴下。于是我说道："这样的地方，咋个好住人呢？"

他等了一会，却问我道："请问客人，你为啥经过这里？要到哪里去？"

我一路上同人谈话，只要问我到什么地方，我总说到前边某个地方算了，绝不谈到要到缅甸那样远的外国。我怕说远了，人家总会猜想身上一定有几个钱，才敢出远门，说不定还会引起一些坏人见财起意。但这是一个瞎子，大大减少了我的顾虑，我便随便说出靠中国边境的一个缅甸城市。他很是惊异地说：

"咋个要到哪样的地方呢？"

我没有答应，只是观看岩洞的各种各样的石钟乳，又看飞进飞出的蝙蝠。

他忽然小声地问:"你是不是也犯了一点事情?"

我告诉他,什么事情也没有犯过,只是找不到工作,生活困难,便朝外国走去。随又问他:"你犯了点事情么?"

"没有,"他连忙回答,接着又说一声,"没有。"

这倒更引起我的疑惑了。我故意说道:"家乡地方有些有钱人,太可恶,简直叫人活不下去。"

"对,你说得对!"他大声地说,带着极为感慨的声调。他好像忍不住了,停一会儿,大大叹口气:"太可恶了,真是太可恶了!"

我见他又不说下去了,便催问他:"什么太可恶?你是说一个官,还是一个地主?"

他摇一下头,恨恨地说:"都不是!"

我立即问他:"那又是什么人呢?"

他愤怒地说:"他妈的,尽是些鸦片烟鬼!一家人都烧烟,侍候的丫头子,大大小小,就有一二十个!"

我禁不住惊异地说:"有这么多的丫头!"

大概我的惊异,助长了他谈话的兴趣,他兴奋地说:"阔气得很呵!家里有花园,有戏台,叫戏子到家里来演戏不说,还自己登台唱小生啊。"

我插嘴问:"你说的是哪一个人?"

他小声地说:"你我都是一样的人,听见你光脚板走路,我就晓得了。你还要到外国去,我更加放心了。我告诉你吧,那就是有名的二少爷,罗家二少爷。"

我问他道:"他做过官吗?"

"他做什么官啰!整天躺着吹鸦片烟。"他轻蔑地说,随又放低了声音,"听说他父亲那一辈人,才是做官的。官做得很大,在外省做过都督哩。"

"田地很多吗？"

"不晓得有多少，都在外州县。城里房子就多了，有一半都是他家的。有人叫他父亲，不叫名字，总是叫罗半城。我爹妈都在他家公馆里做事的，我爹做厨子，我妈缝衣裳。我从小就在公馆里听使唤的。他二少爷到乡下收租，也带我到乡下去住过。还叫我陪他家少爷小姐读读书。他们公馆里就请个老师来教。我算是肯用功的，比哪个少爷都行。"

我忍不住问："你读过'四书''五经'吗？"

"怎么不读？还读教科学哩。"他高兴地说，接着又笑起来了，"我还学过唱戏哩。他二少爷，玩得怪得很，请戏子到公馆来教。这就不准少爷小姐学了，只叫丫头子跟我们这些小子学。更有趣的，他也学哩。他专唱小生，四五十岁了，他还演《蒋世隆抢伞》哩，唱得怪难听的，叫人忍不住笑。可是他在台上唱的时候，哪个敢笑哪！他一发气，我们这些小子跟丫头，个个都发抖。他歪得很，大家背后叫他无二爷，真是五殿阎罗的差狗，要人的命！"

我笑着问他："你学过什么戏？爱演哪种角色？"

他愉快地说："教戏的师傅，说我演小生小旦都合适，可是一上台，那个无二爷只准我演跟班，跑龙套。有的时候，也让演小旦。真叫人气！"他随即笑了，"本来哩，他一出门，总叫我做他的跟随，还叫我背一杆枪。"

我奇怪地问："背枪？城里有抢人的么？你给他保镖？"

他笑起来了，"背什么枪啰，烟枪，鸦片烟枪！他一到哪家去，先就要躺下去吹烟，再谈事情。他脾气古怪，别人的烟枪，他嫌脏，硬要用自己的。那杆枪，漂亮得很，嵌上银子做的花纹。那是他的宝贝，他的命根子！"

我忍不住打趣地说："他叫你背枪，看来很看重你啰？"

"那不是！"他高兴地说，随又深深叹口气，他没有再说下去了。

我推测地问："后来出了什么事呢？"

他大大地叹口气，然后低声地说："就怪我自己，不该学唱戏。坏事就出在演戏上头！"

我见他没有说下去，就又猜测地说："难道你演跟班，跑龙套走错了脚步，演小旦唱了黄腔？"

"咳，要是专演跟班跑龙套、小旦什么的倒没有事了。就是不该上台去演小生。"

"你那无二爷准许你演吗？"

"他怎么准我演？从来不准许演的。就是他不在家的时候，他出街总是晚上，有时没有带我。太太小姐还有老太太，闲得无聊，就叫我演戏给他们看。我演小生，丫头子演旦角。有一回，我演《蒋世隆抢伞》，真使她们喜欢，还拍手哩。我正唱：'关津渡口有人盘，关津渡口人盘问，就说蒋世隆是你的亲丈夫。'忽然无二爷喝声，'跟我停下来！'真不知道他几时回来了。他叫我到他的房间里去，他的脸子气青了，吃鸦片的人，脸子原就是青的，现在更加青了，他鬼声鬼气问我：'你想拐走她吗？混账王八蛋，黄鼠狼想吃天鹅蛋了！'我明白他是说我要拐他的丫头，那个演小旦的。我赶忙向他说：'那只是演戏哪，下了台，她是她，我是我，大家没相干。'他横眉竖眼地骂：'演戏是那样演的么？就那样认真么？一眼就看得出来，你两个狗东西，不是在演戏，硬是明目张胆在调情。'哎呀，这就有口难分了。我只是说，'在戏台上的，是蒋世隆，不是我。'我还没有说完，他就狠狠地打我两个耳光，还说，不是看在我爹我妈上头，一定要赶到乡下去。他叫我以后不准走进二门，只准在后花园，帮花匠，浇花扯草。还不许我唱，不许我拉胡琴。你看，他们有钱人，就是仗势欺人，蛮不讲理。咳！"

他好像拿给往事压住了，痛苦得讲不下去。

我追问下去："这总好了嘛！后来又出了什么事呢？"

等了一会儿，他勉强说下去："叫我浇花扯草也好，我就跟老师傅学习，怎么栽好花，把花枝盘成各种样子，都有一套技术，我想这套手艺，一定要学到手。这总比背杆枪，整天伺候人好。哎呀，就是有点不好，听不得戏台上吹吹打打，一听我就什么也学不下去了。偏偏后花园就跟他家戏台挨在紧隔壁，早晚丫头子些，都要学戏，这可使我为难了。有什么办法呢，只好下死劲忍着，有时候盘花枝，还出了拐，把好枝子弄断了。师傅还好，没有骂我，只狠狠地埋怨几句：'小伙子，狗吃了你的心了？瞌睡没有睡够？'吃人家的饭，服人家管，有什么办法呢。我想到乡下去，我的哥哥，叔叔婶婶，都在乡下种田，年轻时候，我也在乡下过过日子，为什么不去呢？听不见吹吹打打，耳根就清静了嘛！可是师傅对我很好，总肯这样也教，那样也教。再呢，我也舍不得离开爹妈，日子就一天一天地拖下去。"

说到这里，他不说下去，只是深深地叹气。

我淡淡地问道："你栽花的手艺总学会了吧？"

他笑了一下："学到啥，后来完全丢了。"

"你到乡下去了？"

"没有到乡下。我倒一趟子跑得远远的了。"

"为什么跑了？无二爷赶了你？"

"他没有赶我，倒是自己跑的。"

"为什么？"

他苦笑了，然后慢慢地说："像你处到我那步田地，你也会跑的。"

我奇异地问："又出了什么事情？"

他有点激动，但又尽量抑制地说："有一天下午，师傅没有在，听说他跟着无二爷下乡去了。那边乡下也有个大花园，夏天天气热的时候，无二爷要带太太小姐到乡下去住十天半月，花匠就得跟着去。我往年，也得去，给他背烟枪，拿烟家什。这一年，我赶到后花园，就再也不下乡了。这倒好，后花园是我一个人的了，我可以拿着胡琴，自拉自唱了。不过，还是小声小声地唱，小声小声地拉，我怕以后有人告我的状。你晓得，公馆里头，也有人讨好卖乖，向无二爷告这样，告那样……"

我怕他说远了，连忙说道："你说，有一天下午，有一天下午怎么样？"

"对，有一天下午，我歇气的时候，坐在茶花树子底下，正在小声地自拉自唱的时候，她走到我身边来了。"

我忍不住问："是什么人？"

"是明珠！"他回答的时候，声音有点激动。

"明珠？"

"就是跟我一道唱抢伞的那个丫头！"

"呵！"我惊异。

等一会，他又说下去："我看她脸色不好，我就停下手来，连忙问她：'怎么搞起的？没有带你去。'我以为老爷太太没有带她下乡，使她难受。因为老爷太太下乡下，总是要带喜欢一点的人。她没有说话，只是阴愁愁的。我说：'我摘一朵花给你戴，今天早上刚开的，又香又好看的。'她立即抵塞我：'戴花，戴死哩！'我很惊异，心想：'撞了鬼哪。'但不好说出来，只是望着她。她更气了，脸色难看得很。我说：'你为什么，发我的脾气？'她这才恨恨地说：'小梁，我不是发你的脾气，我恨死那一对老鬼！'我赶忙问她：'他们怎么样？骂了你？打了你？'她咬着嘴唇，摇一摇头。我说：'没有骂你，又没有打你，那又有什好气的呢？'她有气无力地坐了下来，双手蒙着头说：'我活不出来了！'我大吃一惊，连忙蹲在她的身边，急不能耐地问：'出了什么事情？把你逼成这样子！'她气狠狠地反问我一句：'你还不晓得么？今天上午的事情。'我说：'我吃在后花园，住在后花园，前边的事情，我怎么知道？'她才告诉我：'无二爷同他的老婆，吵了一架。就是无二爷要带我去，二太太不准许，就吵了起来。'我说：'不准你去，那就算了嘛，有什么好气呢？'她骂我一句：'你简直蠢死了，二太太的凶样子，你都看不出来吗？'我说：'自从我到后花园以来，她到花园摘花，倒和气得很，还问这问那的。'明珠她责备我说：'你呀，你怎么这样糊涂？唱戏的时候，倒是那样的聪明呵！'我说：'你一下把我打蒙了，只叫我急得难受呀！'她这才软和下来，小声对我说：'你妈，是个好人，你们一家人都好。你妈刚才对我说，孩子，你懂得没有？二太太不放松你呵！翠芝姐姐怎么死的，你知道吗？'我说：'我晓得，就是二太太给她吃了半碗肉圆子。'你妈，赶快摇下手，还害怕地说：'孩子，这话乱讲不得呵！你千万不要乱讲话，千万不要乱接东西吃。''哎呀，想起翠芝姐姐那样死的，一脸乌黑，嘴巴鼻子流血，我想，我活不出来了，她就是惹无二爷喜欢，二太太恨哪！'我这才一下子明白了，我难过地说：'这只有逃走了！你有家吗？你有爹娘吗？'她叹气地说：'我从小卖来的，不知道家在哪里，也不晓得哪个是我的爹妈。''哎呀，这怎么办呢？'我也痛苦起来了。她抬一抬头：'你说得对，只有逃走了。我一个能逃走吗？人家关津渡口有人盘，我怎么回答？'我明白她要我真正演抢伞那折戏了，我低下头说：'我就担心我爹妈……'她打断我的话说：'他们饿不着的，还有你哥哥。'我又说：'以后怎么过活呢？我身边一文钱也没有。'她说：'不要怕，我有钱，还有些簪环首饰。'我说：'花费完了，又怎么办？'她说：'我们在边远地方，可以搭班子演戏嘛！'一说到演戏，我就昏了，什么都不顾了，当夜就同她一道逃走了。"

听到这里，我忍不住说："这逃的好，这逃的好！"

他却叹口气说："逃是逃了，恶人坏人，可到处都有哪。"我惊奇地问："在这边远地方，又发生了什么事情？"

他难过地说："我一生全是拿跟唱戏毁坏了！我们就不该在这边远地方搭了班子。开初我们唱一处，热闹一处，后来一个军官，听说还是一个大军官，抢夺了明珠，那时她已经做了我的妻子，还生了一个男孩。那狗东西，还赶走我，不准我再唱戏，还连我们搭的班子，也一齐赶走。就在这个时候，气坏了眼睛，戏唱不成了，我只好带着这个孩子，住在这个山洞里。"

我立即问道："孩子的妈后来怎样了呢？"

"咳，她那性子，怎么忍受得了？听说，抢去不几天，就吊死了！"他用很大的气力，才说完这一句话，接着又深深地叹气。

我望望他那消瘦的背，瘦削的身子，也不觉深深叹息起来。

停了一阵，他大概为了驱除忧愁吧，又故意高兴地说："尽管到处有坏人恶人，好人还是不少的。山那边有好些人家，他们都是种鸦片烟的，打这里过，听见我一个人又拉胡琴，又唱曲子，就很喜欢听。还有年轻人跑来学哩。他们都是好人，帮我做好多事。油盐柴米全靠他们。不然的话，光有客人留下的歇店钱，我们两个瞎子，也活不了。我没法到处走，我就整天拉胡琴唱戏，又唱小生，又唱小旦，又唱各种各样的角色，真像有好几个人跟我在台上唱戏。有些戏，道白多，我就用几种腔调讲话，一时是老夫人，一时是小姐，一时是丫头，讲得很热闹，好像来了很多客人。儿子就会惊异地说：'爸爸，来了这么多的客人，我怎么没有听见他们走进来？伸手也摸不着他们哩？'我不好直搭直告诉他，说我先前见过他们，同他们讲过话，现在没事，学他们讲着玩。只能说，我还是在唱戏，喜欢怎么说，就怎么说罢了。

"你要晓得，他生下来就瞎，半点也没有看过东西，你一告诉他，他全想不通，倒反而着急，要睁开眼睛去看一看，结果，会惹得他闷个几天，不论啥子事，都做得无味。只有许他，有一天，眼睛会看见光明，他才肯做事情。"

夜深，远山起着虎叫的声音，令人不禁战栗，店主人惊慌地转过身来，半响才说出："哪，好几年没听见这个了。"随即立起身来，急急忙忙地摸了出去，大声叫了几下银宝，却没听见回答过来，就焦急地埋怨：

"该死的东西，到底跑到哪里去了。"

我也跟着出去，这暗洞外有满山的好月色，倘不是有了虎叫的威胁，我想，谁还不觉得山中的月夜，又幽静，又甜美呢？但我的想法，立刻就给店主人推翻了，他低下头向天空摇一摇手，用着厌恶的声音，骂道：

"见鬼，偏碰着这么大的月亮！"

接着，他就恳求我走远一点去叫他的儿子，自己则躲在一株树荫下面。可怜的东西，他竟连月亮也怕起来了。

转过一个坡，便叫应了银宝，我见他背着一捆柴，在月光中安详地走来，毫没一点惧怕的样子。我诧异地问道：

"你没有听见么？刚才老虎叫。"

"听见了。"

他回答得十分平静。我忍不住说道：

"听见了，你不怕么？"

"那有啥怕头。那不过是一种叫声罢了！"

他这样回答我，一面走着他的纯熟的小步子。走了几步，又继续说道：

"世间最可怕的，不是这叫声哪。"

说到这里的时候，声音里便混合着一些颤抖。我明白他还没有听说过老虎的厉害，意思想警告他防备一下，便说老虎才是世间最可怕的，因为它会吃人哩。他站着，连柴连身子，惊耸了一下，接着粗声说道：

"要是我看得见，我还怕它么？"

这时我知道惹起他的毛病了，便连忙把他爸爸告诉我的话，拿来安慰他一番。但他却悲哀地说道：

"来来往往的客人，都这么告诉我，可是那光明的日子为啥不快点到来了呢？"

我为了安慰他这可怜人，便拿出坚决的声音，担保道：

"快了，兄弟。"

老实说，我并不像他父亲那样哄他骗他，我倒是真心诚意地盼望光明的日子早点到来。因为我觉得我自己也是一个瞎子，生活在黑暗中，只看见丑恶的现象，希望有一天世界光明了，能够看见美好的东西。

一九三五年　上海

瘴气的谷

只不过旧历的二月罢了,但谷里的天气,却热闷得怕人,仿佛已经到了三伏天似的。

路边的茅草,又粗又硬,不小心的时候,简直会把脚腿刺痛。

苍蝇虽不会吃人,但见它猛然扑到脸上来的时候,就会害怕地觉得像要来咬掉脸上的肉一样。

我那时是喜欢旅行的,走到这样的地方,当然,便特别感到兴趣了,打算放缓了脚步,用好奇的眼睛,搜索着一些不曾看见过的东西。然而,我的前一天在山路上碰着的旅伴,一位自称是生意人可没有货物的可疑的家伙,却现出害怕的样子来了,回转头来皱拢两道浓眉,催促我道:

"走快一点!走快一点!……你晓得这里是什么地方呵?"

"自然,我晓得。……那是一树什么花呀?……不要管,人家还会抢你我么?"

我早就猜着,在这山陡谷险的地方,强盗爷爷是难免没有一点儿的,两手空空的流浪者,用得上什么担忧呢,只顾向近处一根三四丈高都全是红花的树子发呆。

"鬼花哩!……我告诉你,不是说那些抢人的,小伙子!"

他将这到腰杆上的包袱,朝背上拉了一拉,走了好几步,才带训斥一般的口气，回答我，语气上好像是个老头子那么似的，但人其实不过三十来岁罢了。我就不免有点不高兴，仍旧慢慢地走，眼珠子朝路旁随意地溜着，倒像说又不说似的说道：

"哪，……有什么可怕的呢？……你怕天黑赶不到店子么？"

"哼，你没有听见人家说么？这个谷里是有瘴气。……快点，快点，一到天黑就要出来的。"

"呵！"

他听见我吃惊了，便有劲地说着，宛如要使我更加佩服他那老有经验的话语似的。

"人家说这个谷里的瘴气，是一个蛤蟆精放出来的，懂么？蛤蟆精。下雨天，赶马人就看见过的，你猜，喂，等一等，你猜，那是一个什么样子呀？"

他竟然停着脚步来考问我了。

"快走吧！那还不是一个难看的大蛤蟆？……你就忘记瘴气了么？"

我对他用手挥一挥，好像在赶他朝前赶路似的。

他的脚立刻本能地加快走了起来，但嘴巴却仍兴奋地说着。

"大蛤蟆？不！一个着红衣的漂亮姑娘呀！站在黄桷树的根上，把一头黑头发，梳呀梳地，妈妈的，够迷人哩！……"

"我们今晚上，不好看看她么？这样迷人的东西！"

我不大相信这类的事情，便说出和他打趣的话来。

"嗯，你怕不要命了！……会看见她的人，哪里还活得出来呢？"

"怎么？她吃人么？"

"她哪里高兴吃你哩！你还没有挨近她，就被她吐出来的瘴气毒住了哪！"

"那么,你又怎么晓得她是穿红衣的女子哩?"

"嗨,我不是告诉过你是别人告诉的哪?"

"怎么!他还活着呢?不是说看见了就会死了么?"

"哈,你怎么这样笨?他也是听来的呵!"

我不爱把游戏的问话再继续下去了,因为人类本来是长于说谎,而且又长于相信谎话的,姑且默默地就承认是笨了吧。

"还有,潞江坝的瘴气就不同了。"

他躬下身去理理脚上松弛了的草鞋绊结,当伸起来的时候,便开始了这一句话,但不说下去,仿佛要等我催问:"那又是怎样的呢?"可是,我不开腔,只顾埋头赶我的路。

"我告诉你,那是江里面的一条黑鱼精……"

他终于再说下去。我心里却想道:"谢谢,我没有请你告诉我!"他一面讲话,一面走。不知不觉地就慢了起来,有时候,如果不是我叫他快走的话,便会停在路上让嘴巴子单独活动了。

谷里四周的山都很高,到半下午的时候,太阳就老早不见了,只是留着使人难于忍受的闷热。我们都解开纽扣,敞出胸膛来,把蒸湿衣衫的汗气放去。我怕今晚赶不到山上去投宿,会留在谷里过露天的夜,让瘴气来磨折,便屡屡回头催促他:

"天要黑了,走快一点,到那边店里去讲不好么?"

"好的,好的。"

每次都这么答允着,但不一会儿,他又啰啰唆唆说起来了,由瘴气的妖精,说到能在这瘴气里面过日子的傣族人,以及他们那些美貌的女子,又如何在晚间变成猫头鹰来抓人的故事。倘不是心里对于瘴气,常是惴惴的话,一面听一面走,也许是很有味道的。

因为我走得很快,他要加紧赶我,不久便听不见他讲话,只闻着他喘气的声音了,我心里高兴地想:"看你还多嘴嘛!"走了好一会

儿,他落在后面了,我以为他又要喊道:

"等一等,不要那么快!"把"她在房檐口飞,像一只夜白飞一般。"的话,继续说下去,但是并没有,我好奇地掉回头去看。

呀,他的脸色变得灰而且青了,额上冒出大颗大颗的汗珠,鼻孔里流出淡淡的清水。

"老哥,你病了么?"

我放缓了脚步。

"喂,说哪,是不是发了绞肠痧?"

他摇一摇头,举起微颤的手来,拭他额上的汗。

"莫非中瘴气了么?"

我惶恐地回顾:天在昏暗了,谷里吐着雾。

路旁的林中小径,钻出一个人来把我吓得一跳。

我的旅伴向他问了一句,他回答着,露出了一排黑色的牙齿。这时我才看清了,他的肩上荷着一根锄头。而他俩一问一答的话,我却懂不得,大约说的夷人话吧。

我还在打量那个黑齿人的背影时,我的同伴便像恢复了好些元气似的,掀一掀我的肩膀,说道:

"不要紧了,快走吧!"

一面扯着袖头来揩他的鼻子和额头,极其用劲地走向我的头前去。

"那是什么人?夷人么?"

"嗯,嗯。"

"喂,我问你!那是不是夷人?"

"嗯,是的。"

"刚才你同他说什么呢?"

"嗯,嗯。不要说话了,到店里再说吧!"

他现在似乎讨厌我的唠叨了，赶快用粗鲁的声音，截止着我的闲话，迅速地加快着脚步。

想着先前我催他，现在反而他催我的情形，我便不禁微笑起来了。

"我倒以为你刚才病了咧。看这样子，还上得阵打得仗呢。"

他没有答话，只顾走他的路。

转过林子那边，两间竹片做壁的茅草房子，在郁闷的暮色中现了出来。门前晾着一竿小孩的衣裤。

我的旅伴朝茅屋走去，一面说道：

"在这里息息，再赶路，这是一家傣族人。"

不管我同意不同意，便掀开竹片编的门，钻进去了。

我一面赶进去，一面埋怨他。

"天都要黑尽了，怎么还耽搁哪！"

屋里黑暗暗的。一张点着烟灯的床，带着黄色的微光，蹲在壁角落里。我的旅伴就正睡在上面，眼睁睁地望那灯上炙着的烟泡子——那是对面睡着的一个傣族主人，替他烧炙的。

一个头上缠有尺来高黑布帕子的女人，让我在一条板凳上坐时，我着急地想道："我为什么待在这里做瘴气的牺牲品呢？"看见我的旅伴舒适地长吸一口鸦片烟之后，我用手拍了一下板凳，生气地问道：

"老哥，怎么这样糊涂，你忘记晚上有瘴气出来么？"

他却举起烟枪来，扬了一扬，诙谐地说道：

"拿着这支枪，我还怕他么？"

我一声不响地走出屋外去，在黑暗的路上边走边想着："同着这样的中国人一块走，真是再倒霉不过的了。"

山中牧歌

"息息吧!大家息息吧!……天气这样热!"

被同伴叫作秦老板的停下脚,喘一口气,一边提起右脚来,松一松给草鞋绊结勒痛了的地方,一边向走到坡那面的人,焦躁地大声喊着。

老徐,挑着一担洋线洋针之类的杂货的,就立刻站着,揩一揩额上的汗,说道:

"好,等一等吧!"

"不要管他,让他吃一点苦头!……看他在这里摆大老板的架子嘛!……走走。"

老陈掉转头来这么说着,同时把坠在背上的蓝布包袱耸了一下,便仍旧向前走着。

老徐笑了一笑,同意了,就将压在右边肩头的担子,移放在左边,跟着尾上前去。

秦老板见坡那面没有答允,暗自想道:"这两个家伙就不等我了么?"欲待一屁股坐下去休息自家的,但早上动身一直到现在,还不曾看见一所人家,而这里的山坡,又全是一望的矮绿树丛,静悄悄的,好像走进了原始山林一般。便禁不住害怕起来,只得忍着脚痛朝前走去。

季候是亚热带的春天了。坡头和壕里的杂色树木,都在常年不变的浓绿中,抽着新芽,发散出清淡的香气。沿途的叶上,浮闪着点点金灿的阳光。没有风吹来,到处闷着热。

转过坡去,望见两人缓缓走动的背了,秦老板又叫起来:

"喂,你两位不觉得重么?……天又这样热!……我空手还不打紧!"

"还好!还好!"

老陈翻过头来,高声回答着,随即掉转去,仍旧走他的,一面快意地笑着,低声向老徐说道:

"妈妈的,他还不打紧哩!看嘛!"

"徐大哥,你也不息息么?……只顾赶路会发闷心痧的!那样重的担子。"

秦老板便单独向老徐劝驾。老陈就小声说道:

"你看,他在向你讨好了,不要理他的。他眼里全把我们看成下苦人,呸!"

老徐觉得不理别人,是不对的,但要顺从地停下来,又不愿意,就把肩上的担子移了一移,高声回答道:

"秦老板,走一走再息吧,这里又没水喝!"

老陈讽刺地小声笑道:

"你才爱叫老板哩!……什么老板?简直靠不住!"

"叫叫,那倒不要紧,又不蚀本!……出门人总是谦和一点好些。"

"坐在铺子上不说了,在这里大模大样的,吓老鸦么?我就不爱叫的,这样的人,吃饭要坐上八位,息店要占好床铺,简直有点……有点……"

老陈还没有找着适当的话,就听见秦老板在后头唉声叹气起来,便没说出来了。

"这是啥子草鞋呀?就像长了嘴巴!咳,简直要咬人了!……"

老徐听见秦老板的埋怨声音,便向老陈说道:

"算了吧,你听,他的脚一定打脱皮了……再不等他息息,他会看出来的,大家都是出门人,总是留点情面好些。我们是犯不着得罪人的!"

"怎么?你挑不起了么?"老陈掉回头来,冷冷地逼问着,"你走不动了,那就息息好了!"

"哪里?这算什么?我是说等等他好些,犯不着……"

"你怕得罪他么?你只管跟我走好了,由我来对付他。"接着老陈便大声地向秦老板喊道:"喂,秦老板脚走痛了么?这一截山路息不得呀,你晓得吗?唉,今天要看大家的运气了。……"

在这样整天都不大容易看见人家的山中走路,即使是明知没有什么危险,但是,倘如有人忽然提到应该留神的话,那么,也会禁不住要胆怯起来。因为中国边地的山道,总是常常变幻莫测的。所以秦老板虽然用怀疑的口吻回答"我看不大见得吧!"但也不知不觉地加快脚步起来,不再想出各种法子来叫大家休息了。

老陈回过头来看见这个矮个儿一拐一摇的狼狈样子,便一面继续走着,一面开心地独自笑了。

这三个人都是在路上无意中碰在一块的,因为孤独和寂寞,和出门人爱随便同陌生人搭话的习惯,便在用旱烟互相借火的情形之下,起始一个问:"请教,贵姓?"一个回答:"不敢,包耳陈。"就接着谈起天气、生意,和某一街上那家酒店的盛况来了。于是,由旁人看来也仿佛是约着赶路的伙伴一样。不过,这须得穿着相同,彼此包袱的重量和价值,亦还相差不远,否则依然是打不拢堆的。像秦老板之和老陈他们隔阂,就正是在比较上,衣衫太周正一点并且当老陈衔着旱烟管向他借火,他只唔地从鼻孔里哼了一声,就把他的旱烟管翘起,好像极不耐烦似的。

等到他晓得明天后天都要同路走的时候,才把脸色放软和了。而且,做出很留心听取对方的言语,然而他也不肯太把自己降低,总是寻着机会,将自己曾经做过大生意的话,含含糊糊地表示出来。

"三吊①么?吓,从前,我的铺子只消二吊四哩!这……"

或者,说到私贩鸦片会赚大钱的事,他便摇一摇手说:

"这笔生意我们是不做的了,……那简直害人呀!老实说,这样赚来的钱,我们也瞧不起,运洋布洋纱那才是正途,我告诉你,老哥。"

因为听着这般情形的话,老徐,做一点点小生意的老徐,便不得不油然生敬起来,店老板端饭来的时候,就用小贩对待好主顾那样的脸色,眯小两个皱纹围着的眼睛,客气地请道:

"秦老板,请上坐!请上坐!"

"不要客气!"

虽是这么说了一句,秦老板并不让一让对方,就上去坐着。做私烟生意的老陈,心里极不痛快,便只有埋头吃他的饭了。等秦老板走开的时候,老陈将筷子朝碗上一敲,向老徐说道:

"妈的,运洋货卖的东西,就高贵么?那才怪了!……归根结底,一句话,洋鬼子的奴隶!"

但到第二天早上,叫作秦老板的竟至为了给店钱不肯掉换一个哑板铜圆,而和店主人吵嘴起来,老陈便把承认他什么老板的意见也取消了,轻轻用手肘靠一靠老徐的身子低声说道:

"看呀,做过大老板的会是这个样子么?你才信进去了!"

---

① 吊:千的意思。

所以，在路上一路都在怂恿老徐，和秦老板作对。

一个出门人将他不高兴的心情发抒了之后，如果会唱一点歌儿的话，他是要信口唱唱的。现在的老陈就正好处在这样的境地里，便唱起山歌来了，起始用着自己本来的男腔，带着戏弄人的语气：

　　三位大嫂过河西，
　　中间那位是我妻！
　　头上金簪系哥打，
　　肚中娃娃系哥的。

随即改换成女人的声调，唱着回骂的曲子了：

　　三位大嫂过河来，
　　中间那位是你奶！
　　头上金簪系爷打，
　　肚中娃娃你投胎！

老徐听得笑了起来，还说你再唱一个吧。老陈侧着身子回过头来看看秦老板，见他现出一副不痛快的脸子，两股眉毛直向鼻梁拉得紧紧的。便回答老徐道：

"好，再来一个吧！"

就将自己的喉管咳嗽了一下。

　　妹娇娥，
　　怜兄一个没怜多！

刚唱出这么两句,忽然前面有人抢着唱道:

哥啰唆,
三天两个不为多!

接着那人哈哈地大笑着。同时庞大的身子也从路边树荫下处现了出来,敞露着红铜色的胸膛,眼睛亮亮地照耀着来人。身边放着一条木棍子。老陈和老徐都一齐着了一惊,互相望了一眼,便停下脚步。两个人刚才的一脸高兴,通在这个汉子的面前忽然消失了。汉子却继续笑着,向老陈说道:

"老哥,怎么不唱呢?唱呀……息息吧!"

"我唱得不好,哪敢在你老哥面前丢丑?"老陈的机智又立刻回来了,便又向老徐说道:"好,就息息吧!"他懂得在一些不好惹人的面前,能够有讲朋友的机会,就应该尽量地去抓着。随即放下包袱,把它当成凳子那样地坐着,一面从怀里取出裹好的旱烟来,客气地送一支过去。

汉子接着旱烟,就将它衔在嘴上,烟管也不用地便使劲地吸了起来。眼睛一面瞟着站在那边要来又不大敢来的秦老板向老陈道:

"他,是你们一伙的么?"

"不,只是同路的!"老陈这样回答了之后,就高声地喊道:"喂,秦老板过来息息呀!"

而且特别把"秦老板"三个字叫得高,仿佛故意使人留意那么似的。

秦老板慢慢地步了过来,现出惊疑和不安的脸色。

汉子看见秦老板走路脚一拐一拐的,等他走拢了之后,才问道:

"哪,你这位朋友是没走过长路的么?"

"吓，他这位先生，哪里像我们卖气力的：磨骨头养肠子。人家做洋货生意的大老板，你都看不出来么？"

到这时，老陈冒称苦力起来了。秦老板听见在这样情形之下奉承他，好像学徒挨了师傅的耳巴子一样，连忙做出诉苦的神气申辩道：

"我，我哪里像一个老板呢？嘴巴子眼睛一点儿也配不上哪！只是替人家挂挂账。说起来，也是帮人的呀，人家叫我做啥，我就做啥，哪里及得上你们做小生意的呢？自家有本钱，谁也不敢管！我们这些打算盘珠子的，站在大老板前，还敢哼一口气么。"

秦老板口才也不弱于别人的，除了替自己辩护而外，还竭力把老陈冒充苦力的面目揭穿。

汉子好像不爱听这些话似的，摘下烟支向着老徐问道：

"喂，你挑得有糕饼么？"

老徐红着脸局促地回答，一面用手无意识地搔着耳朵。

"没有呀，只是挑些七古八杂的东西，一个铜板也值不起，要是丢在路边上，恐怕别人瞧都不瞧哩！"

汉子把烟支弹去一点灰，重复衔在嘴里，就用力地大吸一口，闭紧了眼睛，好像烟的美味，已使他完全忘记面前，还有旁人似的。

老陈对着秦老板一直恨恨地睖着眼睛，这阵才掉开视线，朝汉子的脸上打量，担心地问道：

"请问你老哥是做的啥个生意哪？"

汉子张开眼睛，笑着反问道：

"你看看，我是做啥个生意的？"

"嗯！……"

老陈红起了脸，回答不出来。

汉子把吸到嘴里的烟子，乘势向路边林木封着的山壕里吐去，一面立起身来，抓着脚下的那根木棍，顺手向不远的山坡指一指，笑着说道：

"看哪，那就是我做的生意呵！"

见他提起棍子就吓着了的三个人，都连忙向山坡望去，矮小的绿树丛中，泛滥着白波也似的潮水——那全是些爬动着的羊子呀。

老陈这才松了一口气，但还急促地说着话，大概由于忽然高兴起来的缘故吧。

"那，这，这是好职业呀！"

秦老板舒服地叹了一声，大大放心了，随即摸着发烧起来的脸子，心里便怪自己刚才不该说出那么可怜，那么丢脸的话。

老徐喜得乱抓着脑袋连连赞美道：

"羊子真肥呵，真肥呵！"

牧羊人一面走上山坡的小路，一面唱了起来：

风太狂来雨太大，
山丘牧羊我不怕！

跟着坡上面有人接唱下去：

天不怕来地不怕，
皇帝老哥算得啥！

这边牧羊人又抢着唱：

皇帝老哥算得啥？
羊子脚杆猪尾巴！

快活的人

胡三爸是个顶快活的老家伙,客栈里的人,没一个不同他谈谈笑笑的。他的脸盘子,不十分胖,可是看起来,也还显得富态。倘若给他穿上长衫马褂,谁还敢说是靠手艺吃饭的孤老呢?并且,就以他穿蓝布短衫蓝布大裤的样子来说,我这初跑江湖的黄浑子,也几乎要把他错认成店老板哩。

他每天早上出去收破洋伞,迟回来的时候,我们闲在店里的,要是打哈欠打得太多了,便不免有些记挂他。但他夹着一大卷烂东西回来,如果不是晚上,也就并不坐在店门口的茶桌边,陪我们东说南山,西说北海,冲一顿广壳子的。倒是十分勤快,他把那挨楼梯的小窝巢一开,跟着就听见里面克叮克叮地敲打起来了。于是我们为将就他起见,便夹着烟袋,端起没盖的茶壶,走了进去,拿穿破裤子的臀部,和跐鱼尾鞋的脚板,将他的床铺和门槛,不客气地盘踞着。就在瞎打趣和哄笑声中,他那些破洋伞上的细铁枝,便一根一根地变成烧鸦片烟用的铁签子了。晚上则到茶桌边当街坐着,一只脚踏着地,一只放在凳上,醉迷迷地剥着花生米喝酒,这时不多说话,只是常常拿眼光,横扫那些发议论的,偶然听到凑巧处,便也不忘记他的打趣。他喝酒,照例是独斟独酌,不请旁人,但我们却从来没有对他多心过,反而觉得他那赶紧吞一口酒,就忙着说趣话的神情,是极其令人满意的。

有一次，见我在唉声叹气，他就从老花眼镜上（他做工时照例是要戴眼镜的），翻起眼珠子盯我一眼，郑重地说：

"天无绝人之路的，像我自己吧，总以为没法子想了，可是又找着了这个。"随将手里的钉锤和铁签子，朝外摊了一摊，脸上不免得意扬扬的，接着就来了嘲笑的口气，"你不要老蹲在屋里，那会起霉哪，我告诉你，路子是要亲自去找的，它不会像一条蛇，梭到你脚底下来呀。你听过没有？省城里的满人，他们早上怎样吃汤圆？嘿，那才有趣哩！"钉锤朝铁砧上，很重地打了一下。"我告诉你嘛，汤圆端去了，也懒得伸手接，只把头伸出铺盖窝来，张起嘴巴就是。你看，那像啥样子？不饿饭朝哪里走呢？"

往回，单听他的哄笑，单看他的神情，我也要笑的。这次却没有了，反而有些恼怒，因为穷乏之来，我亲身体验着，那绝不只是由于懒惰。

但他见我阴沉着脸子，现出不以为是的神情，便自言自语地讥讽道：

"一个人，没病没疼的，偏会走投无路，那就只怪自家没出息哪。"

我这阵觉得连他那克叮克叮的敲击声音，都是含有敌意的了。便同他说"黄话"起来，只要能够伤负他就对。

"谁说走投无路？……有眼睛的人，总看得见的，这里那里不是很多么？（其实我也没有看见）别人不能一脚随便踏去，你就断定他没出息？请问，这道理出在哪部经上？你以为你走的路子对么？哼，我告诉你，你多造一根烟签子，就多一个烟鬼哪。"

"你好不胡说，"老家伙息着手，偏起下巴，"人家不要，我哪会做呢？你那笔烟鬼的账，断不能算在我的名下。"

"不是一样的么？你做的事，请问好处在哪里呢？"

"好处在这里嘛！"

老家伙做出滑稽的样子，顺手拿钉锤，指一指他的肚皮。随即从老花眼镜边上翻起眼珠子来，深深地瞧我一下，说道：

"你为啥想起这个来了？……小伙子，这是想不得的啦。"

其实，我那时也没有想这些的，只不过为了要斥责老家伙，才临时随口说的，因为人在辩论的时候，总能找出好些道理，我见他只打算把话题岔开，就以为他词穷理屈，便再进一步地逼他。

"为啥子不想？难道人生来只为装饱肚皮，养得肥肥去变猪么？"

说到这里，我已没有恼怒了，倒暗暗得意我的话，含着双关的意思，因为他的身子，也还有些胖。

但他并不生气，只赶忙打一钉锤，嘲弄我道：

"咦，你出了毛病么？（偏着头，左右看了两看）对，缸子一样，有点滴水，……快买点药来补一补吧！赶快！赶快！"

跟着他就哄笑起来，伴着他克叮克叮的敲击声音。等会，他又言归正传了。

"这也怪不得你，一个年轻人，终天没事做，哪得不胡思乱想呢？……说老实话，我也何尝不害过这些病！……一个人，要活得好，先就该装饱肚皮，快活快活，别的可不要想，一想，就出岔子了。世间事是想不得的。比如女人生出手来，为的是煮饭缝衣。为啥子公馆里的太太不拈针，也不拿锅铲？成天闲着，把手养得白白的。年轻时候，我爸要我做伙房，接下他老人家的手艺，我就把这想头告诉他，说是伙房的职业我不干！因为这一来就要使好些做太太的变成懒人。'你疯了！'他就这样当面骂我。如今想来，那想法的确可笑得很，幸好我爸一断气，几口人靠我吃饭，终天便把我忙得上气不接下气的，晚上呢，又一觉睡到大天光，啥子想头也没有了。平日那些说'圣谕'的，口口声声叫人做好事，我也早忘得干干净净。……你最好还是去忙一忙吧，那好得很，无论你啥子怪想头，都会跟你医得好的……像那些抬滑竿的，抬轿子的，也幸得好是忙哪，要是他们一想，为啥子我肩头要放人家的屁股，岂不个个都要气得发疯？年轻人，我告诉你，世道就是这样的世道，做工种田那条正路，不是人人都得走。那还得逼你做许多冤冤枉枉的事情！唔，出去干干吧，闲着是要出毛病的呵。……要是叫我放下钉锤，三天不干，你看哪，我就准会胡思乱想起来：'妈的，我胡老三，到这年纪，为啥还不当老太爷呀？'那一来，就糟了，我这两边腮帮子，一下就会陷下去，立刻打起皱来。隔壁那个老寡妇，他们一向偏说是喜欢我这老家伙的，怕也栽诬不上了吧？为啥子，她一看见我这副瘦鬼样子，先就把头掉开，不肯搭话了。你们就是要乱造谣言，也无从说起来。"

说到这里，他首先就忍不住笑了。

幺厮李歪嘴刚从楼上走下来，将端的一盆洗脸水，顺手泼在天井里，听见尾后的话，便站在房门口，拿一只脚蹬在门槛上，指着老头子打趣道：

"老家伙，你从实招来，你到底去隔壁多少次？"

"你还好意思问！……再不替你妈妈遮遮丑，你那张嘴巴，还要歪到耳朵背后哩。"

这一来，我同他的斗嘴，便在他俩互相打趣声中结束了。

不久县里禁了烟，鸦片烟鬼一串串带进衙门去。李歪嘴一听见了这个新闻，便把手里的湿毛巾，得意地舞了一下，向我们说道：

"要是老家伙听见了也能笑，我就真真佩服他！"

接着便朝老头子的小窝巢走去，还没进门，就大声叫道：

"老家伙，恭喜你，贺喜你，从今天起，你的生意要利市三倍了。"

老头子敲打他的，并不停手，只是冷冷嘲道：

"我晓得你狗嘴里吐不出象牙的。"

但因看见我们一伙儿,都一下子挤了进去,大家且又带着异样的脸子,便也息着手,眼珠子就从老花眼镜边上翻了出来,探视着众人一下。然后盯着李歪嘴问:

"说出来!你在捣啥子鬼?"

"你问他们吧!反正我说的你又不相信。"

李歪嘴这么回答他,一面却掉回头来,向我们做一做嘴脸。

于是我们便一五一十,把衙门里禁烟的事情,说了出来。末尾,李歪嘴还接着吹厉害一点,说是像在这样一个大老爷手里,半个月不到,城里,镇上,以及四乡,就会禁得干干净净的。

老头毫不改变脸色,只朝下拉一拉两边的嘴角,讥笑道:

"厉害?要是他连自己的烟瘾也禁掉,那才算得!"

跟着纵声大笑,还更加迅速地锤打起来,倒像生意从此真个要利市了,非连忙赶货不可似的。这样一个顽皮的老家伙,李歪嘴的确不容易难倒他,我们也不得不添些钦佩了。

以后,胡三爸仍旧照常过活,克叮克叮的敲击声音,依旧不减于往日,但每晚喝酒的瓶子,却在我们眼里渐渐生出变化来了。那是一个瓦做的小东西,颈小,肚皮大,浑身涂得黑油油的。先前胡三爸拿它轻轻一侧,酒便从口上倾出来,现在一开始就要兜底倒了。过后几天,竟连酒瓶酒杯也取消,简直就和我们一样,只捧着茶碗吃花生米,而且神情也有些黯淡。

可是李歪嘴偏不饶恕他,仍要朝他开恶毒的玩笑,起先做出不经意的样子,向我们讲:

"你各位还不晓得么?今天又出了一件新闻。"

"啥子新闻?"

我们都掉头朝他望,因为历来城里但凡丫头跟人逃走,女人产怪胎一类的事情，总是先由这位歪嘴幺厮，传播在店子里的，所以我们常说他是"歪嘴巴讲怪事"的家伙。

"衙门里又出一张禁令哪！"

"啧啧！"

有人相信了，摆着下巴。

"怪了！又禁啥呢？"

另外的人怀疑，便伸起颈子问。

"禁啥？……禁酒哪！"

"有点靠不住吧？为啥这样大的事情，只你一人知道。"

"靠不住？你看看胡三爸哪，要不是禁酒，他这老酒鬼，就肯丢开酒瓶么？"

跟着便朝胡三爸报复似的，怪笑起来。

别人怕老头子难为情，就替他遮掩道：

"你们不要听，那是歪嘴的瞎说，人家三爸这几天不好过，医生叫他少吃酒。"

"谁说不好过？这几天上好的。"胡三爸样子做得很滑稽，拿指头敲一敲桌子，"你各位不知道，酒的确今天禁了，这是由我胡三爸下的命令。为了啥呢？他禁烟，我就禁酒，半斤和八两对抗！"

"笑话。他对抗！……简直不要你那脸啰！"

李歪嘴差不多把嘴巴笑得来要扯拢近左边耳根子。我们也给老头子的滑稽神气弄得活泼有味起来。

"你不要小看我！"老头子又拿指头敲一下桌子，盯着李歪嘴说道："我喃，虽则不能禁止全县人，可是哪，仍旧比他强，为啥子？因为我到底有本事，能禁止自己呀。"这话却说得很庄重的。

"照这样说来，你怕还要下令禁止吃饭吧？"

李歪嘴一味恶意地对他调皮。

老头子学他歪一歪嘴，回答道：

"快了，只要我对他大发脾气的时候！"

随即笑开了，好像什么事情都不足挂怀似的。

不久，胡三爸吃饭的时候，依然有酒罐炖在自己的鼻子跟前了，而且，看光景还是满满的。同时，打趣的笑话，也比先前更加多，几乎喝两口酒就要哄笑一回。起初我们以为是烟禁开了，随后才明白，他已改了行，每天把锤打铁签子的好手劲，全应用在大茶馆里面那些茶客的背上去了。

一提起这件新职业，胡三爸总是很得意，平日他爱说的天无绝人之路的那类话语，自然常常挂在嘴上，而且每当喝完酒，拿手背一抹湿嘴唇时，还要咏叹似的独自说道：

"这些人是为难不倒的！"

的确为难不倒他，捶背本是清淡的生意，但一到他手上，便立即兴旺起来。因为那些拿茶消磨日子的闲人们，一发现他，既会敲打，又会说笑话，便争先把臀部向着他，即使背和腰杆没到发酸的时候。

后来全县人说闲话，说县长只禁别人，不禁自己，闹得沸沸腾腾的，于是烟禁便开了，但胡三爸并不恢复他原来的职业。我们笑着问他为什么不再打烧鸦片烟的铁签子，他笑着举起他的两只手："光凭这两个家伙不更好吗？"

原来他把铁锤那些工具早卖掉了。

自从胡三爸一天到晚都在各个大茶馆营业，我们处在小客栈的，就更加寂寞，更加无聊，哈欠也特别打得多了。有时偶然得点钱，便赶紧换件把干净衣裳，去到大茶馆的壁角落里，泡一碗茶坐着，仿佛要看戏似的。胡三爸的打诨和说笑，的确使人快乐，忘去忧愁，但我们也看见洗茶碗的地方，有人在暗暗地睃眼睛，拉下嘴角。那便是另外一些捶背的大师傅。

有一夜，他没有回客栈来，第二天却发现在附近的一条巷里，挨着墙边倒毙了。我们一伙儿都赶着去看，那样子并没引起我们的哀戚，倒反而令人感到有些滑稽，因为他的尸身，一直扑在地上，表现死人的脸部，却完全翻在下面的。看起来，极仿佛刚刚跌倒下去一样，不同的，便是后脑和后颈，略现浮肿而已。因此李歪嘴还在这个时候打趣他，一面拍拍腿子说：

　　"爬起来，老家伙，你不要开我们的玩笑，逗我们玩。"

　　虽然我们也笑了，但走开的时候，终究带着悲叹和惋惜的。

　　"唉，这样老好好，会有仇人害他！"

　　"世间事原是这样的哪，活得聪明的人，不见得就会死得聪明！"

　　听见李歪嘴卖弄聪明似的这样说着，我几乎要搭嘴道：

　　"其实胡三爸也是活得糊里糊涂的呵！"

　　但我却没有说出来，只默默地体味着人世间的一种苦味。

一九三五年

偷马贼

半夜过后,隔壁店里一些过夜的马夫,忽地吵闹起来,原因是打失一匹马。不久又听见说:马已找回来了,贼却打在山那面躺着。大家都一时嚷着高兴的声音。

这事我没兴趣,便一直睡我的。可是,我的店老板却来掀醒了我。他一面搂着披起的衣衫,一面小声向我说:

"你去看看吧,不晓得哪个倒了霉,说不定就是老邓……唔,不管他是哪一个,你把这药给他,止止痛也好。"

随即将一个小纸包递给我。他的心肠倒并不见得怎样好,平日一个落难的,在店门口伸起手求乞道:

"老板,求你做做好事,随便施舍一点子。"

他就这样回答道:

"去你的吧,我这里开店子,不是善堂!"

因此,目前他这样好善的举动,就不免使我颇为奇异。可是我又不好问他帮助强盗的原因,只好听凭他的吩咐做去。

天空没有月,到处现着密密麻麻的星点。我慢慢爬上山坡。一路伏在暗中的丛莽,轻拂着小风,凉凉的,有些润湿,且杂着各样树叶的味道。近处林中,不时起着野鸟拍翅的声音。

差不多找到了天亮,要不是那个打伤的人在草丛中叫我,我真没法寻着他哩。等我从他鼻血模糊的脸上认出到底是谁时，我吃惊得了不得。原来他并不是我们意料中的偷马贼，却是常常看见的老三，一个矮矮的，小个子，又瘦又黄，风都吹得倒的家伙。平日在找工作的当儿，总受着这样的拒绝：

"你不行吧，一丁丁气力！"

这时他见了我，对我的问话也不回答，也不伸手接我的药，只是现出很急迫的样子，抬起头，问我道：

"他们都知道了吗？"

"什么？"

"我偷马的事哪。"

他现着十分嗔怪的神情。我就随口说道：

"这怎么不知道？不知道，我怎会来呢？"

他才放下头去，闭一闭眼睛，满足地舒一口气，好像刚完成一件大事那么似的。

他接着药，且不马上擦，还又问我道：

"他们说我什么没有？"

"说你？没有！大家只晓得一个偷马的倒了霉就是。"

"怎么？那些马哥头连我老三都不认得么？"

他重复抬起头，脸上现出失望和不快的气色，仿佛大大受了委屈一般。

天亮得很快，我看见他摊在草中的脚腿，皮肉烂糟糟的，糊着红黑的血迹，便责备他说：

"你还只管问这些做什么？快弄你的伤呀……你不痛么？"

"痛？我们干……这一行道的……怕什么……痛呢？"

大概经我这一提，他才又猛然觉得痛了。可是，他咬着牙齿，偏竭力做出一个偷马贼的英雄样子。但话声却是破碎的，令人觉得加倍可怜，亦复可笑。

我见他神情有点发痴，便拿过药粉子来，替他擦在伤口上，一壁做着好心肠的劝告：

"你为什么要干这样的事呢？……听我劝，养好伤，去做点正经事吧！……偷马！不是你我干的呀！……唔，这里一定是拿棍子打的了，很痛吗？"

他静静躺着，让我弄他的伤口，听见我这番话，便笑了一笑，略带讥刺的口气说道：

"你真是个老好人！……我先前也同你一样想哪：做点正经事……噗，什么是正经事呀？……到后来，才明白，那全是傻里傻气的……你看我怎么样？一向不是饿得皮包骨了么？人家还不肯让我做活路。你倒在路上，一丝丝气了，我敢打赌，也还没人给你一口米汤吃的，嘿，这就是要做正经事的好报应！"

他的话倒有几分道理，但他的神情却激怒了我，便没好声好气地驳他道：

"你要是一直这样干下去，嘿，不要生气，包你还有拳头吃的。你看看你自家吧！瘦骨朗筋的，经得起几回打？……我的意思是：凡事做得才做，不要糊里糊涂地瞎来！这一次，怎么样？……我真担心，你就收手，改邪归正，别人也不肯请你了……为什么呢？……一个贼胎呀，人家会说，那怎么好叫他来家做活路呢？"

"唔，你好好擦吧！老哥，你不明白哪，这外国地方！"他竭力微笑着，现出诚恳的样子，"我请问你，啥人叫你拿药来的？……自然，我明白，那是你老板。……他为啥要这样讨好呢？黑更半夜也叫你来？……我告诉你，这就因为这里有个偷马贼呀！……如果是什么抬滑竿的，他肯管这笔闲账么？"

他见我惊异地盯着他，便更加兴奋起来。

"你不明白吗？偷马贼的招牌，在这边是值钱的。你要是懂得的话，你刚才一看见我，就该向我道喜，因为我正好昨晚上挂起来的。"一壁说，一壁就摸摸他领口边的衣纽，好像那上面正吊有一个牌子似的，接着望一望他衣裤上的血迹，"流这些血，算什么，倒是应该的哪！你不看见那些生意人吗？开店子上匾额时，还要挂一道红。"

我见他太高兴，心里起着反感，便冷冷地说道：

"我觉得，一个偷马贼应该硬朗，结实，个子高大……像你是不行的！就是挂起了招牌，有什么用处呢？偷十回百回，也无非落得一顿好打，这并不是我小看你。"

他一点也不生气，只是微笑道：

"你说得对！……可是，我会再干第二次么？"

"啐！那你简直是疯子！"他愈说愈不明白了，我就这样抵塞他起来，"哪有刚刚开张，就关起店子来！"

"这是我糊涂了，倒该先告诉你……唔，你擦过去一点吧！那里像还在流血！"他顺手搔一搔头，乏力地笑着，"我不说，你是永远不会明白的……我问你，老邓、大老杨他们，在你们店子里又吃又喝，会过账没有？……口说是记着，其实哪里给过呢？……就真的要给，你老板也不会收呀！……我告诉你，这不止你老板一人才这样，就是全山谷，以及横顺几百里地方，凡是做老板的，总和我们偷马贼拉拢，事事讨好！……原因在哪里呢？一说就穿了，个钱都不值！……这边外国人管，说起来厉害得很！其实呢，你我汉人自家伙的事情，倒一直不管你牛打死马，马打死牛的……这你就明白了，为什么我们偷马贼处处可以逞狠呢？"

这一来，我像如梦初醒一样，明白我老板的善举了，同时，却又不服老三这种先知一般的神气，便抵一抵他的肋巴骨。

"处处逞狠？为什么你又挨打了？"

"不是那样说呀！"他略微窘迫地笑，"俗话说得好，人多为强，狗多为王。我一个人，怎么能敌住那许多牛呢？……要是我也人多，那就开抢了，还用得着偷？……那时候，这个招牌，也就该改成抢马贼了，嘿嘿。"无形中，他又拿手摸一摸他的衣襟口。

随后，他见我沉默着，就自言自语地，现出盘算的神气。

"现在，就怕不知道！……唔，不会不知道的，不会不知道的！……"

虽然我已明白一切了，但仍旧觉得他的样子，总像个发痴的人，便不禁微微笑了起来。于是，他瞟我一眼，正起面孔说道：

"你不要笑！这有什么好笑呢？……一个人要活起来，总得要有打算的……你想想我们这辈人，一落下娘胎，就连针尖大的地方也没有。双肩抬一张嘴巴，谁也不肯让你插脚下去。到处都听着这样的话：这是我的呀！老哥，请让开！……妈的，这世道简直岩石一样，总是容不下你我干鸡子！……你想，我该怎么样呢？那还消说，只要裂出一条缝，我就要钻进去。……一个精灵鬼走尽天下，为了什么呢？不管他怎样花言巧语，骗不着我的，无非是寻那裂缝罢了。只有你们这批老实拐子，不懂得这个，人家要你，就活，不要你，就活不下去，像半天云里的风筝，半点不由己，这样做人有什么味道呢？……我呢，自家说一句，三分不像人，七分不像鬼，硬朗结实，更一点说不上。可是，从明天起，在这横顺几百里内，吃吃喝喝，谁敢不赊我老三的账呢？再说一点大话吧，只要我不走，在这里躺几天，饭还愁没人送来么？这就是我老三寻着一条裂缝，钻进去了。"

大约由于平日太轻视老三的缘故吧，就听见他这番蛮有道理的话，也还忘记不了要同他抬杠的，因此，我息着擦药的手，郑重说道：

"好的,你钻进去了。一旦人家把裂缝补好,那你又怎么办呢?"

"补好?不会的!我们也不让他们补!"他突然现出狞恶的样子,"既然找着这条裂缝,你想,我们是死猪么?那一定要把它捶得更开些,更宽些!"

这时,我蓦地感得这个弱小人物的高傲了。我蹲在他的身边,替他擦药,还对他有些同情,现在才觉得,在他身上升腾起了强烈的争生存的欢乐感情,是用不着任何人的怜悯的。

后来,等我要离开这个山谷时,他已吃得油光满面,变成矮壮的汉子了,并且常常骑在没鞍子的马上,往来山中。对我也不再称老哥,只轻佻地叫道:

"老弟,老蹲在一个地方,会发霉呀!去找找裂缝吧!"

七指人

吃了酒过后,第二天爬起来,精神颓唐,眼睛红红的,一面打哈欠,一面就骂吃酒吃肉的出家人,没道德,死去定会堕地狱,骂得听的人都高兴地笑了,他也就十分神清气爽起来,快快乐乐去做点事情。倘若这天没有人听,无处可骂,便一直像倒了霉似的打哈欠打到晚上——这人便是清如师,一个不大住庙子,专去游方的和尚,手指头只有七根的。

我和他相识,而且处得很久,是在路边的一个息客店里。发现他这种古怪脾气的时候,我就嘲笑他道:

"你简直在骂你自家哪!听我劝,你还是悄悄密密地,喝酒吃肉好。"

他经我一提,有些不好意思起来,啜嚅道:

"我不骂,我心里就不好过呀!"

随即将搔着光脑壳的手,憎恶地往外一挥,他那爱骂人的脾气又发作了。

"像我这样的东西,还不应常常挨骂的么?我就愿意你们指着我的鼻子骂一顿,可是你们都鸭子的脚板,一联儿的,口是心非,再不然,就当面恭维背面笑。使我闷在肚子里,好不难过。你要晓得一个人明白他做错事了,却又没法子改过来,那就只有挨顿骂才好过哪。

你不要说，让我告诉你吧，善书上有这么一段故事，你听见过没有？说是一个人偷人家的鸡吃了，便长了一身鸡毛，扯也扯不掉，使劲扯呢，又痛得要命！那怎么办呢？简直没有办法，羞得来不好见人。后来巧遇个和尚，那是已有半仙之分了，绝不像我这样的东西，酒呀肉地，还要嫖。就告诉他，说他偷鸡偷得不好，刚好碰着善人了，半句也没有骂过，咒过，所以他这边的罪，便没处抵消，只得全背在身上。如果要鸡毛扯得掉，最好在善人那里去，叩个头，说你错偷了鸡，以后再不敢了，并央求他骂你一顿。这偷鸡贼别了和尚，便赶快去做。哪知那个善人，才真善得很。不论如何不愿骂一句。后来苦苦央求，又把和尚的话，告诉了他，说他骂人一顿，也算做件好事。这才答允了。事情不亲眼见过，也许你不相信，真是怪得很，才没骂到两三句，鸡毛便开始一根根，自行落下地去。……所以，看起来，世间上最厉害的，便是吃了亏，不还手，不回骂哪。"

骂到这里，他那浑浊的眼睛，也变得清明有光起来，嘴角上自然更不会流露出打哈欠的影子了。至于这种故事，在我看来，只是打胡乱说，不值一驳的。然而在他那面，我明白，这却造成了他的人生哲学，而且竟作为了日常解除罪恶的根据了。因此，我就讥讽他道：

"照你往天骂的话看来，我老早就奇怪，你为啥就不怕堕地狱？原来你才是懂得这个法门儿！吓。"

他脸红了，不服地辩道：

"你嘴巴真刻毒！我是没办法，才这样的哪。要是先晓得才来干坏事，那我又何必要做和尚呢？（接着举起那只有三根指头的左手）又何苦这样燃指献佛呢？"

自然我谅解他，承认他之所以这样，原必另有苦衷的，但表面上还是嘲弄他道：

"看嘛，你就不服了！刚才你还是抱怨别人不骂你吗？才这样几句话，就说人家刻毒，那谁还敢指着鼻子骂你呢？"

于是，他不好意思地搔着光脑壳，口吃地笑着道：

"人就是这样混账的东西哪。总不能依照心愿去做的，自家都要捣蛋。先前我蹲庙子的时候，做师父的，天天骂我打我，那还不好吗？啥子吃酒吃肉的罪，都消除了。可是，道理是这样说，人总是人，不是纸扎的，所以，到底我还是溜开，跑出来过这游方化缘的日子。起初还自由自在，后来觉得这样拖下去，罪恶会更加深重的，便又一天一天地不好过起来，就打算再跑回庙子去，让那老和尚骂一顿好，可是一想到他骂的那一股凶劲儿，谁还愿意自家去触霉头呢？这一来我就只好自家骂自家了。"

我笑道：

"其实我听见的，你倒是句句都在骂别个吃喝嫖赌的和尚哪。"

他拉一拉他的圆领大衣说道：

"难道我自己是把这个脱掉了的么？"

"不要说了，老滑头，我晓得的，你一面做老和尚骂人，又一面做小和尚吃喝嫖赌，简直是两得其便，惬意得很！"

他见我这样刻薄他，他摇着光脑壳，痛苦地说道：

"朋友，我还没有坏到这田地哪，我还没有坏到这步田地哪。"

随即自家责备自家叹息道：

"唉，该挨骂的！该挨骂的！"

我便庄重地说道：

"看起来你这个人当初就不该出家的，实在是把路走错了。"

"不！"他也很庄重地回答，举一举他那指头不全的手，"当初就觉得这一条路对！你不知道我这根指头怎样会没有的，（他拿右手二指，点一下左手的幺指）就是我爸骂出来的哪。我才偷着赌几回钱，他就跳起脚地骂我，把我骂得好不伤惨，我气不过了，便拖把菜刀来,红不说白不说,就宰下我的指头。当时,他老人家还很失悔,说是不赌就算了,何必这样呢?"

我也失声道:

"你真做得太过火了。"

"过火,你不晓得哪,我当时,心里像有一盆火在烧一样,不这样做,他简直会把人骂死呀。等到他一失悔,我才大大好过了,就是看见指头上,血不住地冒,也觉得还是做得痛快的。谁知后来呢,我自己真是该死的家伙,才不到一年,我又偷着打牌掷骰子。你不要笑,也许你处到我那样田地,也说不定那样去干的。我告诉你嘛,我爸的办法真是太要不得了,成天把我钉在家里,左也怕我花钱,右也怕我花钱,连到县城去读书的学费,也不肯出,就是这样地吝啬!你想一个年轻轻的小伙子,怎能老闷在家里,不死不活地过下去呢?这一来,毛病便来了,起先是偷偷地散闷一两回,到后来便越发滥了,简直把先前宰指头的事情,忘记得一干二净。等到我爸查出我,偷出许多钱,都输掉了,便气得要死要活起来。开始是结结实实打我一顿,后来便要赶我出门。亲戚家来劝,也不听,说我就是宰下一只手膀,他也不相信我会洗心换面的。我自己呢,看一看宰过的指头,觉得就是要决心改过,自家也不敢有啥把握了。这一来,我只有去出家,听凭菩萨把我怎样处置。……你不要笑,我当初一进庙子去,看见到处都是干干净净的,我就相信,我会好起来。早晚听见钟磬的声音,都有说不出来的欢喜。一直住了两年,没出庙子一步过,成天全在念佛修行。我还想,要是我爸,那个老东西,走来看我,还敢说不二不三的话吗?自己着实得意。哪知我们这些没根底的,到底成不了佛……唉。"

说到这里,他深深地叹息了,我催他之后,才又继续说下去。

"就是有一天庙子做啥子会,来了不少的居士婆婆,居士奶奶,我才大大诧异了,为啥子先前一向见惯了的少女嫩妇,是那么令人……唉。"

他不好意思地红起脸来。

"第二天,庙子重新清静了,我却不安起来,简直连敲钟应敲几下,都忘记了。扫地的时候,看见阶边的青苔上,昨天留下的脚迹,也有些出神,不忍把它扫去。成天都想到外面去走走,小沟边上,那些从来不大留心的红绿野花儿,也使我非常记挂起来。甚至连照到庙子里的太阳光,也觉得没有田地上的亮些,好看些。一天一天地,我连从前欢喜听的钟磬声音,喜欢闻的檀香味道,都讨厌得要命。我把这情形,偷偷告诉一个老和尚,他才说我中了魔了,我问他有没有解救的法子?他说有是有的,只是苦一点,便是要燃指献佛。"

他一面就举起左手来,一面继续说下去。

"看哪,我的第四指,就是这样完了的。当时真是痛得钻心入骨,头也发昏,啥子邪念头都没有了。后来呢,指头好了,哼,邪念还是钻了进来。这一来,一切便完了。"

"唉!我是该挨骂的!我是该挨骂的!"

他那颓唐样子深深打动了我,便替他打算道:

"其实你尽可以还俗哪!难道你还怕别人骂你吗?"

"骂我倒不怕,其实我倒愿意人家骂的。就是这张皮害了我,披了十多年,弄成个肩不能挑手不能拿的东西了。"

他一面感慨地说,一面举起右手理他的衣衫。

我看见他右手的幺指,也是缺了的,我想问这又是什么缘故,但我却怕更引起他的痛苦,便不再问了。

乌鸦之歌

　　林里突然起着可怕的呼啸，狗也跟着阵阵凶叫起来。原是一带静寂的山，淡淡抹着向晚烟霭的，也在谷里，反送出强烈的回声。这时正是山行的人，担忧找不着下宿处的时候，哪还受得住这么一下突如其来的惊恐！赶紧加快脚步转过坡去，天空忽然开敞，一大片平整的山地现了出来。上面种有尺多高的旱谷苗，正密密地铺排着，看来仿佛碧绿的湖水一样，山风吹过，还波也似的荡漾起来。正要朝山地尽头探望有什么人家的当儿，背后的人喊声、犬叫声，更加逼近拢来，且听见了两下枪响。还来不及掉转身子看时，一只负伤的鹿子，就没命地朝谷地上奔跑过去。后面尾追着一群黑色的狗，一面跑，一面还在嚎叫。接着，便有两个拿枪，一个拿叉子的年轻人，从林里钻出，一看见了狗已咬着了鹿子，就一齐欢叫起来，不管践踏不践踏禾苗，就赶了过去。首先给鹿子肚上一刀，取出肠子肝脏之类的，丢给狗些，然后拿绳子捆着，两人便抬了起来，朝右边走去。这时因为再朝前走了几步，才看见右边坡侧下面，还躺一个狭长的原野，中间流过一条银色的河流，弯弯曲曲地，恰在夕阳中反映出明亮的光辉。两岸青色的稻田，有白鹭飞了起来，又息了下去。杂树群集的村庄，三五条炊烟，正向晚晴的天空徐徐地升起。这三个年轻猎人，就正抬着鹿子，带着猎犬，走向那儿去。我便赶去问他们，下面有没有镇市，以及幺店子那样的寄宿地方。他们回头来，把我从头到脚地看了一下，不回答一句话，便又走他们的了，我恼怒地想：好骄傲的人呵！你们不是野兽呀！

刚待一会，就有两个庄稼人，赶到谷地这面来了。年轻的一个手里正捏着砍柴的斧头，首先跑到，弯下身子，摸一摸踏坏的禾苗，就伸起腰来，望着走下原野的人些，恨恨吐口痰，并扬起斧头，大声骂着怪话。年老的一个，随后走来，一壁痛心地查看踏倒的禾苗，一壁又在阻止年轻的一个。

"闭嘴！你还要给我闯点祸么？"

年轻的一个，还想骂点什么，却给老人用极严厉的声音，制止着了。我便问他们为什么这样怕呢？一则是表示我对他们胆怯的诧异，二则也是表示我对那些野蛮家伙的愤慨。老人没说什么，只阴凄凄地看了我一眼，旋即将一路踏倒的禾苗，设法将它扶植起来。年轻小伙子则向我愤愤说道：

"哪个怕他们？……这些天杀的！"

刚说了两句，就给老人抬起头来严厉地射了一眼，便不开腔了。我知道在这种情形下面，是打听不出什么来的，便单另问些关于今晚的寄宿处，以及明天该到什么地方之类的事情。这一层，老人倒不管得，年轻的汉子，便一边扶植踏倒的禾苗，一边同我絮絮谈起来了。禾苗是七八寸远种一窝的，从远一点的地方看，像是长得很密，但留心踩，却还可以踏得进脚板。因此，我同年轻人讲的时候，也顺便走进去，帮他扶植。禾苗踏倒的，弄几块泥巴，围衬在四周，便可稍微站直。至于踩绒①了的，则没办法，只能给予啧啧的叹息，或者引起一番对于践踏者的诅咒。

---

① 踩绒：踩得很烂。

天很快地就要黑了，白天在原野上觅食的乌鸦，这时便一队一队的，飞回山里来宿夜。谷地上面一时静寂的天空，便突然响起了许多翅子闪过的声音。我从年轻小伙子那里，知道这一带都没住宿的店子，却是一切人家都可以敲门借住，就要求他们让我去避一夜的风寒。他们的家是在谷地尽头，林子里面的。屋前屋后的树上，息满了乌鸦，不时总要听见一两只突然急叫起来，或者蓦地飞开，碰动树枝的声响。到夜深睡的时候，这种声响倒没有了，却又听见另一种叫声，和饿老鸦的悲鸣，差不离多远，老是哇——哇——的，凄惨中夹着哀厉。声音的来处仔细听来，像又不是来自树上。我猜想准是跌落在地上的乌鸦叫出来的。但和我同一间屋子睡的年轻小伙子（到这时我已知道他的地位，在戚谊上，是老人的表侄，在生活上，却是老人的长工），却辗转不安地自言自语说道：

"这家伙，今晚上，又毛病发了……真吵人！"

我诧异起来，就问他道：

"你说谁呀？难道这还是人叫的么？"

"咋个不是？……哈，你把它当成乌鸦叫的么？"

"怪了！人咋个会这样叫呢？"

"有啥怪头？……他原是疯子哪！"

"疯子？……他是你表叔家啥人？"

"他是我表叔的独儿子。我的表弟。"

"他常常这样叫么？"

"常常叫的。……好笑得很，他说这是唱歌哩！"

"唱歌……嘿，这真是一首好听的歌哩！"

"反正是疯子，没人理他的。……只是晚上唱起来，吵人瞌睡。"

"他咋个疯起来的？会唱起这样的歌来？"

"呵，这说来远了，反正吵来睡不着，让我坐起来告诉你吧！"

他一面起身把遮窗的木板拉开，"吙，这晚月亮大哪，白天一样。"接着下床去摸索一会东西，随即把火镰敲得铮铮发响，溅出红亮的火星来。

我也爬起来，坐在床上，顺便往窗外看出去，一地浓黑的树影，配着从叶间漏下来的散碎月光，并不像他说的和白天一样，倒是很显得夜影森森的。地上林立着无数的树干，远些地方，朦朦胧胧，仿佛挺身站着的一群巨人。挨近窗子的树身，恰又为月光照着的，灰褐色的癞皮上面，则粘着点点发白的鸟粪。

疯子哇——哇——的叫声，由于窗板拉开的缘故，就更加显得宏大，我又经过刚才一番说明，的确觉得那声调是有些近于歌唱，只是其中带有多量的不平与乎激烈的悲愤罢了。

"一想起许多事情，人咋个不疯哩！"这个为往事所激动的年轻人，转身坐回床上，一面吸起旱烟来了。"真的，连我都保不定！你想想看，连祖上开出来的田地，自己又一把汗一把水耕着的，他偏偏说是他的，还拿出一张纸头来，讲那就是证据。要种吗，你就得出租子！不种吗，他就收回去，佃给别人！请问天底下，会有这样的怪事么？你看这气不气人？"

"谁个在争你表叔的田地？"

"呵，你还不知道吗？今天下午，你没看见？那个穿青的，就是魔王的兄弟哪！……一家人都不是些好东西！"

他讲得很兴奋，竟把我还不曾知道的事情，就派我是应该是早知道的。

"你表叔自家没田契么？只消拿出这个来，哪怕他假造的！"

"就是没有哪。……大家原都不是这里土生土长的。到这边开荒，才不过一二代人的光景，谁会有田契呢？"

"为啥不去告官，同他打一场官司？"

"这里不比汉朝地方哪，打官司也没用。土司官又隔一帽子远，他只喜欢你的进贡多，哪管你有道理没道理。"

"这样说来，你表叔的田，就给他们占去了吗？"

"咋个不是？……先前我们是住在坝里的，慢慢才到山里来开荒咧。"

"为啥你们这样忍得气，不同他们拼命呢？"

"谁个忍得气……那时候，哪一个不捏着锄头喊打。"

"结果怎样呢？……打败了？"

"打败倒使人安心了。……妈的，根本就没打哪！"他使劲拍一下床，"那时候，人也比现在雇得多些，打起来，不见得一定就会输！"

"怪了，那为啥又不打呢？"

"吠，说起来，真气死人！……就是我那表叔挡着不要打哪，死命拖着你，叫你不要给他闯祸……后来，大家想想，田是你的，你都不气，我们干挣做啥子呢？"

"这样看来，你表叔也太怕事，太不中用了！真的，要我是你，是你的表弟，也会活活气疯的！"

"我表弟那时候，还没疯哩！……倒是很听老头子的话的……说是老的一辈，弟兄一样，很是要好。祖上又一路从汉朝地方搬来，大家共过患难。如今不能为了一般后生做事混账，就两家杀人起来……不久他们想起前情，自会双手送还的……况且在这边荒地方，汉人自家残杀不好……又说是，百事能忍的人，天会照管！总之，其大道理多得很，一箩筐都装不完。……结果呢，人家才偏不这么想，老是得一尺就进一步的……像今天下午一样，你是亲眼看见了的，人家踩坏了禾苗，不向你讲一句好话，倒是气而派之地走了，样子正像是很应该践踏似的。"

"真是，你表叔也忍让得太不像样了！连我这过路人都生气的事情，他还挡着你不要骂，背后骂骂，有啥要紧呢？"

"嘿，他偏有他的屁道理啊！他说背后骂惯了，当面就会脱口骂出的……还常常这样教他的儿子……老实说，现在他也只有忍了，人家往往要来寻事生非，正愁找不着漏洞哩……只要听见你在对他咕咕噜噜，他就借此吵起来，拉你的羊哪，牛哪，随便啥子，他都要抓点去……这就是第一回不硬起腰子，油头给人家吃惯了，以后休想清静过日子！"

他见烟已熄了，又下床去，摸着火镰来敲击，暂时停止了说话。屋内窗外，都静悄悄的，只那疯子还有声没声地叫着。我就问道：

"你表弟既是听他的话，那又为啥疯了的呢。"

"这就是他教训的结果啊！……你想想看，哪一个年轻小伙子，没有一点火气？……人家天天来惹你，使你怄得血滴滴的。你骂也不敢骂，打也不敢打，老是闷在肚子里，你受得住么？……偏偏这小子，又是个不多言不多语的家伙！啥子事情，都想不开，尽是愁着苦脸过日子，不像你我，一阵唱唱喊喊，就把啥子都丢到九霄云里去了……我没事的时候，还设法逗他玩玩，叫他同我对唱几首曲子。你猜这东西怎么样？你还没把'送郎送到大桥头'唱完，他就红起脸走开了！……这小子，简直木脑壳一样，不晓得玩。我想，这个人要出毛病的！……恰好，有一天他在坡上放牛，不晓得咋个一觉困着了。小牛便溜下坡去，把麦田的麦子，吃光一只角，这要是别人的麦田，也不打紧，真是俗话说得好，不是冤家不碰头，却端端是赵老大的——这就是我刚才说的魔王。事情还有啥说的呢？小牛给人家捉去了，还挨了人家一顿臭骂。偏偏这小子又怪爱这头小牛的，一落家就气得说不出话来。"

他说到这里，就住了口，赶忙点燃烟，呼呼地一连吸了下去。

"这样他就疯了吗？"

"不，单是这样还不会疯呢！"

疯子的叫声，倒静寂下去了。窗外树上的乌鸦，却有两三只，突然碰动树枝，惊叫起来。这时约摸已过半夜，月光更加明亮了些，大约睡醒了的乌鸦，错当成天亮了吧。

年轻汉子走回床上，一面吹烟，一面看一下窗外说道：

"他的疯，还有乌鸦在作怪哩！"

"乌鸦作怪！"

我吃惊起来，随即忍不住笑了，因为我想起一般乡下人，不把特异的现状，以及古怪的病症，跟迷信附和一起，是不甘休的。但他却取下烟袋，叹一口气道：

"不要笑……其实，乌鸦倒比我们这些人活得像样些！"

我觉得他表弟疯的原因，已说明白了，再讲下去，准是一篇荒唐话，而且走了一天的山路，久不入睡，不免有些疲倦，便打一个哈欠，随便敷衍地问道：

"你咋个知道的呢？"

"嗨，就在我们这里啊！"他拿握烟袋的手，顺便指一下窗外，"我咋个不知道？起先我还以为乌鸦倒了霉了，辛辛苦苦地，刚把一窝儿养来会叫会跳，就给一下子全吃掉了！你想气不气人？我就拿根晒衣竿来打，想帮它们一手，哪知树子太高了，打又打不着，它又不爬下来，那一天真气坏了我。"

我听他讲得不明不白的，就问他道：

"你说啥东西在吃小乌鸦？"

"呋，说一半天，你还不明白啰！是蛇哪，差不多三两丈长，碗口粗，看起来真吓人呢！……要是爬在地下，你不吓得一下子跑开，我都不相信的……后来呢，你猜怎样了局？……咳，老乌鸦真是了不得的东西！起先看见一窝儿子都吃掉了，倒远远飞开，哇哇地哀叫……听起来就同刚才疯子叫的差不多。随后就飞拢来，对着蛇头下死劲地乱啄。才不到一顿饭工夫，蛇就从树上落下来了……你哪里想得到，乌鸦竟会这样勇敢，这样不怕事呢？……你我心粗气浮的人，看过也就罢了。偏偏这小子，可就从此着了魔，他硬要拿刀去报仇，我表叔挡他，竟敢骂起来，说是连乌鸦都不如，还活啥子人呢？……我表叔一向是，一忍不如百忍好的，哪肯让他去杀人？宁可腾一间屋子来，把他关起！……这一来，人便发了疯了！叫出乌鸦一样的声音……他今天下午一定从窗子上看见那些家伙了！……平常不会叫得这样久的。"

我原是瞌睡来了的，这时倒有些睡不熟了。我不禁想起：人类在最古的时代，一定像乌鸦一样，不晓得容忍的；如果一开始就会对仇敌容忍，那人类绝不能活到现在！

夜里没有睡好，第二天早上醒来，人很疲倦，而且动身时，望一望这快要灭亡掉的村庄，也觉得有些悲哀。但走了一会之后，呼吸着山间特有的清新空气，又听见沿途飞着觅食的乌鸦叫着单纯而又勇敢的声音，两脚就渐渐硬朗起来，满身也添加了许多活气。

一九三七年秋　上海

森林中

差不多走了两三天了,还没碰见人家,天底下全是山林,到处都苍苍郁郁的。似乎太阳也没法子射透,只浮照在树顶上面,就有光漏下来,也将近要变成绿色。整天嗅着各样树脂树叶的气味。有时也闻着野花香,但如要寻究来源,却又找不着,只看见各种杂色的树木和青草,站在路旁。地方既近于热带,林子里走着,便很闷躁,口干得要命,一路又找不着泉水。马哥头走在前面,常常拿根棍子,向丛草东打西打的,带着沙哑的声音嚷道:

"都是些寡妇么?咋个胎都不怀呀?"

他是个宽肩膀的汉子,一身蛮有精力的。身上穿着破衣,背和手膀上的肌肉,也有几处裸露出来,但并不使人感到褴褛,反而觉得这倒恰好表出了他的强壮。他姓啥名谁,我们通不知道,只听见他讲话爱说"从前我赶马的时候",就叫他马哥头。他讲起话来,极有生趣,而且总喜欢涉及女人,像刚才嚷的话,只有我们一路同走的,才懂他是在骂那些不结水果的树子和草丛。

走在他后面的小麻子,人是瘦骨朗筋的,嘴巴多,爱抬杠,却是个永没定见的家伙,像提不起气似的,喃喃骂道:

"这舅子,还喜欢个球呀,肚皮空捞捞的!"

我们不但口干,而且还有些饿,因为带的干粮到这天也恰好完了。走起路来，十分疲乏，只有马哥头一人，还很精神，仿佛就三两天不吃饭，也没大关系。他一边走，一边回头来骂道：

"难道愁就愁得饱么？……啥，你看这是啥地方呀，不打起精神乐一乐，你走得出去？你！"

我停下脚，休息休息，一壁抹着头上的汗，一壁想着他的话是对的，只有弱者才肯在困顿中灰颓下去。落在后面的烟贩子支着根粗树枝丫，走得一瘸一拐的，挨近了我，也停下脚来，大大叹了口气，带着惨切的声音。我抬起头，望一望他，脸是瘦而带绿，他对我摆摆下巴尖，有气没力地，颤声埋怨道：

"简直是进了地狱了，我真……咳！"

本想安慰他几句，但见他又要说出"我真不该跟你们走"的那句话，我就不爱开腔了，仍旧走我的。这事情实在有些为难我，因为他之跟我们走，我是要负几分责任的。那时我们一心想念温暖的南方，听说就是过冬，也不需要多穿衣裳。长年四季，都不断有水果生长。香蕉、椰子，随处可以找着，吃了之后，又的确可以饱肚皮。起初提起这个念头的，是小麻子。他的职业，原是把人家衣袋里的钱，悄悄摸进自己衣袋里的，只消碰见什么市集，有着人山人海的地方，他就可以活。但因一路碰到的，都是些倒霉的街子，没有房屋，大家只在大青树下，干日中而市的小交易罢了。捉到的鱼小，出脱的网子大，动不动还要被那些庄稼汉一顿臭打。所以，小麻子便向我和马哥头，有句没句地乱吹，扩大我们对于南方的幻梦。马哥头无论什么地方，都愿去的。实际上也因为马哥头赞成了，小麻子和我才更加坚定了南行的志向。动身不久，我们便碰见了这位鸦片烟贩子。他是惯在少数民族地方，拿火柴洋布之类，收买生鸦片烟的，不料刚好满载而归的时候，竟遭了拦路抢劫，两个脚夫也合伙逃去，只单单剩给他一身衣裳。他是愤不欲生，正把带子搭上路旁树枝，便给我们一行人将他拖

了下来。马哥头抓着他的肩膀,摇了几摇,劈面骂他道:

"呸,你这样寻死寻活做啥子?又不是死了当家人!男子汉大丈夫的,怕个啥?天底下路子多呀!"

小麻子却老是爱戳人背脊骨的,坐在旁边息气,冷冷笑道:

"由他吧,他哪里要上吊?……瞒得过我,他是要你周济哪。"

我见烟贩子登时气出眼泪来了,便说:

"你看人家,原是个老板呀,哪像你我粗手粗足的。"

马哥头用劲拉住他,还故意看一看他的手腕,开玩笑道:

"呵哟,细皮嫩肉的,婊子一样。"

我好言好语劝他一阵,又把我们带的干锅盔,苦荞粑拿给他吃。他一面吃,一面说他自己遭到抢,倒不要紧,只是帮别人代购的货,也打失了,却无法回去见人,并且要回去路程远,也没那么多盘缠。这样我就劝他跟我们到南方去,说是一路我们有吃,他总不会缺少一份的。

马哥头不但同意我的话,还拍烟贩子的肩膀直嚷:"那里么,宝石玉石,到处都有,只消运气好,何愁发财!并且那地方的女人呢,呵哟哟,才标致哩!我敢打赌,你一去就不想回来了。"于是,烟贩子叹一口气,便加入了我们流浪的队伍。只有小麻子默默地摇了摇头,我知道他不赞成的理由,是担忧吃口太多,我们带的干粮不够。除这点而外,他倒是喜欢人多的。

烟贩子自和我们一路,便明白我们是做什么的。起初还表示满意,夜间林子里围着火堆困觉的事情,竟使他连连称赞,说这是有味的。继后,稀奇变成平淡了,接连不断的,都是疲劳和饮食不足。他不能多走路,也不能久饿肚皮,对于食物,老是嫌粗嫌坏,常常提起先前吃过的卤鸡卤鸭,以及红烧牛肉之类来叹气。而且晚上烧火堆,轮到他去砍柴的时候,回来便把手指上打起的泡子,红起眼睛指给我们看,有时还要咕咕噜噜地埋怨,甚至说出倒不如独自回去的好。

小麻子便抵塞他道:

"你要回去就回去好了,哪个倒霉的,才肯拉住你!"

他听见这话,只有生气地站开,或者闷闷地睡去。我们也渐渐觉得他是我们的累赘,但要把他丢开的念头,却也从来没有起过。因为生活并没有十分绝望的时候,他对人便还有些小殷勤,使人乐于和他相处。比如火熄了,你尖起嘴巴去吹燃,他就马上警戒你,"当心点呀,柴火会溅到你眼睛里!我有一回,就上过这样当的。"或者你口干,捧起山泉水就喝,他便立刻止住你"不忙,先拿舌尖尝一尝呀!"有时也觉得他的招呼,实在没有什么必要,但他那种关心人的好声音,听起来也颇使人感到安慰的。因此,小麻子同他抬杠,我们也还从旁说好话;可是,他一埋怨到我们不该带他来时,我就默默不讲话了。今天也是照样。我知道,他现在既恨我们,又离不开我们。骂他也好,安慰他也好,他总归会跟来的。

马哥头已经不寻什么果子了,只一路挣起沙哑的喉咙,乱唱着情歌。

> 夜晚睡觉脸朝东,
> 梦见小妹在怀中。
> 睡醒不见妹模样,
> 脚蹬床板手拍胸。

先前听见还可以,现在简直是怪难听的。小麻子气吁吁地喊道:

"做做好事吧,请你不要唱了,我情愿挨一顿打哪。"

虽是这么骂,但他自己也尾着小声唱起来。

这时一股火烟气味,弥漫在森林里面,越朝前走,便越加强烈。

马哥头耸着鼻管,诧异地说道:

"啥地方起火哪?……该不是林子吧?……要是,那可就完了。"

小麻子惊嚷起来:

"胡说!你不要乱讲些来吓人。"

马哥头一面走,一面端详着前面,带着推测的口气,自言自语地说道:

"恐怕是哪,我早就听说过,天气热极了,林子会自家燃起来的。"

走不几步,又突然停着,惊惶地喊道:

"你们看哪,这不是起火,会有那么大的烟子吗?"

绿荫荫的林子,已给先前的烟雾,渲染成灰蓝,另外新给风吹来的烟子,则现出一大股一大股的白色,直向我们这边不住地奔涌。

烟贩子简直吓软了,牙巴抖抖地说道:

"这,这,我怎么能跑哪。"

这一来,本是弄得狐疑不定的小麻子,也愤然叫道:

"赶快!大家朝后退呀!"

他这么说着,一面就当先往后逃跑。

马哥头也回头跑了一会,到底又站住了,转身过去,踮起脚望望,一面尖声嚷道:

"不行,入他姐儿妹子啰,还是让我转去看看。"

因为见他抽身转去,同时又见过新漫来的烟子,稀薄了好些,我们也站住了,但小麻子却还担心地嚷道:

"糊涂东西,看个啥呀,你还想去送死吗?"

马哥头一面走他的,一面嚷骂过来:

"我又没牵肠挂肚的老婆,孤家寡人的怕个啥?"

他们这时候好像已不感到饿了,也不觉得疲倦了,只在这种突如其来的危险中，用生命最后的力量嚷叫着。

马哥头没入前面的林子去了，好一会还不见转来。同时涌来的烟子，也更加少了许多。坐在路边上的烟贩子，就立刻恢复到原来的平静，伸手搔一搔耳朵背后（他想什么的时候总要这样做的），带着安慰人的殷勤样子，说道：

"不用怕！……我猜想，这一定是大帮子客人过路，他们煮起饭来，总是这里一搭，那里一搭的。"

因为好几天来都没碰见人，我一面坐下去，一面便接口问道：

"这一路也有大帮子过么？"

烟贩子将手一挥，仿佛是个深通此地情形的专家似的，驳斥我道：

"怎么没有？在平常，你可以一月两月，碰不着一个鬼。喊声^①一过呢，就是几十几百。"

接着，像陶醉在自己想象中的人一样，禁不住高兴起来，同时又把他的高兴分给我们。

"不用说，一定有几个熟人的。弟兄，愁个啥呀，（伸手拍我的肩膀），我准要弄点钱来道谢你们的好，今天别的不讲，我们先要痛痛快快吃一顿。我晓得，牛肉干巴，麂子干巴，哪一个不带许多。"

随即，大大咽了一泡口水，带着又是愉快，又是叹气的神情说：

"咳，这几天靠实把人整恼火了。"

小麻子往回总是爱同烟贩子抬杠的，这次却也喜欢起来，一面踮起脚尖瞧看，一面掀起鼻孔表示同意道：

"真的，我还好像闻着饭在香哩。"

跟着咂咂嘴，现出按捺不住的神情，朝前走了几步，招呼我和烟

---

① 喊声：在这里含有如果的意思。

贩子道：

"走哪，走哪，还等啥呢，挨饿还没挨够么？"

烟贩子不理他，只揉揉自己的膝头，向我说道：

"我再不歇一歇，真要完了！……唔，他们总会给我一匹牲口骑的。"

我问他道：

"你打算转去了吗？"

"这有啥法子呢？……别的不说，我是气怄饱哪。"

烟贩子像放开重担子似的叹口气，随即拿眼睛瞟小麻子一下。

小麻子不好意思起来，一面拉断一丫树枝，一面喃喃说道：

"这全怪日子过得太坏哪，就是亲兄弟也难免不打架的……要不是有你们一路，哪个还肯拖到如今！"

烟贩子就向我说道：

"看起来，你大概也不想再拖了吧。"

小麻子不等我回答，就向我说道：

"算了呢，索性就跟他们回去好了。难道他们还不让我们一路么？"

烟贩子略微偏开脸，随手抓了一下身边的草叶，小声冷冷嘲笑道：

"那当然会让的，我晓得他们做生意的人，顶喜欢和三只手的朋友一道了！"

小麻子弄得满脸通红，恼怒地丢开手里的树枝，一面骂道：

"妈的，我要同哪个一路，我不晓得走我的！"

我以为他就要独自回去了，哪知他竟向马哥头走的那个方向走去。

烟贩子眼睛里面，像一个复仇的人，得了报复那么似的，放射着得意的光辉，使我极为不快起来。但小麻子平日对他的态度，也实在有好些可恼的地方。

这时忽有热风，直向我们吹扫，白茫茫的烟子，好像大雾一样，重新一股股地涌来。而且比先前的大，使人感到有些窒息，一会，森林差不多全被吞没了。只我们四围的树叶，还现了出来，但却像在牛奶里浸过似的。

小麻子连忙退了回来，接连打着喷嚏，一面嚷着：

"大得很！大得很！"

烟贩子立起身来，搔一搔耳朵背后，竭力表示镇静地说道：

"这怎么搞起的？……难道真是林子烧起来了么？"

小麻子生气地抵塞他：

"你鼻子去闻骚去了，这不是生树丫的气味，是啥子呢？"

他全然忘记刚才还说过饭在香的话了。

烟贩子刚要愤怒地回答什么，突然听见马哥头在前头呼唤叫我们快些走去，便也立即转为欢喜起来，但一面还是讥笑小麻子地嚷道：

"这家伙，真胆大，树林子烧了，还叫我们去。"

我们先前已很疲倦了，现在不晓得哪里来的力量，飞快地就赶上了马哥头，小麻子这时像又承认烟贩子说的话了，所以抢先问道：

"这帮子客人多吗？"

"客人？多得很！……连一个鬼也没有。"马哥头讥笑地说。

这时风停止了，烟子也散去好些。

烟贩子又拿手搔搔耳朵背后，说道：

"唔，我猜着了……我想他们一定是去办货的，刚刚吃了饭才动身不久，所以火堆还在燃。……哈，我们今天走快点，准赶得上的。"

小麻子高兴起来，故意哭声哭气地说道：

"糟糕，糟糕，我才做梦要转回去哪。"

显然他是相信了烟贩子说的话，而又借此拿来揶揄烟贩子了。

烟贩子就冷冷笑了一笑，回头向我说道：

"我倒巴不得再做一趟生意回去，像我这样空身子，有熟人倒不说，要是没个熟人，人家肯同你一路吗？……呔，贼骨头，滚你蛋吧！……那我是受不住这话的。"

小麻子转回身来，脸红筋胀地骂道：

"放你的屁，你别在我面前指桑骂槐的，我又没有偷过你的姐儿妹子。"

烟贩子到了别人真的发火了，却又变软下去，就半笑半怒地说：

"看嘛，你就生气了。我不是说你听，你就自家来认着。"

小麻子还要骂点什么，却给转身回来的马哥头拖着走了。马哥头一面像责备孩子似的嚷道：

"你两个家伙，鬼吵鬼，闹个啥，去看看，再闹不迟。简直狗一样，一天不赛一回牙巴，就不能过活。我看你们娘老子下种的时候，准定都选错了日子！"

小麻子从马哥头手里挣出来，一面掀搡马哥头道：

"滚你的蛋，你两个才是下错了的种子！"

这时我们前头，突然变得异常开朗：耀眼的阳光，一大片犁出来的空地，使我们十分惊异起来，全然忘去了刚才的吵闹。空地上堆着一畦一畦的泥土，就在泥土里面发出无数条火烟，风一扫，就钻进森林，没有风，便升腾上天空去。人却一个也没看见。

烟贩子张开嘴巴，神头神脑望着。

小麻子把手板遮在额上张望，喃喃地骂道：

"到底是干些啥子名堂？这个妖里精怪的地方！"

我就走到挨近的一畦泥土，伏下身子去看，火烟是从散碎的土巴缝里钻出来的。有些缝口宽的地方，便现出半生半干的树枝树叶，正被火烧着。我登时明白烟的来由了，但这是啥人烧的，又烧来做什么，却越发令人狐疑起来。我便立起身东张西望，看见小麻子正像我似的蹲在地上瞧，烟贩子则拿手不住地搔搔耳朵背后。马哥头却笑扯扯地望着我们，仿佛一个出灯谜的人，叫人猜不着便得意而笑的神情。我就问他这是怎样一回事。他便高兴地拭一拭额上的汗说道：

"这只有我才懂得了，到那边阴凉处去坐坐吧！"

我们围着他坐下时，他却抱怨道：

"找点啥子东西来吃就好，妈的，这里的庄稼佬一个也不见，准定都去捉闹官儿①去了。"

我诧异道：

"怎么？这里还住有庄稼佬么？"

"怎么没有？你没带眼睛么？你看，这不是他们的田地？"马哥头将空地一指，带着责备的神情，好像怪我为啥连这一点也看不出，随即像又明白这样嗔怪是不对的，便轻轻笑着，"当然，你们是不懂得，我从前赶马的时候，就在别处碰见过，他们就这样种地：先把树林砍来烧灰肥田，然后再播种的。"

我想起书上说的，有些地方"刀耕火种"，大概就是这样的情形了。

小麻子却盯烟贩子一眼，假装叹气地说：

"糟糕，那我的大帮子客人简直没有了么？"

烟贩子闷闷地车开了脸，朝发烟的空地说道：

"既是有种田人，那他们准离这里不远，别的不说，我们该先去要点东西吃。"

---

① 闹官儿：指嫖客。官儿二字，须读为一音。

小麻子还是不放松地，吞咽一下唾沫，接口说道：

"对的，对的，立刻就去找，他们没有牛肉干巴，麂子干巴，水总肯给一口的，说不定碰见心肠好的人，还会送一匹牲口，给我们骑哩。"

"你看，那里不是一只水桶吗？"马哥头一眼望出什么来了，便拿手指给我们看，同时又骂小麻子道，"你发疯了，傻里傻气地说些啥了！……我看那里一定有泉水。"

烟贩子赶先站起身来，黑嘴熏脸地，直朝马哥头指的方向走去。我们也随后尾着。脚杆坐下去息一会，再走时就不免有些酸软，但为了口干舌燥，也顾不得那许多了，只勉强走着。

结果先走到水桶地方的，却是马哥头，他首先欢叫起来，说那里真有一荡水，接着便蹲下身子，伸起手板去掬。烟贩子还保持着他的小心，在后面赶紧高声招呼道：

"不要喝下去呀，先拿舌尖尝一尝吧。"

我们刚刚走到，马哥头就把口里吞进的水，哇的一声吐出，同时又将捧在手板里的，也一并泼在地上。一面皱着眉头嚷道：

"刮苦哪！妈的，我宁愿喝月经水。"

接着还咳嗽几下，竭力要把粘在喉咙管上的也吐了出来。

我见水塘，只有丈把宽大，里面全是死水，并浸有许多树叶，颜色淡黄带绿，显然是庄稼佬些储来灌地用的。

"苦吗？我偏不怕！"

小麻子现出不能忍耐的样儿，就也弓下身子，去捧一口来尝。

烟贩子带着憎恶的神情，拉一下嘴角，轻声骂道：

"送死！"

等小麻子呸的一声，吐了之后，马哥头拿拳头来揩一下湿嘴唇，骂他道：

"你还不相信啰,这简直比马尿水还难喝!"

"呸!"小麻子再吐一口唾沫,就接着逗马哥头道,"那你说来,你一定吃过马尿水的。"

我以为马哥头又要骂他"鬼东西,你就这点聪明啰",哪知才是直爽爽地说道:

"咋个没有?我从前赶马的时候,就吃过,有点酸臭,但总比苦好!"

小麻子突然禁不住笑起来了,说道:

"那么现在,人尿水你也要吃了。"

"咋个不吃,只要你妈你姐儿妹子的……杂种,我不同你诨讲了!"马哥头掉转身子就朝塘那边的一个小坡爬上去,因为他看出坡上的小路了,一面说道,"我要看看,这些鬼东西,到底住在啥地方。"

烟贩子坐了下去,四下望一望,又搔一搔耳朵背后,感到不安地说:

"我现在想起了,这怕不是个好地方,好人哪肯跑到这里来种地呢!一定是汉朝地方蹲不下,犯了法的……唔,说起来这样的人,倒没啥怕头。"

说到这里瞟小麻子一眼,又继续说下去。

"就怕是仵伍了,每年下种的时候,他们定规要杀个把外乡人。做啥呢?……祭谷地!听说不如此,便没好收成,这是他们祖传的章法,改不动的。他们尤其喜欢杀的,就是串脸胡。"①

小麻子原是现出不相信的样子听着的,至此,也不知不觉地,摸一摸他的光下巴。烟贩子看出了小麻子的神情,就又加一句:

---

① 这是某些偏远地方的传说。

"不过，碰不着串脸胡的时候，光脸蛋也要的。"

"闭着你的臭嘴吧，你在冲些啥壳子①呀！"

小麻子毛焦火辣地站起来，恐怖地四下望望，随即又坐了下去。

烟贩子掉开脸，怒气勃勃地说道：

"要是冲壳子就好了！哪个舅子才肯想落在佧佤人手里！"

随即向我摆着下巴尖道：

"真冤枉，我这样跟来，连全尸都得不着！"

他就是这样的，境况好，他就安慰你，境况坏，他就要抱怨你了。

我坐着，看那泥土里面升起来又散开去的烟云，恼怒地不回答他一声。我觉得我要有精力，宁愿像马哥头一样，冒险走走，实际做点事情，躲在这里狐疑，吵闹，以及埋怨，都是极端可憎的。

这时马哥头从坡上梭下来，把两手合在嘴上，轻声叫道：

"闹个啥呀！你们就像婆娘家些。……那边有人呢！"

小麻子赶紧抢着问道：

"是不是佧佤？"

"倒不是啥子佧佤，只是都带有刀，样子像不大好惹的。"

马哥头一面说，一面拍拍他的两手，像是抱歉他为啥不带一件武器似的。

烟贩子很舒适地喘了一口气之后，带着会心的微笑，说道：

"这就好咁，说几句江湖话，打个上福②，大家沾光沾光！"

小麻子假装不高兴，抵塞他道：

"你去嘛，这个你就在行咁！"

---

① 冲壳子：扯谎。

② 打上福：说好话。

烟贩子并不生气，倒赔着笑脸说道：

"不要开玩笑，我们还是先弄点东西来吃吃为正经！"

马哥头现着踌躇的样子说道：

"东西倒现成，就在那面坡底下。干面巴，竹筒子装的水，我都瞧见了，堆在衣裳一堆的。就怕他们不给，你晓得，这些鬼东西都是啬家子，我从前赶马的时候，就懂得他们。"说着就坐了下来。

小麻子把手一伸，按捺不住似的叫道：

"我们去偷就是了！"

烟贩子笑了起来，同时还现出谄媚的样子，说道：

"这就要劳烦你老哥了。"

小麻子没有管他的，只急着问马哥头道：

"他们人比我们多吗？"

马哥头拭拭额上的汗，骂道：

"入他姐儿妹子，就是多哪！不然，还等到这阵，我早走下去，正大光明给他拿了就是……天地间的东西，哪还管他妈啥子，你的我的！"

小麻子怔了一怔，望望坡上面，然后问道：

"到底几个？"

"没大看清楚，大约就是一巴掌。"

"都有刀吗？"

"咋个没有？没有，那还用怕吗？"

烟贩子搔搔耳朵背后，说道：

"我看还是打个上福，拉拉稀，难道他们就连垂怜人的心肠也没有么？"

小麻子正感到进退两难，便骂烟贩子道：

"最好你去磕几个头，叫他们打发你好了。"

烟贩子红起了脸，偏在一边，翘起嘴巴说道：

"大家不商量商量，这就对么？"

我想了一阵，也想不出好办法，就问马哥头道：

"他们五个人在做啥？"

"他们在砍柴，把柴堆在泥土里，那边还有很大的空地哩。"

"那这样好了，我们就去替他做工，工钱不要，只要他们给我们一点水一点干粮。"

我一面打量众人的脸色，这样说着。火烟扫了过来，烟贩子偏一下头，揉一下鼻子，首先反对道：

"大家都走累了，哪还能做工呢？……我第一就申明，我是做不动啥子的。"

小麻子打了个喷嚏，嘲笑我道：

"真想得好，为啥老想起做工。"

马哥头拿手挥开烟子，带着思索的神气，慢慢摇着头说道：

"这不行，我从前赶马的时候，就知道，但凡他们这些种山地的，屋子都离得远，干粮和水，只带来够吃，哪还能分给你我。"

随即，搔一搔头，向小麻子说道：

"妈的没法子，还是由你去显显本事吧！"

小麻子也无意识地，学他搔一搔头，呻吟道：

"这事情，这事情，人多也好，人少也好，偏偏五个！"

"你去试试看！有本事的人，不在乎人多人少的，……真的不好下手，那么……"

马哥头说到这里，看我一眼，接着说道：

"那就照他的想法好了！……哼，我是要有杆枪的话不说别的，我就有胆量去拿他们的东西！"

小麻子激起来了，就将两袖一挽，立起身来说道：

"好，托诸位的福！"

烟贩子对于小麻子这种慷慨举动，像也很是感动起来，望着小麻子爬上坡去的背影，大声叮咛道：

"当心呀！"

马哥头就说他道：

"小声点，你这样大声叫做啥子？"

小麻子也在坡上边，憎恶地往后挥一挥手。

烟贩子禁不住红起脸来。

我们都伸长颈子，静静地望着小麻子爬上坡去，看见在绿树丛中，晃动着他那瘦小的身子，不禁心里有些难过，我敏感地想着，要是他在那边给人抓着了，怎经得起再挨一顿打呢？

坡上人望不见了，但我们却还朝坡上呆呆瞧望。细叶和阔叶的常绿树丛，从坡脚一直到坡顶，参差不齐地满布着，都在焦辣的太阳烘照之下，反射起无数的光点。这以上，便是晴朗的蓝天，没有云片，只是一轮火热的太阳。风从坡那面吹来，都是热的。这面空地上的烟云，有时也朝那面漫去，但都没有越过坡，就都打了转身。

大家凝神听得很久，但坡那边总是静悄悄的，只听见坡上林丛里，时而有鸟叫和虫吟的声音，轻轻微微地播送出来。烟贩子吐一口气，说道：

"天！要不出岔子才好哪！"

"闭紧你那臭×吧，一开腔就是不吉利。"

跑江湖的人顶怕犯忌讳了，尤其当着"做生意"的时候，因此，马哥头就这样很重地骂他。马哥头骂了之后，仍旧翘起下巴，很担心地望着坡上。烟贩子料不到好的关心，反而会遭到挨骂，就更加红起脸来，样子显得非常难堪的。

等好一会，小麻子才在绿树丛中，现了出来，我们见他平安无事，才好好吐一口气，但走下来的时候，我们渐渐看出，他是两手空空的，没带一样东西。马哥头不禁恼怒地问道：

"咋个搞起的，简直插不下手么？"

小麻子也带着生气的样子，说道：

"我真佩服你那眼睛！你再去看看吧。人家才五个人么？"

马哥头轻蔑地狞笑道：

"多一个人，你就不敢了么？"

小麻子冒火了，抢着说道：

"你有本领你去嘛！你没看见吗，就在坡底下，还坐有一个人哪，我幸好轻手轻脚的，要不然，早就惊动了他。"

马哥头抓抓头，说道：

"算了吧，我们还是去当媳妇好了。"

毫不同人商量地，就一面站了起来，直向坡上走去，烟贩子和小麻子各自叹一口气，无可奈何地，便也在后跟着。

坡那面的空地，比这头的还要大些，泥土已是挖了出来，但火烟却还没有。五个汉子在空地那边，露出上身，正上忙地砍柴，将柴埋在泥土里面。我们又顺着坡看下去，渐渐看见了坡脚下他们堆的衣裳，竹筒子和装干粮的提篮。等到全体梭下坡了，才望见先前为树荫遮着的那个人，正坐在坡脚右边，但他却一眼也没看我们，只是头一点一点的，原来他正打着盹哩。于是，马哥头瞟一下空地那面，回头来狠了小麻子一眼，小声骂道：

"你带的啥子眼睛啰！"

小麻子红着脸，小声分辩道：

"我刚才的确还看见他在打哈欠呀！"

马哥头看一下坐着的人，又瞟一下空地那面，转身向我们挥一下手，小声命令道：

"快跑转去躲起!"

一壁就轻脚轻手向堆衣裳的地方走去。我们知道他要做啥了,就连忙朝坡上边去躲。不料烟贩子,脚有些跛,又因走急了,便从上面跌了下来,一路闯着丛莽,碰出很大的响声。我还来不及去扶他,就听见坡脚坐着的人,送来一声惊惶的叫喊,接着是"抓着,偷东西的"。我急忙往下面看时,空地那面五个汉子,捏着明晃晃的砍柴刀,正嚷着奔了过来。至于马哥头呢,却一点也不慌乱,样子倒很镇静,斥责似的说道:

"你在胡球乱扯,谁偷你的东西!"

一面向跑来的五个汉子,分辩道:

"老乡,我们是打这里过路的!……他这位老兄,打瞌睡,发起梦天①来了。"

但那五个汉子,却不容分说,先将马哥头的两只臂膀架起。

另外的人,又来赶我们,烟贩子因为着急,害怕,爬起来,又跌倒下去,等我再把他扶起时,他们就把我俩抓着了。拉到下面去时,我看见马哥头正在两个汉子手中挣扎,一面凶恶地骂道:

"你们是佤佤人干出来的么?这样蛮不讲理。"

"蛮不讲理?……我们就是太讲理了!"

一个独眼的汉子,满脸是汗,一面拿索子捆马哥头的手臂,一面圆睁起左边的独眼,直是嚷骂。

这时小麻子也给人抓来了,他一个人比较跑得远些,但脸上却打出了鼻血。

另一个汉子是抓着烟贩子的,一壁腾出一只手来擦额上的汗,一壁高兴地问道:

---

① 发梦天:说梦话。

"我们的东西没打失一样吗？"

刚才原是坐着打盹的那家伙，现正帮着他们在捆马哥头，便向我们瞟了一眼，得意扬扬地接口道：

"没有，没有，三哥，我一听见他们走动，我就喊起来了！"

叫作三哥的那汉子，就略带嘲笑的样子说道：

"老八，这回全亏你在这里！要再是我们的独眼哥，……嘿嘿。"

独眼汉子听见他的话，有些生气了，就对马哥头大声骂道：

"你再挣，惹老子性发，看老子捶你！"

老八一面打索子的结，一面带着安慰的神气说：

"前回也不能单怪独眼龙，你能料到，好好待他们，他们会偷走你的东西？"

独眼捆好了马哥头，就向我们瞟了一眼，生气地挥一下手骂道：

"这批贼，这回我就要好好待他们了！看嘛，不一个个祭谷地！"

随即坐在一边去吃烟去了。

烟贩子是一直惊惶昏乱的，大约到这时才听清他们骂的意思，就牙巴抖抖地说道：

"爷爷，请你们分个清楚哪，不要冤枉好人！我原不是和他们一伙的。我敢当天赌咒，我有生以来，就不曾摸过人家半点东西。"

叫作三哥的那个汉子，已经拿索子捆好他的手颈子了，搡他一下，带着嘲弄的口气骂道：

"草包，不要讲了，看你这害怕样儿，你也不够格……你既知道他们是贼骨头，还跟他们一块做啥呢？"

烟贩子就含着眼泪说道：

"大爷，这就只怪我运气低哪，做生意遭抢了，没法子活，还是他劝我，我才跟他们一伙的。"

他拿下巴一掀，指我一下，现着抱怨的眼色。

叫作三哥的却又对我开着玩笑了。

"老兄,你真好眼力,咋个把这样的脓包,弄来做二把手?"

烟贩子觉得这话不对,就赶紧分辩道:

"大爷,他不是要我做二把手哪,我看他,也不见得安心要和他们合伙的。"

因为要洗刷他自己,竟自也替我辩护起来。

但这样,却无异直说马哥头他俩是贼,我就骂他道:

"你在瞎嚼啥子蛆呀,这样乱栽诬人家?"

烟贩子恼怒地回答道:

"老乡,我不说真话,难道叫我一道做冤鬼么?要是真的做过贼,我就死在这里也值得哪!"随即又用温和脸色向抓他的汉子恳求道,"大爷,请你放了我吧!我当天赌咒,我句句是实话呀!他们两个的确是贼!"

马哥头和小麻子,都咬紧牙巴,恼怒地望着他。

正在这时候又从林中钻出三个人来了,其中两个年轻汉子,先走过来,突然看见烟贩子,吃惊地叫了起来。

"呵!你来在这里了哪!"

随即嘲笑道:

"好大胆,你还想来要你的货吗?……送死啰!"

我看见烟贩子脸色陡然变了,嘴唇皮发乌,一身直是颤抖。同时反剪着手的马哥头,原是一脸愤怒,紧闭嘴巴,坐在那边的,这下子便高兴起来,向他们打着问道:

"弟兄,请问你们的舵把子①是哪一位?"

那位叫作三哥的,却嘲弄地回答道:

---

① 舵把子:首领。

"老兄,不要高兴吧,你们这些偷鸡摸狗的角色,我们这里是恕不招待的!"

叫作老八的那一位,接着嘴,冷冷地向马哥头道:

"这不是我们不讲义气,这只怪你们这行道的朋友,太没规矩了。连我们的名下,也照顾起来。这一次,幸亏我惊醒得快,不然,又像前一回,妈的,啥子都给你摸起走,连草鞋!"

独眼汉子将吸完烟的烟袋,用力朝树上一叩,恨恨地骂道:

"还同他讲个球!等舵把子过来,我们就开刀祭谷地!"

一面说,一面就将他脚下的刀,捡了起来,拿手指试一试刀锋。

小麻子听见这话,脸色登时灰白,吐出一口混血的唾沫,便垂下他的脑袋。

这时一个串脸胡的老头子走来了,一眼看出了马哥头,就忍不住大笑起来,便拿手里的铁烟管,对马哥头点一点,喊道:

"老弟,你在搞些啥呀?那样能干的角色,怎么会来自投罗网?"

接着又忍着笑,向那些惊异着的汉子,喝道:

"呆货些,还不快解开,这是自家人哪!"

马哥头恢复了自由,一面不好意思地讲他这回的经过,一面叫众人松了我们的绑。

但那位叫作三哥的,却指着烟贩子,讥笑地问马哥头道:

"喂,他这位宝贝,咋个办呢?"

马哥头望那位叫作三哥的一眼,车①过脸去,直对烟贩子冷冷瞧了一会,才突然挥下手,害羞似的小声骂道:

"干掉他,这家伙还没受刑,就供出人来了!"

原是战抖着的烟贩子,到这时,竟吓软了,便蕈地瘫下地去。

---

① 车:转。

我的旅伴

三人行,必有我师焉。
——孔子

一

在正午的时候,我走进路边一个市集,那里没有铺子,没有房屋,只是些人一排排地坐在地上,面前放着出卖的货物,土产的香蕉、芒果、花生米、煮熟的芋头、咸的牛肉和许多外来的洋火、洋布、洋刀、洋钉之类。遮在市集顶上的,是一根枝叶非常茂密的大青树,不但阳光没有透下来,就是落雨的时候,怕也不会打湿人的衣裳。市集上做买卖的人些,没有一个汉人。全是黑牙齿的傣族人和背刀戴大耳环的景颇族人。我是两天前才从汉人地方,走到这个彝方坝来的,傣族话只在路上学会了几个名词,比如"大哥"叫"者弄","大嫂"叫"比发"之类,我和他们买东西,就只能依靠一种笨拙的手势。

一个头上包有尺多高黑纱的傣族女人,盘足坐在地上,黑布裙子包着膝头,一双象牙色的足板露在外边,她在卖着酒。一个小坛子,装在竹筐里面,坛口放一个小碗。有人来买酒的时候,她就把酒舀在这个碗内,叫人家端着吃。另外她还卖有煮熟的鸡蛋和咸豆腐干,这两样东西都是装在旁边一个篮子里面的。她一面做买卖,一面嘴里嚼着槟榔。我去买她的鸡蛋,说了一句汉人话,她不懂,她回答我一句傣族话,我也不懂。于是我就一手拿着鸡蛋,一手比个数目跟她看,起初是伸三个指头,她摇头,继后伸四个指头,以至五个指头,她都摇头,我困惑了。

忽然我背后有人用汉人话在说:

"她不单卖蛋,她要一道卖酒呀!"

我急忙回头来看,这是一个二十七八岁的小伙子,脸色红里带黑,眼睛灵灵醒醒的。头发浅浅的,圆头,勒着一圈窄窄的蓝布帕子。黑布旧短衣,没扣纽子,全然敞开的,露出棕黄的胸膛,显得结实而又茁壮。光脚两片,连草鞋也没穿。手里摇把粗蒲草扇,有着快活的神情。我愉快地同他打招呼,他就说:

"我买酒,你就买蛋吧!"

不管我同不同意,他便用傣族话吩咐那个卖酒的女人。他接着酒碗喝了一口,现出颇为舒服的样子说:

"酒很好'景'的!"随即递跟我说,"润一润喉咙!"

我拒绝了,但为了出门人应具的礼貌起见,并且在这异族地方,碰见语言相通的人,无形中起着一种亲热,三则我很中意他那种粗率直爽的样子,便把买的两个蛋,送一个跟他,他笑着摇一下手说:

"你不吃我的酒,我也不要你的蛋的!"

卖酒的傣族女人,看见这情形,忍不住笑了。于是我就喝他一口酒,他说一口不行,得再喝一口,我说我实在不会饮,他才算了。吃着我的蛋的时候,我问他的姓名。他说:

"我没有名字,我姓何,人家叫我老何。"随又笑着说:"这很够了,我们下力的用不着那么麻烦!你就告诉人家,人家喊起来也不顺口!我有个伙计,他在那边树子底下吃烟,他当过兵的,他喜欢人家叫他朱镇个啥子,我说你跟我搁倒哩放倒,撒撒脱脱叫老朱,好多着哩!"

我问他到缅甸去做什么生意的,他笑起来了:

"做啥子生意?双肩抬一嘴,磨骨头养肠子罢了!"

他没有问我是做什么的,他只从头到脚打量我一下。我当时也是穿着短衣,光起两脚,他大约一看就明白了。吃完了东西,他摇几下粗蒲草扇,站起来望一下远处说:

"老乡,我们赶路吧!说不定今天还有雨哩!"

原来原野左边庞大的山峰,在强烈的太阳底下,淡淡抹着一层光雾的,有些垭口地方,正慢慢地冒出白色的云头。

我们走上大路,一个在一株小树下坐着的汉子,正舒舒服服地吸烟,他跟老何的装束,简直可以说没大分别,只是他体子环厚,比较矮些,小小的眼睛,望着市集出神。老何高兴地告诉他,说是在这里碰着乡亲了,他只冷冷地看我一眼,随即把身边绑好的两根竹竿,扛在肩上,尾着我们动身。

二

这时正是一九二七年的春末,前夜在腾越城外息店,被窝厚厚的,还感到寒冷,而来在这干崖土司管辖的傣族坝子,天气却像五六月一般的炎热。头上的天空,蓝闪闪的,面前的原野,迷蒙着轻微的热雾。我知道我已开始走进热带了。从云南流入缅甸的大盈江,通过原野，有时近在路边，可以望见浩浩的青碧江流，有时绕到远处去了，连隐约的江声，也不大听得见。原野两边，排着雄大的山峰，早上给浓厚的乌云封着山顶，和天空的晨光雾霭，混在一道，会使初来的旅人，简直疑惑山怕高与天齐。而在乌云散去的中午，笼在薄雾中的庞大样子，也给人一种狞猛的印象。一个人走着的时候，感到兴奋感到新奇，但同时也感到胆怯。可是出了大青树下的市集，却全然觉得愉快了。因为这两个旅伴的碰见，再恰好没有了。我们由装束表示出来的身份，显然在初次接触的当儿，跟猜疑、轻视、骄傲、谄媚，这些态度，一点也没缘的。就像天空中的乌鸦，飞在一道那么合适，那么自然。

路上有三五一群的傣族女人，穿着华丽的衣衫，撑起漂亮小巧的花伞，且笑且语地走着。

河中年轻的傣族男女在游泳，溅起的水花，映着阳光，白亮亮地射人的眼睛。

绿树簇拥的村子边上，披着黄色袈裟的傣族和尚，向大路出神地望了一会，又悄悄地走了进去。

路边水沟有冒泉水的地方，竖着大理石做成的小石碑，勒上弯弯曲曲的横行文字。

村屋的土墙上，巴[①]着圆圆的牛粪，像晒面饼似的给阳光晒着。

一路上也渐渐同老朱讲话起来。他知道我是初次到缅甸去的，便带着关切的口气问：

"你为什么这个时候去？这个时候雨季，瘴气都快来了。好多做生意的云南人都在打回转，现在去实在不是时候！"

我就反问道：

---

① 巴：贴，粘。

"那么你们呢？你们这个时候，不是正去缅甸的么？"

老朱笑着警告道：

"你不能比我们，我们早去那边吃过腊水了。"

接着他就告诉我，到缅甸去的最好时候，是在下年十冬腊月间。吃过那个时期的水，便不容易生病了。

老何却嘲笑他道：

"你那样婆婆妈妈的做什么嘛？我们出门都还要看皇历么？要去就去，雨天瘴气吓不了人的！吓人的还是这个！"他转身来指一指他的肚子。

老朱责备他道：

"你就只记得你那个肚子，要吃不要命的！……一个人做事总要有点打算！"

老何笑笑地说：

"当然要为肚子，要不是谁肯拿肩头去当马，拿脚板心去磨平路呢？"

老朱笑笑着骂他：

"你天生成的穷命一条，只有那点点穷想头！"

老何走了一阵说：

"我倒不想黄鼠狼吃天鹅蛋，想没想到手，人倒先难受起来。只要吃得饱饱的，就算了！"

老朱呵斥地说：

"那不如回你贵州老家去变猪，跑来这里做个啥？"

老何笑着说：

"可惜就因为不是猪呀！一个人喜欢到处跑跑跳跳，喜欢到处看看稀奇，喜欢能够自由自在地过日子，呵，一个人喜欢的多着哩！"于是老何又向我说道："我就喜欢在外国地方，不管你推车也好，抬滑竿也好，没有哪个舅子笑你！也没有哪个老表耻你！你在路上，再也碰不着你的亲戚，再也看不见你的本家。你走你的，用不着脸红。要是你肯吹牛，你请人写封信回去，说你在外国做皇帝，都准有人信进去的。"

这说得老朱笑起来了，嘲弄他道：

"好好好，你就写信回说你在外国地方做滑竿皇帝好了。"

老何嚷叫道：

"呵哟，你默倒做皇帝的，就不抬滑竿么？叫花子还要做哩！戏上不是有个皇帝讨口么？唔，是不是叫……妈的，我就是吃亏吃在记性不好！"

这两伙计一骂一笑地讲着，使我连没吃腊水的担忧，也忘记了。我愉快地走着。

三

走到弄璋街的时候，天已黄昏了。这个位在傣族原野上的街子，房子不过三四间，其余全是些空摊子，要到街期的时候，才有人来占着，摆上零卖的东西。街上没人来往，只一个四十左右的小贩，在街对面路边树底下摆摊子，卖着花生糖果和香烟。他手里拿着马尾做的拂尘子，原在静静打盹的，看见我们走到，便脸上立即现出活气来，高兴地打招呼，手里的拂尘子也活动了，不住地挥去食物上的苍蝇。他是一个汉人，光景和老朱老何他们很熟识。老何挨他身边坐下息气，对他卖的东西，眼鼓鼓地看了一会，并不捡一样塞在嘴里。他就不满意地笑着说：

"怎么？没一样看上眼么？"

老何做出一点也不笑的样子，摇一摇头认真地说：

"不要你的东西，我要买你老板娘的！"

看得出来，老何是在开玩笑，但那人一点也不生气，单骂一声，"鬼东西！"接着又像生意人那么平静地说："随你的便！"

这下老何忍不住笑了，打趣地问道：

"一天到晚，到底你生意好些，还是你老板娘生意好些？"

他便教训老何道：

"小伙子，不要学到油嘴滑舌的，阴谈话说多了，要折你二辈子的衣禄！"

老何笑着说：

"谁讲阴谈话，我是老老实实说的！"

"老起鹅卵石！"小贩笑着骂道："看你样子就不老实！"

老朱拿摊子上燃着的线香，点燃香烟，吸了几口，向老何责备地说：

"你真嘴巴闲得生蛆了！快去弄饭吧，你肚皮不饿么？"

街上的铺门，只尾后一家没有全关着，我们就朝那家走去。门口摆一个摊子，卖的东西也和那小贩卖的差不多，花生糖果和香烟。铺子两边靠壁安起床，没有帐子，没有铺盖，没有枕头，单是放上稻草和席子。有一张床上，躺个穿黄衣的人正在吹鸦片烟。

老朱把抬的竹竿放在床边上，老何用手肘靠一下我，悄悄地说：

"这就是傣族和尚！"

一个五十上下的老女人，原是专心在熬着鸦片烟的，一眼看见我们，就笑着打招呼道：

"我算定你们两个财神佬这几天会转来的，果不其然转来了！"

随即望一望我，殷勤地笑了一下，算是对新客一个有礼的招呼。

老何嘲笑地答道：

"才两个财神，三个都有了！"顺着眼睛看一下那边床上的傣族和尚，"再加上一个佛爷，你这里就可算一座观音庙了！"

老女人牙齿都有些脱落了，但打皱的脸上还显得蛮有精神，眼睛看人的时候，也露出一副狡猾样子，显然是一向跑惯江湖的。她听见老何这么说，很是开心地笑着，同时却又骂道：

"胡扯！要是人家佛爷懂得汉人话，会骂得你回不到神的！"

烟锅里的烟水，沸腾起来了，老女人就赶忙俯下身子尖起嘴巴，接连吹了几下，又拿小铜瓢儿搅着。

老何走到摊子上，自己拿起秤来称花生，一面说：

"老板娘，我称你二两花生，不瞒你说，我要称旺点！"

老女人假装不高兴地说：

"为啥子你要称旺一点，大家都要旺点，我就只好收摊子了！"

虽是这么说，但她并不阻止他，也不看他一眼，专心一意地瞧着鸦片烟锅。

老何称着花生，认真地说：

"咋个不称旺一点！我不买别人，专买你家的，又还帮你称，这样的主顾，你哪里去找？"

"呵哟，这才了不得嘛！"老女人不抬头地说，"要是肯让人家自称自买，哪怕我这里铁做的门，都要挤烂了！"

我见老何当真把秤砣挂在二两的星上，仅仅秤尾子稍稍翘了一点而已，丝毫没有趁人家脱不开手的机会，偷偷多放一个星子。

老何把花生分跟我和老朱两人吃的时候，傣族和尚坐了起来，拿手用力抹一抹脸子，仿佛要把熏上的烟子拭去似的。向老女人打量一下，然后从黄袈裟里面，掏出一个布袋来，把几个六角的缅甸角子，数好放在床上，说声傣族话就走了。

老女人赶快抬起头，向我们做一个手势，指一下床上的钱，说道：

"不论你们哪一个，赶快给我数一数！"

傣族和尚走去不见了，老女人才撇一下嘴说：

"他们说起来倒是佛爷了！小便宜顶爱占的！"

老朱跟她数了之后，告诉她道：

"这里有五别钱，是不是这么多？"

老女人诅咒道：

"这个鬼，又占我两个摆燦的便宜！"

老何剥着花生米，一面吃一面笑道：

"你气什么！你下次少跟他挑点烟就是了！"

老女人充狠地说：

"这倒不劳你教！就是鬼东西眼睛厉害得很，争①一点点，他都看得出来。"

老何轻视地笑着说：

"这又看出你太不行了！我教你嘛，你跟他烟里头掺点烟灰叫！"

老女人马上抬起头叫道：

"哟，你倒有这些鬼聪明喃！"随又摇头说道，"这怕不成，他会吃得出来的！"勾着头搅了一会烟锅，似乎感到有趣了，继续说下去，"管他的，试一试也好！"大约觉得这个法子，有几分会成功似的，抬起头来，张开缺牙齿的嘴巴笑了，还嘲弄道：

"老何，你这个鬼东西，你又不吃鸦片烟，你咋个懂得这一套？"

老何把嘴朝老朱一掀，要笑不笑地说：

"我有我们的师傅在叫！"

---

① 争：这里指短斤少两的意思。

老朱躺在傣族和尚睡过的床上，把自己带的烟泡子弄在烟枪上去过瘾，刚要放在香油灯上烧了，听见老何这么说，就停一下，笑着骂道：

"你说你的哈，你不要把丑事情，也连在我身上！"

老女人笑了起来，随又打趣地说：

"我看占便宜的事情，你两个东西倒蛮能干喃！"

老何笑着凑趣地说：

"那总比你这个老东西能干了！"

老女人一面添点炭在炉子里，一面认真地说：

"老何，你这鬼东西，现在我才看出了，你很不老实！"

老朱吸了一口烟，立即神气充足起来，插嘴开玩笑道：

"老板娘，你现在才看出来么？"顺手用烟枪一比，"他才床这么高的时候，我就晓得了！"

"启！你才老气喃！"老何嘘了一下老朱，同时又有些得意地说："啥子都是学来的乖叫！你也是，你不占他的便宜，人家就会占你的便宜！"

老女人用嘴吹一下浮在烟锅上的泡沫，接着忽然笑道：

"你这么厉害，你以后买东西，我也不要你自己动手了！"

老何有些毛焦火辣起来，赶忙指着我说道：

"你问他嘛，我刚才称的时候，是不是挂在两个星上？"

我见他那样认真，就也替他作了证明。

老女人却故意现出不相信的神情说：

"这有啥子说的，你们伙计家，当然维护自己的熟人！"

老何立即申明道：

"我们才今天碰在一道，还生搭生的！"

我也搭了一句："的确今天才碰见的！"

老女人勾起头看着烟锅,嘿嘿地笑了。

老何这才松了一口气,接着又矜持地说:

"老实说,我们再爱占便宜,也不会占到你熟人名下咄!那讲起来,还好见人!"

老女人笑着揶揄道:

"那你占便宜,是专占人家生人的了?"

老何承认地说:

"那何消你问!"

老女人立即笑着向我说道:

"你真的今天才同他碰在一道么?那你倒要留心他喃!"

老何马上暴躁地嚷道:

"说你个卵啰!生搭生的,我也要看人说话咄!人家同我一样,光脚两片的,我还要占人家的便宜,除非是你那样老黑心肺的!"

四

这时在那边树下卖东西的小贩,收着摊子进来了,一面把东西放在桌子上,一面责斥老何地说:

"你这家伙咄,真是爱惹是生非!到处都听见跟人家斗嘴!"

老何便笑着骂道:

"你不管管你的老婆子,你倒骂我,你这天生成的炻耳朵①!"

老女人立刻笑着责备道:

---

① 炻耳朵:四川方言,意为怕老婆。应读pā。

"你这鬼东西，你倒会掇弄人喃！说老实话，我倒没管过哪一个！"

老何讥笑地说：

"呵哟，你还没有管哪一个，你看你把老张管得好厉害！你叫他在外头做丑人，卖脚子货，你自己在家里才卖顶好的！"

叫作老张的小贩，就伸起二指头，点着老何笑骂道：

"你这家伙呦，真是爱嚼牙巴，明明一模一样的，偏说是脚子货。老朱哥，你说句公道话，我卖的是脚子货么？"

老朱已经过了瘾了，应声翻爬起来要笑不笑地说：

"脚子货倒不是的……不过天数放得久一点！"

老张听见头一句话，点一点头，听见尾一句话，便又皱起额头皮，终于生气地说：

"你又来了，明明上新鲜的，又是啥子天数放久一点！"

老女人命令老张道：

"你同他们讲啥子，他们鸭子的脚板儿，一联儿的！有精神跟他们扯白，不如来跟我搅一搅！"

老张不愿意地说：

"呵哟，人家回来息都没有息一下。"

老女人马上拿手里的瓢儿指着老张骂道：

"你这懒鬼，你成天坐在摊子上打瞌睡，你还要息一息，你不想想，人家在屋里做这做那，手腕都搅酸了！你这死懒鬼！"

老何就趁势嘲笑道：

"快去，快去，免得晚上跪踏脚板哪！"

老张骂老何一句丑话，就带着不愿意的神情，走去接着搅烟的瓢儿了。

老朱爬下床，向老女人要个锥子，就动手把抬人的竹竿钻起洞来。

老张一面搅烟一面诧异地问：

"你这家伙呦，又在搞啥子花样了？"

老朱专心地钻眼，爱理不理地回答：

"等会，你自不然会明白的！"

老张却教训地说：

"你那样钻起眼，还抬屁的人，一抬就包你抬断！"

老朱没有理他。老女人就责备老张道：

"咋个那样话多呀！你眼睛不看锅里，等会噗出来！"

老何就嘲弄老女人道：

"你说他做啥子，你顺手给他两棍子就是嘛！"

老女人讥笑地说：

"还打得！指头都没有挨着，就有人干挣，说我管得厉害哩！"

老何忍着笑装作正经地说：

"你打又莫相干了，人家不会怪你的，人家只以为你在打儿子哩！"

老女人把手一扬，向老何做出要打的姿势，一面恫吓地骂：

"你再说，我就要打你这龟儿子啰！"

老朱忍不住大声笑了起来。我向这一对年纪不相称的夫妇，也不禁又好奇地看了一眼。老张却不好意思地勾着头。

天这时黑了下来，老女人点灯做饭。老张把锅端下炉子，拿盏灯去照着看，一面用瓢儿舀起来，又倒下去。一面带着满意的神情说：

"好了，再熬就老了！"

老朱放下锥子，也兴高采烈地说：

"好了，我也弄好了！"

老张马上好奇地朝老朱望着，忍不住地问：

"你在搞些啥子名堂?"

老朱没有回答他的话,只是吩咐他说:

"你顺手给我挑四两烟!"

老张惊异地叫起来:

"你要这么多,你就三个人吃,也吃不完嘛!"

老何插嘴讥笑道:

"你这走退财运的家伙,生意上门了,还想推开!"

老张笑着回答道:

"我不过问问,我倒巴幸不得一锅都跟我买去!"

老女人抵塞老张地说:

"你就信进去了,老朱他跟你开玩笑的!"

老朱却不耐烦地说:

"哪个跟他开玩笑!我说不定四两还要多一点,我要明天带起走的!"

老女人立即叫起来骂道:

"你在背你的堆时了!后天下午就走到老缅子地方,你安心想要拿跟扁达①抓你去坐痛②了。"

老朱冷冷地说:

"不要大惊小怪的,你这样等于跟我传锣了!"

老何插嘴讥笑老女人地说:

"你这老东西,见过那么多的世面,连这点鬼把戏都不晓得!我告诉你嘛,老朱他要把烟灌进竿子里,就碰到再精的扁达,把卵泡摸了,也摸不到里面去的!"

---

① 扁达:缅语,即警察。
② 痛:缅语,即监狱。

老张不禁赞叹起来：

"咂，这家伙呐，倒想得好嘛！"

老女人却望了望我，一面凑近老朱的耳朵，区区隆隆地讲了起来。

老何开玩笑地叫道：

"呵哟，讲得那么甜哪！"一面也顽皮地走拢去听，随即望一下我，大声嚷道：

"怕个球啰！人家又不打流，又不是老板！搞你做啥子？"

老朱谁也不看地只淡淡地笑了一下，接着现出带点恫吓的神情，小声自言自语似的说：

"我从来没有怕过哪个的！"

老女人扁一扁嘴骂道：

"你两个泡毛鬼，唯愿都背堆时的！"

我知道他们都在讲我，我只心里笑了一笑，作为不知道似的，站在门口去望望田野，外面是一片雾，远处的山峰和近边的傣族村庄，都望不见了。天空黑黑的，一点星子也没有。店里很有些闷热，再加灶里冒出的火烟，更加使人难受。老何帮着老女人洗菜。老朱灌好烟后，走到门口来透一透凉，看看天色，担心地说：

"糟糕！快要下雨了！明天要是不停，我们还不能走路！"

我觉得一个抬滑竿的，竟会连雨都怕起来，不敢走泥泞的路，未免有些可笑。老朱就解释道：

"你会觉得奇怪吗？哼，这彝方坝跟我们汉人地方不同呵！第一次的雨，淋不得的！淋了，包你有摆子好打！……俗话说得好，好汉单怕病来缠！"

五

不久，雨下来了，哗哗啦啦地下得很大，第二天小些了，却还不断地下着。田野，傣族村落，远处的克钦山，有时隐隐约约地现了出来，有时又全给雨雾遮掩着。门前大路上整天都没有人来往，只现着一摊一摊的泥水，给雨点子不断地溅起水珠。这几间房屋，孤零零的，处在原野里面，而周围又都是异族人的土地，若不是老何时而找这个那个说笑，时而唱贵州家乡的山歌，真会使人感到凄凉和寂寞了。

老女人带着恫吓的样子，笑着向我说：

"小伙子，你不会吹几口烟，你会中瘴气的！这里彝方坝子不比我们汉人地方，雨水毒得很！"

我不知不觉也受老何的影响了，不以为意地笑道：

"瘴气有啥子怕头！"

老何在旁高兴地喊道：

"对，要有这样的勇气才好！"

老女人竖起一指头警告我道：

"你倒不要学老何的样喃！他鬼东西，嘴硬骨头酥，口头说不怕，肚子里样样都在怕啰！"

老何不服气地问老女人：

"我怕啥子？……你不要胡球乱扯哪！"

老女人指着老朱和老张，他们面对面吹着鸦片烟灯的，笑说道：

"你不怕，你敢吃那个么？"

老何却讥讽她说：

"你不要拉生意！我告诉你，我们吃了，没钱会账，那才叫你喊皇天哩！"

老女人鄙夷地说：

"呵哟，熟人熟面的，我怕钱把几钱烟都舍不得了！"

老张把枪一举向老何殷勤地嚷道：

"来靠一靠，才熬的，吃起来好香啰！"

老何笑着不动身。老女人指着他的鼻子嘲弄道：

"你们看，这还不是胆小鬼是什么？"

老何却向我笑着说道：

"我要是上了他们的当，那我就真正怕起许多东西来了。第一就怕吃了会上瘾。第二就怕瘾来了没钱来过。第三到了老缅子地方，又怕买不到。第四吃了又怕瘦来鬼一样。第五又怕鸦片熏了肠子，大便屙得很为难……"说到这里，连他自己也忍不住哄笑起来。

老朱车过憎恶的脸来喝住他道：

"你不吹就算了，说么多臭话做啥子？"

老何抵塞老朱道：

"我没有向你讲，我是跟这位老乡谈谈。"

老女人一面走开，一面讥笑道：

"有那样凶的事情，吹两口就会上瘾了。"

到下午的时候，雨还不停止，老何感到有些无聊了，便拉着我说：

"老乡，我们来赌一赌好不好？"

我吃惊了，连忙说我什么赌也不会。老何摸出一个缅甸铜板，弄在桌子上转得圆圆的滚。铜板还没停止的时候，就用他那红黑的粗手掌压着，向我笑嘻嘻地说：

"这你都不会猜么？"

老女人警告我道：

"不要同他赌，他要烫你毛子哪！"

老何骂她一句,接着向我温和地说:

"我们不要赌大,一个摆燃、一个摆燃地压好了,你赢了你请客,我赢了,我买落花生!"

老张忍不住说道:

"让我也来一个!"

老朱止着他道:

"你去做啥子?他总像小孩子一样的玩法,输到两三角钱就不干了!"

我见赌的不大,输赢的钱又是拿来请客,同时为了不使老何扫兴起见,便也拿缅甸铜板跟他玩了起来。

老张大概赌瘾发了,忍不住也来参加,起初他还像我一样,一个铜板一个铜板地赌,继后便骂了一声,"妈的,要来就来大一点!"同时便将一只值四个安那的大角子压上。

老何抓着老张的大角子,就跟他丢开,一面骂道:

"我不跟你赌!"

老张指着老何,揶揄地骂道:

"好胆小的家伙,这一点钱都不敢赌!"

老女人却插嘴骂老张道:

"你胆大,你有好多钱来赌哪!"

老何就嘲弄道:

"他没有钱,他可以撒娇向你要吅!"

老女人骂道:

"我有屁的钱给他!"

老何这下子又揶揄老张道:

"老张,你要是不怕老婆揪你耳朵,你就来跟我赌,一甲两甲地压,老子他们都不怕!"

老女人立刻摸出一个卢比来,当的一声丢在桌上,向老何骂道:

"你不要充狠,让我来收拾你!你不赌,看我不剥你的皮啰!"

老何笑着走开了。

老张鄙夷地骂道:

"你看他鼻子眼睛生得像没有嘛,哪里是个赌钱的家伙!"

老女人向老何骂了一句之后,又回头来骂老张道:

"算你生得像?……老何,别的没什么,就是这点不赌钱逗人喜欢!……你吃了吹了,花了钱你受用吼,这个赌就顶气人了,叫你眼睁睁地把钱交跟人家!"

老张又躺在老朱的对面去,小声抵塞道:

"难道人家就不赢哪!"

老女人赶着大声骂道:

"你赢的在哪里?你都会赢啰,你还没有生得像!……你还是跟我规规矩矩守摊子,好多着哩!"

老何高兴地笑了起来:

"老张这家伙,你真放松不得的!你放松了,他会连裤子都跟你输掉!"

老女人大声骂老何道:

"有你说的!牛圈里头伸进马嘴来了!"

老何笑着骂道:

"妈的,这里简直由你称起王来了!"

老女人得意扬扬地说:

"王倒不敢称!无非你跨进我的门槛,你得事事问过我才行,……我苦吃苦做一辈子,才挣到这份小家当!难道还要叫我低声下气看人脸色么?"

老朱看见老张的脸色不对起来,便说老女人道:

"老板娘,你也是,你说那么远做啥子嘛?"

老女人叹气地说:

"我不是嘴巴多,我想起先前输掉的钱就很难过!"

老何嘲弄地说:

"你那样大的本事,你可以去赢回来呦!"

老女人扁一扁嘴,抵塞地说:

"赢!"

老朱责备老何道:

"你少说句话好不好?就像猴子一样,到处戳蜂包!"

老何就知趣地笑着说道:

"又算我的不是好了!让我来请客!"接着他就买了四两花生,分跟大家吃。落雨的无聊日子,便这样有吃有笑地打发去了。

六

第三天雨没落了,我们就朝缅甸边界走去。在边界山中,走完平原的大路,又走山路,大约走了一天半,正午的时候,就到了。那地方有一座西式的小铁桥,搭在山沟上头,沟那边的缅甸山路,是经过人工修筑过的,平坦宽大,电线杆也由粗竹做的柱子变成铁杆子了。西洋的物质文明,很打眼地摆在我们的面前。周围的峰峦,全长上茂密浓绿的竹树,望去都是青枝绿叶,使人看不见一片黄土,一座岩石。一两个人,才抱得拢的大树子,到处长着,大树中拥挤着小树,小树大树枝上又缠着吊着无数的藤子,路边如果没有人经常砍去枝叶,定会给森林占去路面,叫人难于走过。这是藏有猛虎野象的山林,火样强烈的阳光,在这儿也像失去了它的威力,照在海波也似的绿叶上面,全驯善地散成了点点美丽的金光。

我们在小铁桥这边,唯一的一家克钦人草棚中买一顿午饭吃,就又走了。路是绕着山坡的,曲折极多,常常使人疑惑,顶头会走不通了,但一转弯,又现一节山路出来。大盈江在坡下流过,森林密密遮着,连影子也一点望不见。但打在岩石上的水声,却不时听见,有时还像春雷似的惊人。山路修得平坦,不怕弯路太多,汽车却可以开过的。老何一路赞叹地说:

"好走得很!我唯愿一辈子抬人,都走这条路!"

老朱扛着他那灌有烟膏的滑竿,小心谨慎地走在后面,听见老何这么说,就忍不住嘲笑地骂道:

"没出息的东西,你就打算抬人抬一辈子么?"

老何嘿嘿地笑了起来,接着说道:

"走着这样的路,就叫人忍不住不那样想呵!"

老朱继续嘲笑地骂:

"天生成穷骨头!你骑马走呦,你坐起滑竿走呦,偏偏想起要抬人!抬你妈的,肩膀皮都磨起茧了,还没抬够?"

老何似乎被老朱说到痛处了,默默走了一会,才叹息地说:

"骑马还差不多,坐滑竿那倒想都不要想!大家都是伙计家,好比你同这位老乡,今天要抬我,你看我好意思不好意思?我倒情愿挑担石头走,还好一点!"

老朱笑着说:

"今天我们不讲了!假如是你明天走运发了洋财,人家抬滑竿的朋友,来凑合你,偏要你坐上去,你都不肯赏个脸?"

老何冷冷地回答:

"我倒不享那份福,我也没那个命!"

"命！"老朱哧了一声，随即很有把握似的说道，"在这种地方，是很难说定的！好多油流水滴的家伙，哪一个来的时候，不是你我一样，光脚两片的。"

老何叹口气说：

"我倒不想这些了！我只想吃口饭、流身汗，乐得自由自在，天不怕，地不怕的！……好比你今天，走这一截路，倒不要紧，一到洗马河小田坝，你看看！怕一点风吹草动，你都要提心吊胆，当成扁达钻出来了。"

老朱很不愿人家提起他带私烟的事情，便恼怒地喝道：

"我没有你那么不中用！"

老何笑了一笑，没再说了，只一路走一路尖起嘴唇，吹起口哨子来。

七

太阳还没落山的时候，我们到了克钦山中第一个下宿处芭蕉寨，这天从边界洋铁桥起，一路上全没看见一小块平坦的地方，直到这个芭蕉寨，才忽然开朗，现出一个没有竹树侵占的小坝子，可以修起几间草房，让人类得到生存和安息了。大盈江在坝子边上流过，站在店家的茅檐底下，就可从树影丛中，窥见青碧的江流，和溅在江中石上的白色泡沫。

店家那面的草房，住有印度兵。他们包着白布套头，穿着黄衬衣，坐在屋前的空地上，吸着用炭火烧烟的大瓦烟袋，喝着高铜杯子装的咖啡。使人看见他们棕色的脸子，映在落日光中，会越发感到是在他乡异国的了。

老何一看见印度兵就对我说：

"这些就是加拉人，他们只扎在这里，不搜查哪个的！"

老朱便骂他道：

"你少讲些话好不好？"

老何知道老朱的心病，只忸怩地笑了一笑。

客店是茅草盖的，竹片子编的壁头，可以通风透光，床上铺着粗篾凉席，地上扫得十分干净，使人住在里面，清爽凉快极了。真可以说，四川到云南一路的息客店子，从没有见过有这么好的。店主人叫老方，肤色养得很好，又穿着灰色的麂皮短衣，对人的神情，冷冷的，且有些傲慢，要是老何不讲，我简直想不出他也曾经下过力的。

老朱不大同老方讲话，只要盏灯来屋里吹鸦片烟。这边要吹鸦片烟，只消纳税就可以了的，唯独不能多量藏烟。我则躺在老朱对面，趁着鸦片烟的灯光，摸本书来阅读。不久，老何也进来了，有些气愤不平地说：

"老方这杂种，球钱没多几个，就拿起架子来了！下回抬客，不要抬到这里来！……你看不起老子，老子也看不起你！"

老朱吸了鸦片烟，闭着眼睛养神，听见老何这么说气话，就睁开眼睛责备他说：

"谁叫你呱嗒呱嗒的，人家心里不好过，还听你那些蠢话！"

老何忍不住骂道：

"妈的，他还不好过？养得肥肥白白的，又做老板！"

老朱小声说道：

"他讨的那个傣族婆子跟人跑了，你还不晓得么？"

"跑了？"老何叫了起来，一见老朱对他捏指头，又赶忙压窄喉咙问："跟哪一个？"

老朱更加小声地说：

"左还不是土司的儿子！"

老何怔了一会，又忙问道：

"你咋个晓得的？"

老朱不答复他的话，只矜持地说：

"我都会不晓得吗？"

"一定是煮饭那个老陈告诉你的！"

老何坐在床边上的，立即站起来，走了出去。好一阵才进房间来，现出一脸奇异的样子，要笑不笑地说：

"咋个傣族女子这么怪，人家会唱几首歌就跟着跑了！"

老朱嘲弄他道：

"早晓得，你也要唱唱吗？"

老何轻蔑地说：

"我倒不会为一个女人，整夜不困地唱哩！……这样的女人，唱得来，又唱得去的，讨来做啥子嘛！老方也太蠢了，迷得那样傻头傻脑的！"

等会老陈走进来了，搓着双手，现出为难的样子说：

"方老板，他才急人啰！刚才有傣族人来打店，说是老板娘在盏达那边，他硬要今晚上就去找，等到明早都不肯。这路上没人陪着，咋个行嘛？"

老朱皱着眉头说：

"这真太傻了！迷得那样凶！"

老何严肃地说：

"你该好好劝下子！"

老陈摇下头，叹口气说：

"他要早听我的话，连那个女人都不会接进门了。哪里还有这

213

场事情……你们想想人家住惯平阳大坝的，哪肯陪你住在这个山谷落里！这里人来马去的，早晚只听见猴子叫，有啥子味道嘛！老实说，我找了钱，我也不肯蹲在这里的！女人家偏生喜欢花的，这里又啥子花都找不出来，就只有老是一样芭蕉花，开成牛心子一般，看到使人厌烦。她终天坐在窗子底下，就朝傣族那边的坝子出神，那种不说话的样子，连我都不好过起来。我劝老方，索性搬到干崖那些地方去住，他又舍不得这里的生意。现在出了事了，他才想一切都丢了，光身子跟着她去，我别的不担忧，就怕黑更半夜，糊糊涂涂的，一跤跌进山沟，爬不起来。我就是脱不了手，店里得要人招呼。脱了手，我也陪他走走，了个心愿。老方他一心发痴，总以为人家下了迷药，把老婆拐起走的。让他去看个水落石出，才会死心塌地！"

老何老朱一齐惊异地说：

"他还不知道是跟人走的么？"

老陈责备似的说：

"要是知道，他也不会这么难过了，黑更半夜还要赶去！"

老何搔着浅发的光头说：

"他当真劝不住？"

老陈抵塞地说：

"说一半天，你还不懂得？他就是不听劝，我才来跟你们商量哪！"

老何现出为难的样子向老朱说：

"伙计，你在这里多等我一天好不好？"

老朱抬起诧异的脸子，责备地问：

"怎么？你不打算到八莫赶生意么？"

老何又伸手搔着头说：

"大家熟不得熟的，让他栽进山沟里，又有些难过！"

老朱冷冷地说：

"他才听见，是要冲一下的！再去劝劝，就没事了！"

老陈恼怒地说：

"你才说得那么容易喃，你去劝劝嘛！"

"好的，我，去劝！"

老朱慢吞吞地说，但并不起身，只是躺着。老陈着急地催促他说：

"尽躺尸么？要去就快点去！"

老朱现出思索的神情，慢慢地说：

"我看，我劝劝……也没用的！"

老何却去拖他，责嚷地说：

"你这鬼东西，看你去不去？"

"妈的，你不要这样拖！"老朱这么骂了一句，就一边坐了起来，向老陈说道："你叫那个傣族人去劝他好了，他那样信傣族人的话！"

老陈摇头地说：

"看样子傣族人不肯劝的，他还在埋怨自己，不该多嘴，管人家的闲事！你晓得，他们傣族人一沾惹到土司家的事情，就有些怕！"

老朱责备地说：

"这有啥子怕头！又不是怂恿老方去跟土司儿子打架！……再呢，这也用不着多说话，只消句把话就点穿了！老方一明白女人不会转来，他就包你死心塌地的！"

老陈仍是摇头地说：

"这些话他不会信的，我早对他讲过无数八次了！"

老何忍耐不住了，又跑去拖老朱道：

"你会说，还是你去劝好了！这样慢息慢息地真讨厌！"

"不要吵！你忙些啥？"老朱嚷了一句，然后教训老陈似的说，"你我就讲一万遍，他都不会相信的，他总以为你是有意劝他，他心里一定觉得他比我们还看得清楚……"

老陈切断他道：

"那何必再叫傣族人去麻烦呢？"

"那又不同啢！"老朱赶快驳他，"他现在相信傣族人亲眼看见过，只消傣族人说声，人家在那里快快活活做太太，他就冷了！"

老何马上掀着老陈说：

"走，走，走，去试一试，这怕要得的！"

老朱现出很有把握的神情，鼓励他们地说：

"这自不然会撞得响的！"

等会老何笑着转来了，很有兴趣地说：

"真是妙得很！真是！"

老朱得意地反问：

"是不是我这个狗头军师做得对！"

老何微微掉下嘴角说：

"哪用得着你，他自己不去了！"

老朱诧异地说：

"莫非想转来了？"

老何迅速偏下头，忍住笑说：

"哪里想转来了？手电筒跟他捣蛋，还没出门，吧嗒一声，跌在地上，就跌坏了，再也弄不亮。你说有没有鬼！……别处又没人肯借，他现在就在那里，一杯杯地灌老酒！"

老朱笑了一会，才沉吟地说：

"我看还是叫傣族人跟他点穿好了！"

老何摇一摇手说：

"那今晚还是不要点穿的好，点穿了他会冒失打人的。"

我忍不住插嘴说：

"你不点穿，他老灌下去，怕醉死哩！"

老何立即说道：

"这倒不怕，他出名的酒坛子！"

我推测地说：

"这样爱吃酒，怕也不讨那个女人喜欢吧？"

老朱淡然地说：

"谁晓得？也许有点吧？"

老何却很感慨地说：

"我看要讨老婆，还是讨汉人婆好，不管你醉哪、骂哪、打哪，她都不会跟人跑的！"

老朱嘲笑老何道：

"汉人婆再好，嫁你这样的家伙，她还是要跟人跑的！"

老何却笑着说道：

"我不打她，不骂她，又不醉酒，她咋个跟人跑？"

老朱认真地说：

"你没本事养她，她咋个不跑？"

老何略微生气地说：

"你不要那样量识人！"

老朱讥笑地说：

"你这样老抬人下去，除非捡金子！"

老何不禁苦笑起来：

"说不定老天照看我，真会有天捡着的！"随又打趣地说，"我不心狠，一定分一半跟你！"

老朱鄙夷地笑了一下，随即制止老何地说：

"闲话少说，睡觉吧，明天走路要紧！"

八

次日早上，醒来就听见猴子在林里嚷叫。红红的太阳也从篾壁缝上射进一条条美丽的光线，使人想到这天是个好上路的晴天。精神便格外地愉快起来。山间早上的空气，清新异常，站在茅檐下，一面洗面，一面饱吸了一阵。

吃饭的时候，我见菜比昨夜的更好，菜之外，还加一盘炒蛋。我担心钱要得多，便悄悄问老何道：

"这里息一夜要多少店钱？"

老何大口大口地吃着饭说：

"你莫管他的，你照我们一样给好了！"

我们动身的时候，老陈来收钱，一面笑着说："老板还睡得吹噗打鼾的呵。"一面向我们伸出那只油腻的手。我看老朱老何各人给了他四个安那，我也照办了。老陈摆摆下巴尖说：

"老乡你不能照他们那样给呵！你得出一甲零四别！"

老何立刻嚷他道：

"算了吧，你那样分清做啥子，我们都是一道的！"

老陈有些讥讽地说：

"你们要抬三丁拐？"

老何不高兴地说：

"你不要说这么多！你收着好了，就是老方他也不能不卖个人情的！"

老朱掀搡着老陈，教训地说：

"不要啰唆了，你快去招呼老方的好！"

走在路上，我就问老何道：

"咋个你们可以少给钱？"

老何极其得意地说：

"呵，他们开店子的靠我们吃饭咖！我们不跟他抬客去，他吃水！懂得这个生意眼的，他就晓得对我们客气！老方斜对面那家店子，待我们顶苛刻了，店钱又收得多，还没有荤菜，那才真真是把我们当成下力人嘞，你瞧瞧，半打半年都没有人抬客去，只收点马驼子的过夜钱，够屁哪！现在睡醒了，也来跟我们说好话，我们才不爱理的，叩头都不理！他默倒下力人那样好欺啰！"

我走了一阵，又问道：

"假如客人同他熟识，要到他店里住呢？难道你们也不抬去？"

老何斩钉截铁地说：

"当然不抬去！我们在八莫的时候，就预先招呼过了，哪些店不去息，要去息，我们就不抬！哼，这一带，不说店主人要奉承我们，就是油流水滴的客人，也得让我们三分！"随又热忱地问我，"你抬不抬嘛？我跟你找个伴，包你合得拢的！"

老朱就讥笑他道：

"这好宝贝的事情！……要是有一天，洋人的汽车通到这里，还有你屁的人抬！……你自己倒该先打打别的主意吧！还要劝人家！"

老何却反对道：

"这样弯拐的路，他开得来？要来，还等到现在！"

老朱似乎觉得这话也有几分道理，走了一阵，才又责备地说：

"不管别的，这样倒霉的事情，你总不该劝人家去做！难道你拿肩膀抬屁股，还没抬够么？"

老何不满意地说：

"我们又不是生来就有田有地的，还有啥子好事情，留跟我们做呢？"

老朱立即骂道：

"没出息的东西，你不肯钻，好事情还会来找你么？"

老何讥笑地说：

"你会钻！我看你又会钻出个啥子名堂来嘛？"

老朱傲然地说：

"你睁起眼睛看嘛！"

老何冷冷地讽刺道：

"你默倒你这回就发财了么？要是查出来的话……"

老朱立即大声骂道：

"闭着你那臭嘴！你少讲点屁话好不好！"

老何现着做错了事的样子，笑了起来。走了一阵，又小声讨好地说：

"我不是咒你，我是为你好！……我觉得你要钻，你还是去钻个不犯险的事情！"

老朱鼻子哼了一声，走了一会，才鄙夷地说：

"不犯险！……那就只好一辈子都抬人了！"

老何微微笑着叹息地说：

"唉，我们两伙计，做起事来都合得拢，一开腔就永远逗不到头！"

老朱斥责地说：

"做事也合不拢的！你那样喜欢抬人，我就看不起！"

老何有些忧郁地说：

"我也并不喜欢，只有要我偷偷摸摸地弄点东西……"

老朱喝住他道：

"不要再讲了吧，你那嘴巴，一讲，定规又有好话讲出来！"

老何孩子似的笑了，走了一阵，一个人就悠悠然然地吹起口哨来。

九

下午又到了一个有店子的地方，地名茅草地，和芭蕉寨一样大小，也挨着大盈江的，只多一条流到江里去的小河。冲在岩石上的江流声音，似乎比较宏大些。我们走进一家姓李的店子，老何首先就向店里介绍我道：

"这是我们一道的伙计！"

等我晚间挨着老朱的烟灯读书的时候，老何小声警告我道："吓，你咋个又拿出来了？你今晚上不看好不好！……人家看见你会读书，准定不会信你是抬滑竿的！"

我觉得与其牺牲我读书的时间，倒不如牺牲我的金钱好些，虽然当时我并没有多少钱，但钱用了我还可以再找回来的。因此就回答老何道：

"他实在要我多出，我就多出点算了！"

老何立刻扬一下手，责备地说：

"你才傻喃！你何必把辛辛苦苦挣来的钱，拿跟人家敲呢？你是油流水滴的老板吗？当真书读糊涂了！他们坐在这里敲钉锤，一年到头，还赚少了？你光脚两片的瞒他几个店钱，正是天公地道！"

老朱嘘了他一声，接着埋怨地道：

"你大声武气叫啥子？你说你要瞒着，反转倒给你吵出来了！"

老何半晌才气愤愤地说：

"你不晓得！一个人敲钉锤，敲到我们这起人身上，已经气人了！他球钱没几个的，还心甘情愿的，让人去敲，这就使人看着鬼火起！"

老朱自作主张地说：

"到明天给钱的时候再说，他不卖我们的账，我们不晓得把客抬到别家去！……好了不起的事情！"

老何不快地说：

"那人家老乡不是又吃了眼前亏了！"

老朱打趣地说：

"他有钱，也不在乎钱的！"

老何怀疑地看我一眼，然后说：

"那让他们敲，不如请大家吃一台！"

我笑着说：

"哪个有啥子钱，不过花生胡豆倒还请得起的！"

坐了一会，老何看见我又在看书，便好奇地问：

"书就有那样的好看？……你该去进学堂的。"

老朱讥笑他道：

"你这个话，等于白说！人家进得起学堂，还光脚两片跑到这里来？"

老何深深叹气地说：

"他妈的，这世道！喜欢读书的，不能进学堂，喜欢摸锄头的，没有田地种！"

老朱讽刺地说：

"你倒不要叹气，就是你一个人好！"

老何赶忙截断老朱的话，不满地说：

"我都会好啰！鸭子的脚板儿，还不是一联儿的！"

老朱嘲弄道：

"你还不好吗？你喜欢抬人，就有人抬咂！"

"扯！"

老何做了一下鬼脸，歪一下嘴角。

老朱接着又讥笑他道：

"我看你别的不喜欢，倒喜欢管闲事。还有，就是喜欢开不正经的玩笑！"

老何这下没反对了，只嘿嘿地笑。

十

夜间躺在床上，听见大盈江的水声，碰在江中石上，格外吼得宏大，仿佛这小小的山谷，都给它震动了似的。从竹壁缝中看出去，树间有无数的萤火虫，在轻轻款款地飞动。江对面壁立的老山林子，耸在星空下面，黑郁郁的样子比白天更显得狞猛。这是息在克钦山中的第二晚上了，也是我走出祖国的第二个晚上。我并没有感到远离祖国的悲哀，也没有感到山岚瘴气的威胁，只觉得有不同的生活，不同的天地在使我兴奋。听着躺在身边的两个旅伴，睡熟打鼾的声音，有节奏而又甜蜜似的，不久我也安安静静地入睡了。

早上醒来，又是江流吼声，又是四山猴子叫声，而且又是晶辉朗耀的晴天，要不是我不久之后，又转来在这里，做了五个月的苦工，生活中掺杂进大量的雨雾、泥泞、马粪和疟疾，那以我生平所见的山看来，曾经给我留下最清新最明媚的记忆的，怕要算我走过这三天的克钦山了。

店伙计快要来收店钱的时候，老何再三叮咛我道：

"千万你不要多给哪！"

老朱拴好他头上的蓝布帕子，然后命令地说：

"你们把钱拿跟我来给他！"

店伙计收着钱，数了一数，要笑不笑地说：

"当真是一道的吗？"

老朱傲慢地说：

"咋个不是？你不见我还在掏腰包请客吗？"

店伙计嘻嘻笑着走开了，回到老板那边去交账说：

"今天是老朱哥请客，店钱都是他出的！"

店主人收着钱，没说什么，只无意识地打一打面前算盘珠子，又看一看走出店子的我们三个人。

走到山路上，老何笑着骂老朱道：

"妈的，你才漂亮喃，个钱都没有花，还充请了客！"

老朱夸耀地说：

"假如我是偷马的，那你们今天早上就一个钱都用不着花了！"

我便好奇地问他们，为什么偷马的可以白住店子，店主人不敢抓他。老何抢着说道：

"你还敢抓？他不偷你店中过夜的马，就算天官赐福了！这一带的店主人，第一就怕他们偷马的，不说吃饭，连吹鸦片烟都不要钱，第二才是不敢得罪我们。"老何这么回答之后，又再向老朱揶揄道：

"你咋个不去歪几天呢？又没哪个拦着你！"

老朱讥刺地说：

"要是我的伙计胆大一点，我早就改行了！我就差一个好帮手呐！"

老何笑着说道：

"只要你肯干！我怕啥子？"走了一会，又正经地说，"我真不明白，你为啥子老想干那些犯险的事情？"

老朱冷冷地反问：

"我请问那又干啥子呢？还有啥子好事情留跟我们？"

老何叹息地说：

"人家别人干是没法子，你现在又没饿肚皮！"

老朱截断他的话责斥地说：

"呵，你默倒人家都像你一样，只图塞饱肚皮就算了！"

老何忽然小声惊慌地说：

"好像前面有个人影子，一闪就闪到那边去了。"

老朱小声说他道：

"走你的吧！你不要这样疑神疑鬼的。"

老何走了好一会，才又低声急促地说：

"你晓得今天这截是关口呵！"

老朱小声愤怒地骂道：

"你那样担心做啥子？……充其量至多只抓我一个人！"

老何埋怨地说：

"你看，你自己又说起不吉利的话来了！"

老朱厉声骂道：

"闭着你的臭嘴，不关你的事，你不要管！"

老何走了一阵，才恼怒地说：

"不关我的事，你才肯说！"接着挨近我的身边，不让老朱听见那么小声地向我讲："你不晓得，一出了事，我就得留在外边招呼他，不能再搭别人抬客了！八莫又是那样花钱的地方。咳……"

我也觉得他太过于担心了,便笑着说:

"哪有那么巧,不会出事的!"

老何责备地说:

"你没到过,你不晓得,今天这一截路上,扁达多得很!那些吃官司的私烟贩子,就都在这些地方抓去的!"

我就劝解地说:

"那你现在用不着急唦!他实在要你招呼,你不好在八莫另外找点事做?"

老何叹气地说:

"好找事做,又不用说了,就是不容易找到!"跟着又补一句,"还有难的,你在马路上闲荡久了,警察就会当成贼样地抓你!"

这使我倒抽了一口冷气,因为我当时衣袋里面的钱就限住我,非在八莫找到糊口的工作不可。我迟疑一会才说:

"听说八莫有轮船码头,轮船一到不是好跟客人挑行李吗?"

老何这下不怕老朱听见了,大声摇头地说:

"这个事情又干不得喃!熟人一大堆挤在那里,大家抢生意,抢得脸红筋胀的,有啥好过嘛,吃这样的饭也吃得不安逸。"

老朱又讥讽地骂道:

"说来说去,还是抬人好,是不是?"

老何有些胆怯地说:

"你不要生我的气!老实说起来,总比你现在这样子好些,这样提心吊胆的日子,我就过不了!"

老朱便骂他道:

"你嘴巴子闲不惯,你跟我唱唱山歌好不好?"

老何不以为忤,叹气地说:

"真的我该唱唱山歌,白管这些闲事做啥子嘛!"虽是这么说,但他并没有当真唱起来，反而默默地只顾埋头赶路。

倒是一路上不大唱歌的老朱，这时用着四川北部他家乡的调子，慢慢唱了起来。声音虽然有点枯燥，但却使人感到极其坚定而又悠闲，心情毫没一点儿慌张似的。走了一会，老何也情不自禁地跟着唱了。老何的声音嘹亮而又圆润，仿佛一大股山泉一般，滔滔不绝地奔流，显示出生命的丰富，和青春的热情。我原是有些挂虑到八莫去找工作的事情的，听见他们两人的歌唱，也就什么都忘了，单觉好像有一股愉快的暖流，在我心中不断地流过。

在山路上遇着成串的驮洋货的马匹，那些赶马的人都给歌声迷住了，走远一点，还频频地回头来望。步行着的克钦人和傣族人，也情不自禁地停下脚来，现出欢快的微笑。就这样唱着，正午时候我们经过洗马河路上，只遇着两个宽边呢帽、黄衬衣、短裤、皮鞋的缅甸扁达，微笑地拦着搜查，随便摸摸，就放我们走路，随又笑着叫老朱老何两人再唱。

离开那两个扁达一远点，老何就忍不住欣喜地说：

"从来没这么和气的，我看我们今天唱对了！"

老朱也禁不住得意起来：

"哥子他们叫你做的事情，哪有不对的？……你就是不肯多听我讲，要是肯听我讲，还有啥子事情做不成？"

老何笑着说：

"要是别的事情，也像唱歌这么逗人喜欢，我还有不做的？"接着又打趣地说："今天真是缺牙巴咬虱子，碰巧遇到一件好的了。平常你想的事情，哪一件不使人为难？"

老朱教训地说：

"事情都是一样的，起初总是难，一个不会唱山歌的人，你叫他唱嘛！……我从前当兵的时候，初次打仗，好不害怕，脚肚子就像狗在扯的一样,后来多打几次,啥子都不怕了,子弹打来,把它当成牛角蜂。……老弟,你就是不肯干,我告诉你,天底下的事情,不管再难,只要你多干几次,就容易了!"

老何笑了一笑,然后非难地说:

"容易!一出了岔子,半年六个月,有你耍的!"

老朱大约因为已经过了一关了,不再生气,只诙谐地说:

"那有啥子相干呢?半年六个月还不是就出来了!"

老何嘘了一下,接着说道:

"说倒说得容易,进去试试看,怕一天都难蹲了!"

老朱没有搭话,老何又讥笑似的说:

"一个人,何必自搬石头打脑壳呢。"

十一

很快我们就走到小田坝了,这是位在克钦山脚下的。八莫平原就从这里展现在我们的面前。小田坝像个小小的镇市,有汉人开的杂货铺,有缅甸人开的咖啡店,有克钦人摆的汽水摊子,还有种田的傣族人住家。经常有搭客的小汽车,由印度人或缅甸人驾驶,往来八莫。

老何不再同老朱争吵了,只带着兴高采烈的神情,用半缅半中的话喊道:

"来,我们勒拍液捣①吧!"

老朱却机警地说:

---

① 勒拍液捣:缅语,吃茶。

"不耽搁了！我们到八莫去吃吧！"

老何有些为难地说：

"口干，还要走几十里哪！"

老朱朝路边的小汽车走去，命令地说：

"我们坐木头咖①好了！"

老何听说要坐汽车，脸上便露出孩子一样的欢喜，同时却又嘲弄地骂道：

"妈的，你发财了！"

老朱把竹竿放在汽车侧边让印度车夫去捆好，接着拉开门坐了进去，回头来责备我们道：

"一个人一甲，就多啦！进来，进来，不要站着！"

我觉得一个卢比坐几十里汽车，并不算贵，而且这又是第一次坐，很想尝尝新鲜，便跟着老何坐了进去。老何坐在老朱身边，打趣地说：

"这该你请客呵！"

老朱嘲弄地说：

"好的，照今早上那样请好了！"

老何笑着，掀揉老朱一下，似乎要说他什么了，但给突然走的汽车一震，再颠簸一下，便不再开腔了，只现出非常欢快的脸色，看着朝后退去的电线杆、树林、田野和村舍，以及那些走在前面，很快一下就给我们赶过的缅甸男女。我也觉得我们在向阳光朗朗广阔的天野，简直不是走，而是在飞一样。

---

① 木头咖：缅语，汽车。

十二

我跟老朱老何一道息在八莫的轿行内,这是位在汉人街上,紧靠伊拉底江的。睡觉的地方,是在楼上,没有床,没有被窝,大家和衣睡在地板上就是了。壁板楼梯,污旧得很,再加以楼下煮饭生火,常常飞满烟尘,当我进去的那一刻,正是半下午的时候,宽阔的江面上,照着一片向西的阳光,金辉灿烂地从窗上门上,反映进来,使屋子越加显得丑陋。对面远远的江岸上,一排排地立着椰子树和露在林子中的金塔,以及环绕在旷野尽头浅浅的蓝色山影,都抹上了一层轻纱似的光雾,那种满带着异国情调的画面,真叫人看了有些心醉,同时也更觉得屋里污秽不堪,不能栖息下去。但后来我到克钦山的茅草地去工作了五个月,却又仍然转来这里度过一个晚上,曾对如此江山,做过两首小诗,发抒我低回留恋的心情。

我把小包袱放在楼上,马上便跟老何到楼下铺面上去坐。老朱则在后门破竹竿。轿行的老板,就在这里卖点杂货,和轿夫使用的草鞋粗蒲草扇那类东西。旅客要坐滑竿,便来找他,他就包下生意,分派轿夫去抬,工钱经手的时候十成抽去一成。轿夫住在店里,只供一块睡觉的楼板,便收三个安那一夜。他主要就靠这种收入生活,铺面的买卖,只是一种副业而已。他样子威严,眼光逼人,有点像哥老会中的舵把子。他打量我一会,然后冷冷地说:

"你怕抬起走不得长路吧?"

老何不让我回答,却抢着笑嘻嘻地说:

"除非三百斤重的猪,他才抬不起!"

轿行老板经常拿个蝇拍在手里,很敏捷地拍死一个苍蝇之后,又带着非难的脸色,不向我却对老何问:

"咋个又不约个伙计呢？一个人哪个好同你搭伴？"

老何嘲弄地说：

"要啥子伴！我们约他来抬三丁拐的。有大胖子来，你派跟我们好了！"

轿行老板挥一下蝇拍子，轻蔑地说：

"你们等好了，怕不饿成稀猴儿一样！"

轿行老板娘，一个年轻并不怎样好看的女人，走出来小声接着说：

"他们怕啥子！土带来不少，老朱正在破竹竿呢。"

轿行老板很是兴奋，悄声问道：

"你们带得多不多？"

老何淡然地说：

"他一个人搞的，不晓得带好多。"

轿行老板无目的地打下蝇拍，惋惜地说：

"你们咋个不搭一份喃？你们真蠢，你们可以自己带哪！"

老何笑着说：

"我还不想发财！"

轿行老板责备地说：

"你不想发财，你跑到外国地方来做啥子？"

老何仍旧笑着说：

"玩玩看看咁！一定要发洋财？"

轿行老板又轻视地说：

"那你就不该来抬滑竿！"

轿行老板娘嘲弄地说：

"他不抬，他就皮子痒哪！"

轿行老板仿佛认为这就是老何本人的回答，便鄙夷地骂一声：

"贱骨头！"

老何还想同他们说笑下去，我却有些不耐烦了，便劝老何出街去玩。走在街上，老何极有兴味。看见印度人包着白布套头，又拖一大截布在背后，便嘲笑地说：

"你看他们加拉人，不像个个家里都死了娘老子么？戴那长的孝！"

这种跟我们不同的风俗习惯，看多了也就失掉了兴趣，我原是来找工作做的，便要他带我到码头上去看看。他带我去的时候，码头上的轮船已开起走了，只有些小船靠在岸边上。我问老何道：

"一天开来的轮船多不多？"

老何回答我说不知道，随又紧跟着问：

"你打听这些做啥子？"

我说我要在码头找些工作。他阻拦我道：

"你抢不赢他们的！你一个人，你还是买对空洋油桶，挑担糕饼，回到山里去卖好些！事情轻松，你还可以坐着看书。"

我说：

"这好是好，可没有钱做本，马上我就得找点卖气力的工作。"

老何看了我一会，才微微叹息地说：

"你要是身体再结实点就好，伙计我能帮你找到的，听说这两三天内，就有客人回腾越去！"

这是指的抬滑竿的工作，我不乐意做的，便说：

"让我再找找别的好了！"

老何担心地说：

"这不像我们汉朝地方，空起手街上走多了，扁达会抓你的！"

我有些绝望地说：

"只要给饭吃，抓就由他抓好了！"

老何责怪地说：

"真想得怪!那样的地方,放出来也霉人叫!你又没有犯法。"

我们谈了一阵的时候,老何拍一下膝头担心地说:

"我要回去看看老朱,那东西今晚不卖出去,就怕出事哩!"

我却留着,一则怕回到店里,使人感到窘迫,二则这里坐在树下,江面有风吹来,凉爽异常,三则我只看过书上画的轮船,真正的轮船,还没有映进我的脑子,我要看它活生生地从远处开来。西洋的物质文明,进小学的时候,就挑动我的好奇心了,现在才仿佛从梦境里慢慢转变成实在的东西!

十三

天黑了,到岸的轮船上了灯火的时候,我才转回到店里,老何正同轿行老板开玩笑,一看见我就埋怨地说:

"我们等你好一阵,饭留在那里,快去吃!"

我感激他,但又推辞地说:

"我自己去煮!"

老何说我道:

"你才古怪喃,你出一份钱好了!自己一个人煮,又麻烦,又花得多!"

他不容我再推,就带我到灶房里,把留的菜饭端跟我,一面说:

"你出四别钱就可以了!"接着他又走到前头去。

我一面吃饭,一面听见轿行老板在说:

"如今码头上不容易找吃了,手脚伶俐的,才将将够糊口!"

我觉得老何一定同他讲到我了,心里很有些不快,因为我一向都不愿意把自己的困难，向人诉说，即使那是自己的朋友，而现在何况这位轿行老板，还是对人缺少同情心的呢！

老何在外面铺上，已没刚才那样谈笑的声音了，倒听见他一本正经似的说：

"老板，你帮帮忙！事情要轻松一点，工钱多少都好讲话！"

轿行老板用冷酷的声音说：

"我除了滑竿，啥子忙都帮不了的！"

老何不惮烦地又再说道：

"你人总认得多咧，别家号上看还要不要人。"

轿行老板厌烦地说：

"不会讲老缅子话，找到也不成！"

我不禁讨厌老何起来，何必尽对他讲呢。

胡乱吃了饭，洗好碗筷，我觉得屋里闷热得很，不能安下，便又走了出去。欧化了的八莫，晚间戴上电灯的花朵，越发现出炫人眼睛的美丽。有些柏油街道的两旁，点缀起小小的庭园，长着许多枝叶茂盛的小树，拿红绸绿绸做窗帘的西式房屋，把五色珠子做窗帘的缅式屋宇，都用明媚的眼睛，在绿荫中窥了出来，钢琴、缅甸提琴，则在里面愉快地伴着和唱的歌声。缅甸庙子里，僧人做着晚祷，长久地敲着钟声。印度人驾驶的马车，还不时在缓缓散步的人丛中，急速地叮当着。江上的小船，带着红色的灯火，悠悠徐徐地在浮动。水面吹着清风，凉快异常。我在江边坐了很久，晚间回去，老何已经睡了，老朱还同一个苦力，躺在烟灯侧边讲话。我见满楼上都横横竖竖地躺着人，而店里又没招呼的伙计，我不知道，我应该睡在哪里。老朱看见我在楼口上踟蹰不决的，便说：

"你随便找个空地方睡吧，这里要先回来占位子呵！"

接着他又同烟灯对面的苦力，继续讲了下去，是在讲着赌博的事情，某人的运气坏，赢了许多，又全输干净，说到这里，无论讲的人听的人，都在作声表示惋惜。我终于寻着一块空地方，缩着双脚，勉强困了下去。却不大容易入睡，听见赌博的故事，在他们的嘴上，无穷无尽讲下去，除了惋惜别人输钱而外，还为赢家欢喜，有时还加以笑骂。

十四

早上醒来，就觉得天气很热，楼下又有火烟冒上来，便赶快到街上去走走。同时我也有个好奇的习惯，到了一个陌生的城市，总喜欢各处看看。在八莫，这种充满异国情调的地方，更是高兴要满足这种好奇心。我整天到处走走，连天主教堂我也进去坐了一会，写着金字"乾隆敕赐传教"的小碑，还完完好好地竖立着。市上树林中，乌鸦很多，比产在中国地方的乌鸦小些，且不怕人，常常飞到街上来觅食。叫声也不同，并非由于饿，倒仿佛为了天热才叫着喘气似的。终天听着乌鸦叫，人也就更加感到热闷。但我看完了八莫各个角落以及附近的乡村，白天仍旧不想回到店中去。因为老何的多嘴，人人都把我当成无业无办法的人看待。轿行老板和抬滑竿的，认为我的身体不行，不能抬人爬坡上山，自然而然有些轻视；在码头上接客挑行李的，却又把我看成一个竞争者，射着嫉妒的眼光，甚至于有些仇视起来。

第三天晚上，我回去睡觉的时候，老朱老何同别的人都已睡熟了，只那个夜深烧烟的苦力，还在灯边躺着。我已从老何口上知道他叫老赵，似乎不再抬滑竿而在专干一种偷运私烟的事业，老朱就时常想学他，把滑竿抛掉。他一见我，就动一动手上的烟签子，叫我到他那里去躺，还把烟枪递过来，殷勤地说：

"吃一口吧！"

我道谢拒绝了。于是他就放在他的嘴上，处处地吸了起来，吸到半中腰，忽然塞住了，他用烟签子戳戳枪眼，又吸下去。他宽皮大脸，黄黄的，还不大瘦，眼睛看人的时候，十分镇定，仿佛一面看一面在思忖似的。他这样出其不意的好意使我微微吃惊地望着。他一连吸完三个烟泡，才满意放下烟枪，把一只黄污的小茶壶，凑在嘴上喝了一会，才静静地望着我，然后缓缓地说：

"我想找你去做件事情。"

这话对于失业的人，简直是个莫大的福音。但我却怕他叫我去帮他做偷卖私烟的事情，这是使人难于接受的。我连忙问他：

"找我做啥子事情？"

老赵不先回答我，却指一下那边睡着的老朱老何，定定地瞧着我说：

"我听他们两个人说，你是读过书的……这就有用处了。"

我想这也许他因偷运私烟跟什么做大生意的烟贩子，有着关联，要介绍我去做管账之类的事情。我便首先申明道：

"不过打算盘，我可不会哪！"

他仿佛没有听见我的话似的，却望着我的眼睛，慢慢说下去：

"我有个本家，开店子的。他想给他儿子找个先生读书，你去试试好不好？"

这个好差事落在我的头上，简直使我怔住了。他笑着解释地说：

"不要好深沉，教教《三字经》《百家姓》就可以了！"

当时做家庭教师，教小孩读书我是顶高兴的了，但要我教《三字经》《百家姓》，却又使我非常地失望。我禁不住迟疑地说：

"一定要教这类的书么？"

老赵不在意地笑着说：

"这随你选好了，不论教啥子，我本家都不管的，他黄昏子，核桃大的字，没有认得一巴掌！"

这才使我真真感到高兴了，随又问他：

"你本家在哪条街上？"

老赵笑了起来：

"哪里在八莫，在八莫又有学堂进了。"

"那在哪里呢？"

我等不及地问。老赵就说：

"你还走过那个地方哩，就是茅草地。"

这使我有些怅然，第一我不想再回我走过的地方，其次，八莫这个新鲜有生气的近代城市，很使我留恋，但为了无法解决的生活，只好答允了。

十五

次日，我不像往天一样，很早起来就溜出去了，因此，老何就来得及看见我，他面色不好地喊着我说：

"老乡，你的运气实在低！我的伙计，听他说这回要改行了，就想找个小块子客人，我们两个人抬的，只消客人坐在我这头一点，你那头就松活了，哪晓得他输得精光，偷偷摸摸搞来的钱，一个也不剩！没有法子，仍旧跟我一道抬人！你看，你运气低不低嘛！"说完了，还在叹气。

我就把昨晚老赵介绍我教书的事告诉他，他立即喜欢起来，连声

地说：

"这好了！这好了！"

等到听见教书的人家，是茅草地姓赵开店子的，他就大为反对起来：

"那里就去不得！他待人顶苛刻了，你问问我们这些抬滑竿的，哪个肯把客人抬去！"

于是，老何就去责备还在睡觉的老赵道：

"你这家伙，咋个闭眼瞎荐人，那个地方都去得吗？当真你做了老板，就忘记他给你吃的亏么？"

老赵给他吵醒，很不高兴，便抵塞地说：

"不去就算了，我又没有使哪个的中人钱？"

接着老赵翻过身去，睡他的觉。老何不禁恼怒地说：

"当然不去就算了，哪个还会送上门去！"

老朱就责备老何地说：

"你这东西太多事了！不管咋个，总该去试试咖，人家困在这里，你还想得出再好的法子？"

老何这才不再反对了，半晌只向我说：

"没法子，你去试他几天吧！"

当天下午，轿行老板通知店里抬滑竿的，说有批男女客人，明天起身回腾越去，已经替他们接好这笔生意，并发给一点工钱。老赵知道我决心要去，便说：

"你最好明天跟他们一道动身，我领你去就来不及了，我还要把货脱手。"说到他的货，他微笑了一下。

我说自己去实在不大妥当，至少总得有一封介绍信。老赵摇摇头说：

"这个玩意儿我就不会！再呢，你就请人写好，他收到手也不会念！信没用处的，自己去呢，也实在不妥，他还默倒你是骗子呢？"

于是他就找老朱，要老朱带我到赵家店子，替他做个引荐人。老朱摇摇头说：

"这倒不是费力的事情，只可惜我同他吵过，不好见面得！"

老何在旁边忍不住说道：

"妈的，由我去当个不要脸的算了！"

我跟老朱老何他们走回茅草地，他们把客人抬进我们先前住过的那家姓李的店子，老朱则要我先住到赵家店子去，然后再由老何去说。不料那位烟瘾很深的赵老板，听了老何一番介绍之后，并不表示欢迎，反而现出为难的脸色，摇摇头说：

"我咋个请得起先生，原先只不过讲讲玩玩的！"

我只得同老何去找老朱商量。老何走出店子，就气得踢脚地说：

"我恨不得揍他一顿！你妈的，你好讲讲玩玩吗！"等到看见老朱，就又责骂道："我说不要来的，你偏生要信那个混蛋的话，你看这才试得好嘛，碰我一鼻子灰！"

老朱听明原委之后，骂了一声才对我说：

"你住下好了！你也不要先给店钱，老赵就要来了，让老赵管这个事情，这原是他惹出来的！"

我没法只好住下了。

赵老板让我住了两天之后，就笑嘻嘻地问我说：

"先生我请不起，伙计我倒要一个，事情不多，早晚招呼客人，白天打扫马场，不知你肯不肯干？一个人到了外国地方，应该吃得苦才好！"

我原是不论什么工作都要做的，这为什么不干呢？这样我就做起伙计来了。闲的时候，他又要我给他教小孩子读书，话语非常客气，连连喊我作先生，我因替失学的孩子们可怜，我也就答允了。这样一直住了五个月，老朱老何他们只再抬人经过一两次，便再没有看见了。我却很是怀念他们！这不仅因为他们曾经帮助过我，而是他们身上禀赋有最好的东西。我赞美老朱那种敢作敢为富有进取的精神，更喜欢老何那种心地善良，处处助人的热心。十年前我曾把他们写进《伙伴》那篇小说里，现在十年后我又把他们排在我最好的友人行列中。虽然，他们有着别个友人所没有的最大的缺点，赌钱、走私、吃鸦片，以及迷信命运、屈服于牛马的生活，但我知道这不能影响我，而且我能像糠皮稗子沙石一样地簸了出去，因此，我便不知不觉地原谅他们了。同时我又如同一个淘金的人一样，我留着他们性情中的纯金，作为我的财产，使我的精神生活，永远丰饶而又富裕。

一九四四年一月三日　桂林

寸大哥

在赵家马店内，常来的客人中，有一个叫寸大哥的，是个汉人，但样子却像一个傣族人，脸上还有着汗斑和阳光炙伤似的颜色。身体不大强健，走起路来总是软拖拖的，现出有饷没气的样子。说话的时候，嘴巴有点扁，很像一个老太婆。他和店老板一家人都很熟识，大约还有点亲戚关系，每回住店都没要他的店钱，而且一住就是几天。他呢，也像走进自己屋里一样，不是帮着店主人的大女儿三姐劈柴，就是来跟我两个一同打扫马粪。三姐和她的弟弟福昌，都叫他寸大叔，可是口气上神情上，都对他全没一点尊敬，反而有些讨厌的光景。他爱责备他们，教训他们这样那样的，俨然如同一位长上。赵老板也不大喜欢他，听他议论什么的时候，总是闭着眼睛，躺在烟灯旁边，不大理睬。只有老板娘对他好点，同他用傣族话讲这讲那的，但也常常带着埋怨的口气，催促他做事情，或是要他做快一点。

寸大哥他住在干崖傣族的坝子里，离克钦山中的赵家马店，约有三四天路光景。汉人父亲拿跟瘴气收拾走了，傣族母亲也老早改了嫁。他跟着一些商人，到麻栗坝去赶过烟会，到阿墩子去收买过麝香，到猛碪去挖过宝石。最做得长久的，怕要算是赶马运洋货了。密支那、八莫、腾越，都成为他熟不得熟的地方，正如一个农民常常去赶街的一些小乡镇一样。他谈起他的那些赶马的日子，他的脸上就会洋溢着生气，沉滞的眼光也格外活泼起来。在无人烟的原始森林中息夜，中间烧着火塘，周遭围着洋货和马匹，人则睡在火堆旁边的蓑衣上头，这种生活使他沉醉了，现在回忆起来，也有着无限的甜蜜，说的时候还咂一咂他的嘴巴。他说得使我神往起来，不禁插嘴问他：

"你们不怕老虎么？"

"不怕的，我们火塘里烧有药料，老虎闻见气味，不敢来，只在周围团转吼，马都吓得打抖，想绷断索子逃开。起初我也怕，久了惯了，就也睡得呼噜呼噜的。"

他讲起这类事情，比无论讲什么都有劲，你还告诉我，别人昨夜烧过的火塘，第二夜走去就不能再烧。必须赶过这个火塘，到几里路外去息夜，因为老虎到了第二夜，就连药料气味都不怕了，只顾来扑火塘，定要衔一匹马去。

他来到赵家马店，不大受欢迎，而他自己呢，工也做了，却没得到工钱。他没有职业，也没做小生意，只是挂个克钦人织的红通袋，飘然而来，飘然而去，无牵无挂似的，但也使人感到他的忧郁和寂寞。我问他为什么不再去赶马，他拉起他的粗布西式裤子，把脚杆指点给我瞧：

"烂了，老是医不好，咋个好赶马？"

他的脚杆上缠着烂布条，湿浸浸的，且有不好闻的气味。

"咋个烂的？"

"还不是为了赶马，雨天走烂泥路，晚上睡湿地方！"

他的年纪约有三十八九岁，运洋货的赶马生活，将近消耗了他二十个年头。晚上好些来过夜的赶马人，都和他熟识，还请他去吃火堆上熏出来的牛肉干巴。他们把马喂好料和水，便同他坐在蓑衣上头，交换吸着用竹筒子做的水烟袋。

"寸大哥，你嘞也是，"他们开始埋怨他，"烟生意，多好赚钱啰，到八莫，一个对本，摆在面前，你偏不做！"

寸大哥拿着一根干树丫点燃火，烧着水烟袋咕噜噜地吸着，一句话也不讲。

"险是险一点，洗马河有扁达。"他们替他设想地说，可又跟着责备起来，"缺牙巴咬虱子，也要过碰呵，就那容易，好多人都躲过了，偏偏你，鬼才不肯信哩！"

有的人甚至为他这种软弱气愤起来，大声嚷道：

"哼，要我是你，他妈的连马都要偷了，再不然，一驮洋纱，你看看，一年半载，睡着吃，都够了！"

寸大哥这才阴郁地笑道：

"这咋个好呢？这不是专同你们为难？"

"活不了的时候，还顾得哪一个？顾去顾来，连自己的老命都丢掉了！"

仍然在责备他，他却沉默了一会，才缓悠悠地说：

"你们急啥子嘛，我总会找着好事情的！"

"去年就听见你这样的话，耳朵都听起茧了，请问，你的好事情在哪里？收起哩搁起，不要说些话来哄鬼了！"

寸大哥依旧慢慢地说：

"等我脚杆好了，那时候，你看！"

"你的脚杆不会好的，一辈子都不会好的。"

这倒使寸大哥有些难过了，他便一句话也不讲，只是不息嘴地吸烟。别人再说激他的话，他也不爱理的了。他见他们都去躺在蓑衣上了，便同我走回店来，他边走边向我说：

"他又不是医生，起嘴巴子乱说！……有回子，一个活佛告诉我，只有年把就好了……"

"活佛！啥子活佛？"我诧异地问。

"就是傣族和尚。坝里的汉人，都叫他活佛。他说我好了后，走起长路来，比先前还有劲，不像现在走个三五里，就要息一息，再六七个月，我就要满一年了，那时候……"他没有继续说下去了，只是很有味似的，咂一咂他的嘴巴。仿佛美好的景况，已经出现在他的眼前了。

我不禁好奇地问道：

"你会有啥子好事情做呢？"

"那不是现成得很。"

我推测地问道：

"你是不是再去赶马？"

于是他迅速地点一点头。我便劝慰地说：

"你再去走烂泥路，睡湿地方，不怕犯么？"

"那就管不到那么多了！"

他带着异样的口气回答，显然快乐和痛苦交织起来，而终于用力把痛苦战胜了。

"赶马就那样好吗？"

我忍不住问了起来，怕他不快点回答我，还拖一下他的手腕。

"你要是去赶赶马，你就晓得了。"他兴奋地说，"一大群熟人，唱唱喊喊的，走在山上，你才唱第一句，他就接下第二句去了，另一个人又接下第三句，一匹山都会闹动了。我们赶马人，啥子歌没唱过，汉人歌不说了，克钦歌、傣族歌、傈僳歌、白族歌，要唱好多有好多。如今我一个人，走在路上也唱，只是太没味道，还没唱一半，就息着了嘴。我们赶马人，过是过得苦，可是真够快乐。今天走在这儿，明天又走在那儿，别个人听都没有听过的地方，我们却熟得来，就像自己的家里一样。到处都有朋友，到处都有人打招呼。喜欢在哪里住下，住下就是。林子里也好，荒山里也好，房屋用不着的，没人烟也没关系的，只消一床蓑衣，一根烟杆就够了！告诉你，我们赶马人，真是自由自在，无拘无束的。一群大孩子，一群飞鸟，一群猴子，真像得很！我一个人可没这么自在了，首先你就不能在林子过夜，荒山里睡觉。我别的都不怕，我就怕单独一个人走路，又怕单独一个人蹲在一个地方，更怕蹲在一个地方老是不动。我看见他们赶着马走了，马铃铛子哐啷哐啷地响进山里，我心里就难得很。明明树叶子遮着他们了，雾裹着他们了，我却还能看得见他们背上背的斗笠，手里拿的鞭子哩。就是他们走了老半天了，马铃子也早听不见了，我的耳朵里边，却老是听见他们在呼喝马，在说笑话，在唱山歌……唉，我就是拿跟这两只鬼脚害苦了，你看，我这个人还哭过哩，看不出来吧？你晓得，我不是为了脚痛，就是跌断了，我都不会滴一滴眼泪水的，我是哭我那些失掉了的好日子，我是哭我那些见不到面的好伙计……"

第二天，吃早饭的时候，他吃了几口饭，叹气地说：

"就是这饭，也没有露天坝里煮的好，也没有坐在林子里，那样吃得有味！"

我看他愀然不乐的样子，使人怪为不安的，便劝慰地问道：

"难道你不想有个家么？你不想你的女人跟你煮好饭，把筷子碗塞在你的手上么？你不想坐在门前，抱着孩子，逗着狗玩么？你不想拿着锄头，跟你的女人，一道挖地，一道下种么？"

我尽量想出一个安定的生活，使他起着另外的憧憬，免得再为做不到的事情忧心。我看他那变成连疮的脚杆，觉得不会医好的了。他听见我这一番话，沉默地微微笑了一会，然后轻声地说：

"这个梦，我不是没有做过！只是我跟你想的不同！我是想，我那群伙计的家，都在一道，赶马走过那儿的时候，便回去住他一夜。要我成年成月，老蹲在家里，那就不成了！我们一群赶马人的快乐，你是想都想不到的。有好些人，他们连家都不想要，同一路上的傣族姑娘，说说笑笑，唱唱歌，多好去了！你不信，你跟我们去赶马嘛！顶不是人干的事情，就是打扫马粪了！……我劝你，还是另外去找个事情吧！……你咋个这样的事情都肯干？八莫不是可以找到更好的事情么？你又是认得字读过书的，不像我们白老鸹！"

"我不像你一样，选定要做哪样的好事情。我觉得只要别人都能做的，我就可以做，什么卑贱的工作，我都不嫌弃！"

"你愿意永远这样做吗？你愿意永远吃人家的亏吗？"他立即反驳我，接着又用手指一指老板躺的那间屋子，悄声说道："我晓得，他是骗你做苦工，又骗你教书的！是我么，我早就不干了。你要我教书，我就不能扫马粪，你要我扫马粪，我就不能教书。咋个能够配在一道嘛！他这损阴丧德的，才能干出这样害人的事情！"

"你不要替我担心！"我微笑地说，"我不久就会走的！"

"你要不要我跟你找赶马的事情？"他热忱地说，"今天下午马驮子到，我就可以跟你讲，包你明天就会走到一个新地方了。月光照着，蓑衣上睡觉，好得很，去尝尝吧！"

我没有回答，我只摇一摇头。

他却大为生气了，黑着脸子走开，仿佛在竭力避免一场冲突似的。这一天，他却没有同我讲话。做事的时候，老是低着头，闲了，便远远地坐在一根芒果树下，寂寞地吸烟。我就走去找他，坐在他的旁边，他不理我，把衔烟袋的嘴，掉到另一边去。我就竭力温和地问：

"寸大哥，你为啥子这样生我的气？"

他沉默不语，只是用力吸着他的烟。我试探地说：

"你是不是怪我不去赶马？"

"不是的！赶不赶，是你的自由，任随哪一个，都不能强迫！"

他掉过脸来,取下烟袋,大声地说,还挥一下烟袋,把尚未吸完的烟蒂,落在地上。我疑惑地问:

"那你又为啥子生气呢?"

他弓下身子去捡那落在地上的烟蒂,捡起来之后,悄声说道:

"因为你看不起我们赶马人!"

"哪里的话?我咋个会看不起你们赶马人?"我叫了起来,"我正因为喜欢你们赶马人……"

他不让我分辩,就直撒撒地问道:

"那你为啥子不愿赶马?"

"赶马,我愿意的!"我诚恳地说,"你说得那样好,我咋个不愿意呢?我就怕,赶一赶的,赶入了迷!"

他笑起来了,讥讽地说:

"你怕赶入了迷,就忘记要做别的大事情了!……咳,你们读过书的人,真不好,心太大了!"息了一会,又点点头,"读读书,也好!"好像怕我生气,才这么敷衍一下似的。

我教三妞福昌他们读书,他也坐到旁边来听,不断地吧他的旱烟袋。烟子常常掠到他们的脸上,他们就不客气地埋怨他:

"寸大叔,你真讨人嫌,烟子燃死人啰!"

他不生气,只把矮板凳拖远一点,有时会插嘴问道:

"书上有没有讲八莫、腾冲的事情?"

我不喜欢他来打岔,也不喜欢他那嘴上冒出的烟子,便直截了当告诉他没有。他却颇为兴奋地说:

"要是我走过的地方,书上都讲得有,那我也愿意读了。"

我见他对书起了兴趣,便引诱似的说道:

"要是有一本书,写你们赶马人,咋个在林子里息夜,咋个在山上唱歌,你喜不喜欢读?"

他忽地站了起来，取下烟袋，狂喜似的嚷道：

"在哪里？在哪里？你这本书！"

我笑着回答他：

"这本书，还没有写出来！"

"咳，你简直开玩笑！"

他失望地坐了下去。吧了好一阵烟，才鼓励似的说道：

"你写吧！你写吧！你们读书人，该写这些的！我们赶马人，只要晓得你把他们写进书里，他们都会向你道谢！"看了我一会，好像以为我已答允了似的，又再叮咛道："不要单写我们的快乐，也要写写我们的苦楚！我们赶马人也很苦的，雨天说不定会连人连马滚下崖，老板又还欠你的工钱……"

要到老板娘跑来抱怨他，不该打盆孩子们的读书，他才闭下嘴来。等不两天，他就走了，我留他，说：

"多住几天，把你们赶马人的生活，全告诉我听听！"

"等下一回罢！"他坚决地说，"我做客做够了，多蹲下去会生病的！"

我知道老板他们已把他嫌恶透顶，甚至公开地说他的脚臭——当真是他该走的时候了。

不幸他走后不久，我也走了，永远再见不到他，也永远写不出一部赶马人的书了。

一九四七年　重庆

月　夜

我们趁着月光走下坡去，两旁黑郁郁的树林子里，有小虫在低声地叫着，显出山中黑夜的冷寂凄清。山底下到底有没有人家，我们都来不及管了，只觉得有人走过的路，那路总会通到人家去的。山路很小，平常走的人，准定不多，假设山谷里住有人家，也无非是烟火稀少的村落罢了。目前人多人少，或者竟然全是彝人，都不用管它，我们只求其这一夜有一张木床可躺，有一顿粗荞粑可吃，就心满意足，别的奢侈的欲望，是一点也没有的。

昨天夜里我们息在路边单独的一处人家，他们是穷苦的彝人，没有多的粮食，自己一家人，都常常在饥饿里过日子。我们买不到米，也买不到苞谷，说了许多好话，才买到一点子苦荞粑，只能吃个半饱，过了一夜，今早就空着肚子动身，走了一天都没吃到一点东西，真可说是落到又疲倦又饥饿的境地里了。

我的旅伴，一个二十岁左右的小伙子，喜欢讲话，又爱唱唱喊喊的，自称他的名字叫吴大林，并说这是自己取的。原来他的父亲跟他取名大用，希望他长成一个极有出息的人，不幸他的姓不好，别人连在一道叫的时候，便喊成"无大用"，使他极不好受，便自行改过。自然有人因此嘲笑他"没有大的树林"，但他对这就满不在乎了。他说自己连小的树林也没有，有没有大的树林，这是毫没关系的。他向我介绍他的名字，我看目的无非想表明他曾经读过书，受过教育，并非生来就是一个流浪的人。

他一路上好弄小聪明，见着市集上有几个摆花生摊子的小贩，便对我逞能地说，他可以一个钱都不用花，就能吃到一捧花生。我就嘲笑他：

"你总会偷嘛！"

"偷，那还算得本事！"

他不以为忤，却很显伶俐地说。我打趣地逗他：

"那我就要看你咋个去吃？"

"看嘛！我不吃他的，他还要请我吃哩。"

他夸耀地说。我禁不住嘲笑起他来：

"除非你是他的舅子！"

他再说一个"看嘛"，便装作很正经的样子，走到小贩的花生摊子去，说他要买一斤花生，问价钱应该多少，可不可以少点，还举出某个地方的花生，价钱比这里便宜多少。最后还问：

"你的花生脆不脆啰？"

"咋个不脆？你尝尝嘛！"

小贩这么说的时候，他便向我飞了一下眼色，接着就伸手拿两个来尝。吃了，他嫌不十分脆，就又走到另一个摊子，首先便问：

"你的该脆嘛！"

"你尝尝，不脆不要你的钱！"

小贩说得很热烈，颇以为他这下可以做成生意了。哪知吴大林尝了之后，又嫌他的价钱太贵，没有讲成生意，又到别家去尝去了。

吴大林最后空手走到我的面前，笑嘻嘻地说：

"你看，在冲壳子吗？"

我忍不住讥笑他道：

"这哪个不会做！有本事你去吃锅盔嘛！"

"好吧！"吴大林毫不为难地说，"这有啥子稀奇！"

他当真就走到卖锅盔的摊子上，问了一下价钱，便伸手拿一个来吃，一面还打趣地招呼我道：

"你来吃个嘛！"

我把脸掉开去，还走开一点，接着便听见他在向卖锅盔的人说：

"一共五个哈！"

我连忙回头去看，瞥见他正从衣袋里摸钱出来，把给卖锅盔的，随即走到我的面前，小声对我说道：

"走吧！"

我尾着他走出了场口，他在一根树下停了下来，向我笑嘻嘻地说：

"你看，这些人吃到没有？"

我不禁失笑地说：

"你在哄鬼啰！亲眼看见你给了钱的！"

吴大林一本正经地说：

"钱是给了，我是买五个，你听见没有？"

"我当然听见了！"我立即回答。

于是他突然又从袖子里，摸了一个出来，笑嘻嘻地反问道：

"老兄，瞧瞧看，这个又是哪里来的呢？"

我见他手上一共拿了五个，还有一个吃了一半的，我心上明白了，便责备他道：

"人家小买小卖，你偷他做啥子嘛！"

"偷，这算偷吗？"他十分见怪起来，"这只是顺手牵下子羊！"

"那我把你身上的衣裳拿了，你也可以说是顺手牵羊吗？"我颇不以他的话为然，便这样来反驳他。

他笑嘻嘻地说道：

"当然可以，只要你脱的时候，我一点都不晓得。"

于是我也笑嘻嘻地说道：

"好吧！等天把我就要牵跟你瞧的！"

"好，那我就要看看你老兄的本事！"他大笑起来，随即把锅盔递到我的面前，讥笑地说，"这个我让你牵好了！"

我们离开这个小镇市，走到路上的时候，他就告诉我一句俗话："岩鹰不打窝下食。"并说同道的人总不能互相搞的。这是他们从师傅学来，大家应该一同遵守，不然的话，休想干下去，无论哪里都会吃到苦头。

"你们这倒兴得好！只是有一点不对！"

吴大林听见我这么说，就大睁起眼睛，不快地问道：

"笑话，哪一点不对？"

"你们搞的都是些穷苦的小贩！"

"顶有钱的家伙，我们也搞哪！"

"那不过九牛身上拔一毛！"

"只要碰巧，周身的毛，我们都要扯光的！"

"碰巧的时候，我就没有见过一次！"

"到了大地方的时候，你看嘛！"

吴大林说到尾后这两句，还挽一挽他的袖子，仿佛他就要把面前什么东西的毛扯光似的。他这个人的动作表情，常常无意中使我想起猴子。

我们这一夜走下山谷去，因为饥饿和疲乏，爱说话的吴大林，也沉默着了，只有时诅咒下子难走的山路，简单地骂句丑话而已。

起初山谷里起着一层白蒙蒙的光雾，要不是有着下去的小路，几乎会使人疑惑，那下面怕会是一个深水的湖。继后便慢慢看出在光雾中间，有稀稀疏疏的黑色阴影，朦朦胧胧地现了出来，光景极像湖面上的一些小小岛子。我们推测大概是些树子，觉得下山的路不多了，便很是愉快起来。菌子、艾蒿的气味，混着潮湿的空气，渐渐闻得着了。完全下到谷底，一些黑森森的树子，投射出巨大的阴影，参差不一地映在月光照得惨白的地上。看不出什么田地来，也许晚上不容易看出吧。不远的地方，有小沟的流水，在发出轻微的声响。我竭力用鼻子嗅一嗅空气，想闻一闻有没有禾稻豆麦一类的东西长在谷里，却一点也闻不出来，只有一些杂木、野草、香蕉、菌子、艾叶的混合气味，钻进鼻子。我不安地想：这该不是荒凉的山谷吧？或许村落人家，还在另一个谷里，得绕一些弯弯曲曲的路吧？正在这么推测的时候，忽然听见狗在叫了起来，而且就在不远的地方，使我们说不出的欢喜。向狗咬的地方看去，一点也看不见房屋，只有一座黑郁郁的林子，伏在月光底下。除了里面有狗声在咬而外，简直看不出什么动静，连一点灯光也没有。我们不管一切，还是走了过去，总觉得既有狗叫的地方，总会有人存在着的。在浩大的荒山里面，只要一天没有看见人，就感到了恐慌和不安，不知不觉便对人发生了渴慕和热爱。自然这里面还有一个原因：在人那里才能使我们得到正常的食物；但是我相信，即使这一夜在林子里得到了可吃的东西，并能胀饱肚子，例如吃到香蕉之类，我们将仍会感到不安的。有了人，即使躺在人家的床边上，甚至在人家的屋檐底下坐坐，都能感到一种安慰，可以静静地闭着眼睛，打一下盹。同人处在一道，常常不会觉得人的可爱，倒是离开了人，才会慢慢体味着了。

我的旅伴吴大林，说他所以干了这么一种牵羊拔牛毛的职业，完全由于他从小到大，都过着挨打受骂的生活。起初在鞋匠那里，挨着鞋底板和巴掌，继后又在打铁店吃了拳头和脚腿，终于从裁缝铺子里逃了出来，手臂上带着烙铁烙伤的痕迹。从此在街上变成流浪人，和扒手偷儿一道打堆，学会了牵羊拔牛毛的技术。生活对他，不再是压迫了，而是逸乐和嬉戏。他对他的同道，极抱好感，碰着无业的人，也能彼此相合，可以称兄道弟，其余的人便都成了他的眼中钉，总想设法使他们受到一点损害。他的快乐，便是建筑在他们的悔恨和气恼上面的。他从小受到的苦难，深深刻印在心里，自然使他无法忘记，而每一次他在市集上的失败，给人抓在手里，打出鼻血，就又增加了新的仇恨。他在荒山里面，一天看不见人影，只是嬉笑地骂道：

"这些儿子孙子一个都不见，安心要把祖公饿死么？"

这时听见了狗声，又看见了林子，他就恨恨地诅咒：

"杂种些，当真都挺尸去了么？咋个一点灯光都看不见？"

他即使在诅咒，也仍然在声音里面，流露出一点欢愉的心情。但他的欢愉，却跟我的有些不同。我是离开学校不久，在社会上才有一个很短的流浪时期，爱和恨还不深刻，现在对那林中尚未见面的人家，就自然而然起着一种好感了。当他在诅咒的时候，我就赶忙制止他：

"你这样骂人家做啥子？人家听见了，还肯让我们进去吗？"

"我怕啥子，我是出钱嘛，又不是白住！"

"出钱！人家哪个愿意拿你的受气钱？"

"他们不是人，见了钱，就会摇尾巴的！"

我见他这么说，便急了起来，要他少开点腔，当真人家听见了，不但不开门，且还要披起衣裳来赶哩。

起初我们听见一只狗叫，等到走进林子，却忽然有好多狗叫了起来，仿佛林子里面，全是藏着恶狗一样。狗在夜深叫，比白天还来得惊人，更何况又是一群狗呢！我们自自然然地停下脚来，不敢走了进去，只是两个人都赶忙抓起石头，预备狗赶拢的时候，英勇大战一番。同时，吴大林又大骂道：

"这些混账东西,咋个喂这么多的狗,怕闹官儿来么?"

狗只来了一条,看见我们拿石头打它,又赶忙夹着尾巴跑开,在稍远的地方,又大声地叫着。其余的狗,好像是关着的,只是发怒地叫,并没有出来。我们就又大着胆子走了进去。走在林子里面,满地阴影,月光点点滴滴地射在地上。林子里多半是些杂木树,树子中间丛生起矮小的竹子,还有不少的荆棘。树叶上,竹叶上,荆棘叶上,都浮着点点的光波。路稍微有点弯曲,但却平整好走。头上交横着枝叶,月光不容易射下,使人觉着像进了洞里一样。

约摸走到林子中心的时候,月光照着的空地,一大片地现了出来,仿佛洞走完了,又看见洞外一样。但我们却不能走进空地去,因为进口地方,竖起一座木栅门,关得紧紧的,只能望得见里面。空地那边,立起一排茅草房子,低低地伏在月光底下。好些狗的叫声,就从茅屋里面传了出来,另一只狗则在空地上,直对我们在吠。屋顶的茅草,一片灰白。另外有一座瓦房,则投出浓黑的阴影。等我们大声问询的时候,瓦屋内才有一个小窗,忽然亮了起来。门开了,一片灯光和一个老太婆的影子,立即现出。老太婆先叱骂着狗,狗摇着尾巴不作声了。关在一间屋子里的狗,也停住了叫。她向我们走来。屋里却有这样的声音在吩咐:

"你问是不是熟人?问明白了,你才开门。"

声音是一个女人的,听起来还很年轻。我们便大声回答过去,说我们是过路的,迷失了路,想来投宿一夜。

女人似乎已走出屋外,但因屋檐底下,一片浓黑,却看不清她,只觉出是有个模糊的影子。她厉声说:

"你问他们有几个人?手里拿有啥子东西?"

我们不待老婆子问,就直接回答她,说我们只是两个人,都是打空手的。

女人在黑暗中，总不直接同我们说话，老是吩咐老婆子：

"你问他们是做啥子的？"

这倒使我们不好回答了；老婆子便用迟钝的声音，站在我们的面前问。

我刚想说是到大地方去找事做的，吴大林就抢先大声说道：

"我们到外面去读书的！"

我不好责备他，只用手肘撞了他一下，怪他不该扯这些谎。吴大林却不管我的，只是说下去，并把外边一个中学的名字，举了出来，作为我们就是那个学校的学生。他讲得很自然，宛如真在那个学校读书一样。

"读书的？"

女人疑虑地说，声音里显然含着不少的诧异，但语气却柔和多了，不像刚才那样严厉、不耐烦，且有些生气的样子。

我们感到有点转机了，便趁势请求她，让我们进去住宿一夜。

女人不再叫老婆子转达话了，直接对我们说：

"我们这里向来不歇人的，请你们到别处去吧！"

话语虽是柔和，但也隐隐乎藏着坚决不通融的口气。我们便问她附近有没有什么人家。她回答说有是有的，但都不留汉教的人。我们又要求她让我们就在林子里过夜，屋子可以无须乎进去。这样的请求，她也拒绝了，她说：

"你们赶快走路的好，这个山谷里外边人不好停留得，你们既是读书的，我才这样劝你们。"

她说得很恳切，我们知道无法可想，便要求她给我们一顿饭吃，才好有气力再行上路。她踌躇一会，才决然说道：

"好吧！"

于是她命令老婆子打一个火把来，照照立在木栅外边的我们。

她自己也走到木栅门边上,用她黑溜溜的眼珠,对我们从头到脚地打量。看她的年纪,只不过十八九岁光景,脸子黑里带红,有着刚健的美丽;两只不粗不细的眉毛,和一双极有光芒的眼睛,显出她很聪明,却又有点野性未驯的样儿。身材不高不矮,穿着一身青湖绉的短衣和长裤,脚底下蹬一双木拖鞋。手上捏了一支短枪,枪筒在火光的照耀中,乌黑发亮,使我们略微感到了恐惧;但因她究竟是个女子,而且除了老婆子而外又只是她一个人,我们也就安安静静,让她侦查。老婆子手里的火把,烧得哧哧地发响,间或还有轻微的爆裂的声音。点点的火屑,不断地落在地上。

女主人侦查一番之后,十分疑惑地说:

"你们是学生吗?"

"咋个不是学生?"吴大林镇静地说,"我们走长路,就只好这个样子。"

我们打起赤脚,样子极不像一个学生,所以她听了吴大林这番话后,便大大摇一下头。

吴大林忽然拉下我背的小包袱,大声分辩地说:

"你瞧嘛,我们包袱里,就带的是书。"

他说着就打开我的包袱,真的便把我带的几本书露了出来。

女主人这才向老婆子说道:

"好,你开门,让他们进来吧!"

老婆子却向她小声讲了几句话,我们一点也听不见。她没有回答老婆子,只拿手按一按腰间挂的手枪,脸上则更闪出一种强有力的光辉。

老婆子只好摸出钥匙,将一把笨重的牛尾锁打开,拉开了门。我们走进月光照着的空地,就仿佛从幽深的山洞里放出来了一样。我们进去之后,老婆子重新又把木栅门锁了。狗猙猙地又想扑来,女主人作声叱骂,它便夹起尾巴走开了。

我们随着女主人走进一间屋子,里面点起油灯,看摆设的桌椅板凳,漆得黑油油的,只是一处屋角落里,木架子上重重叠叠放了十几个簸箕。屋子正中的壁上,悬挂一幅很大的画像,有三尺来高,腰间佩一把长刀,宛如一个将军一般。纸色旧而且黄了,但画中的人物样子,却极有神采,威风凛凛地望着我们,仿佛就要开口骂人一样。画像顶上横起两行字,不是中文,却是一点一弯的像是回教徒的文字。屋子里有股浓烈的气味,闻着有些闷人。吴大林喷喷他的鼻子,朝屋子里四下瞧瞧。女主人进去之后,吴大林便蹑手蹑脚走到簸箕那里去瞧,还伸手到簸箕里面,摸了一摸,又蹑手蹑脚走了转来,向我吐一下舌头,惊奇地说:

"好多鸦片呵,一饼一饼的!"

很快老婆子就端了一大盘馒头,一碗牛肉出来。我们看都是冷的,便向老婆子说:

"你能给我们热一热么?"

老婆子尚未回答,年轻的女主人便走出来说道:

"来不及热了,你们快快吃吧,等会我父亲他们回来,碰见你们,会生事的!"

吴大林不安地说:

"呵,会生事?我们不是坏人,又没有在这里为非作歹!"

"这因为你们是汉教人!"女主人正色告诉我们,"我们这里一向就不准外边人来的!"

吴大林立刻大声说道:

"你们这里就奇怪了!我们在外边好多朋友,唔,好多同学,也有彝人,也有信清真教的,大家和气得很,常常有说有笑,只是吃东西不同一点,别的都不分彼此。"

"我自己倒不知道,只听见我们老辈人说,"女主人脸子有点痉挛,仿佛有什么事情触动了她,"你们汉教的兵,先前在这里杀过我们的人,妇人小孩,都没有饶过,还烧过房子。"

吴大林不让她说完,就申辩道:

"我们不是兵,我们是老百姓,唔,我们是学生,他们兵杀人放火,同我们没相干!请你不要恨我们!"

"我们从小就搞惯了,一提起你们汉教的人,就想起杀人放火,连妇人,连小孩……"

她说的时候,清秀的眉宇间洋溢着很大的愤怒。

吴大林一面吃馒头和牛肉,一面笑了起来,向女主人说道:

"你那样想,就冤枉我们了。我们是老百姓,是学生,又没有做芝麻大的官,又没带半个草人的兵……"

我怕吴大林会无意之间,带出许多流话来,失掉学生应有的身份,弄得人家看出破绽来,便说他道:

"快吃吧,我们吃了好动身!"

吴大林却说我道:

"你咋个这样胆小啰,就是她老太爷闯回来,我们都可以向他说,我们是没罪的人,手只摸过书,没有沾过哪个的血,浑蛋只是他们带兵做官的!"

"这点倒可以相信,你们读书的人,手上没有沾过哪个的血。"女主人声音稍微温和地说,"我今天招呼你们进来吃饭,就是看见你们是读书的。"

吴大林连忙说道:

"你就这样告诉你们老太爷,再拿我们的书跟他看,我想他定会留我们过一夜的!"

我赶紧瞧她的脸子,看吴大林的话,是不是会生一点效,因为疲乏和饥饿的缘故，实在不愿意再爬山再走夜路了。

她不愉快地说：

"过夜？他要你们马上走开，都算你们运气好！"接着用决然的口气，命令地说，"请你们赶快吃吧！"她随即转身走了进去。

这一来，我们希望的火光，完全熄灭了。只有赶快吃饱，好动身走路。

老婆子对我们远远地坐着，用阴暗的眼光直望着我们吃饭。我觉得连她的眼光里面，也有着一种仇恨似的；甚至壁上那幅画的将军，仿佛比先前更加有些愤怒了，就像立刻要走下来动武一样。我望着他，天然感到很是胆怯。

吴大林不愉快地说：

"这真是恨得没有道理！"

吃完饭后，老婆子收碗进去，我便将我包袱里的书，整理一下，重新拴过。吴大林则东张西望的，还走到屋角落里，又看看簸箕里的东西。

老婆子不久走了出来，现着冰冷的神情，向我们说道：

"请你们就走吧！"

她还两手一张，仿佛在把屋里的鸡吆出门外一样。我们说把饭钱给她们，老婆子摆下手说：

"钱我们不会要的！"

我们只好悄然走了出来，通过月光照着的空地，重新钻进阴暗的枝叶茂密的林中。吃饱了更加不想走路，尤其在这夜间的时候。我很想就在山谷里的大树底下，睡一觉再走，但又怕在这个有着屠杀仇恨的地方，真会发生什么不幸的事情，只好竭力拖动脚步走着。

吴大林很是不快，一边走，一边低声地骂：

"妈的，真是笑话，一个女子，一个老婆子，就把我们吃干了！……这还有脸面见人吗？……真是他妈的胆小鬼！……我们该把手枪给她拖了的！哼，一杆手枪，就吓着人了！笑话，真是笑话！"

他用不着我的附和，一直自言自语地走着。他要利用他的嘴巴，泄尽他的怒气。

我嫌他太啰唆了，便抵塞他道：

"你讲这些做啥子嘛！你刚才咋个不拖？"

于是他笑了起来。

"就是她不该拿牛肉馒头来招待！"他敛着笑声，十分庄重地说，"要是她龟儿子一直不开门，硬让老子们今晚饿肚子，你瞧，不跳进去拖她的枪，那才有鬼哩！"

吴大林走在头前，很快地拉动着脚步，我简直有点赶不上了，便责备他道：

"才吃了饭，你走这么快做啥子？当真后面有鬼赶起来了不是！"

"我讨厌这个鬼地方！"

他只这么骂了一句，就仍然大踏步走他的。我想，他走在这个先前屠杀过人的地方，心里一定很是胆怯，只是好面子，假充胆大，不肯吐露出来罢了。而我自己也觉得，在山谷里面，要是碰着那位女郎的父亲，后面又跟着一群舞刀弄枪的回族武士，可就真会有不测的事情发生！也就只得尾着他，小步地跑着。

但爬上了山，弯到大路上的时候，吴大林还是尽力地加快脚步。我已经爬山爬得一身大汗出了，急于需要坐下休息，便向他说：

"都走这么远了，你还那样怕做啥子？又没有人在后面赶！你走你的，我要坐下来歇气了！"

吴大林便放慢了脚步，小声安慰地说：

"好好，我们慢慢走好了。歇就不要歇啦！"

"为啥子不要歇？"我不高兴地问他，随又抵塞他一句，"我倒想就在路边上困一觉哩！"

吴大林嘿嘿地笑了起来，讥讽地说：

"还想困嘞！"

"为啥子困不得？"

我简直有点生气了。

"等会告诉你吧。"

他笑嘻嘻地回答。

"为啥子要等一会？"心情不快中，又夹着奇异，我跟着又责备他一句，"你倒不要在我面前捣鬼哈！"

他没有笑了，却仍旧带着讥讽的声调，小声地说：

"倒不是捣啥子鬼，只怕我说出来，你恨不得长两只翅膀飞嘞！"

"你在说些啥？"

我忍不住惊异地问他。他不回答，只是微笑着说：

"你不要问，你还是赶快跟我走的好！"

他说完之后，又当真迅速地走了起来。而这时，月亮已给云遮住了，山道虽然宽大，但却不大看得清楚，且有一边是临着深谷的，使人总有惴惴的感觉，怕一不小心，踏虚了脚，跌下去就爬不起来。这只宜于慢慢地走，走快是不成的。因此，我便对他说道：

"你走你的好了，我要歇我的！"

吴大林折转身来，笑嘻嘻地埋怨道：

"你这人真没办法！好，我告诉你吧！"

但他并没有告诉我什么，他只走到我的面前，把他的小包袱递到我的手上，一面说：

"你摸摸看！"

他的小包袱内，有两件换洗衣裳和一双布鞋，我是早就看在眼里了，用不着摸的。但因有股特殊的气味，忽然钻进我的鼻子，知道里

面一定新添了别的东西。我就立刻伸手去摸,就摸着一块锅盔一样的东西,但比锅盔却要软些。我忍不住惊异地说:

"这是啥子东西?唔,鸦片吗?"

因为这股气味,正和刚才那家堂屋里面的气味,是一模一样的。

"对了,"吴大林笑着得意地说,接着换成警告似的口气,"这下你该可以走了吧!"

我明白了,禁不住惊骇地叫道:

"你做啥子偷人家的东西!"

"叫个鬼哪!"他向我恫吓地说,"这都算是偷吗?老子们只不过拔根牛毛就是了!"

我踢脚叹气地说:

"你真是!人家已经那样恨汉人了,你还做出这样的可耻的事来!简直把我们汉人的脸都丢完了!"

吴大林却现出厌恶的神情,讥讽地说:

"呵哟,你这下子,又这样死顾面子了!"

我感到苦痛地说:

"先前带兵做官的对他们回族,已经做出那样的错,我们还可以再错上加错吗?"

吴大林突然把脸车到一边,大声骂道:

"老子们倒不管他妈的啥子回人汉人,在老子眼里看来,世间就只有老肥和穷光蛋。是老肥,老子就要拔他一根牛毛。走尽天下,我都要这样干的!"

我稍微放软声音,趁势劝他:

"老哥,你也得要看人行事,人家那样人情美美地待承你,你也得软下手嘛!"

"本来我没有这个意思的!"吴大林脸子紧张起来,"就是她们恨得那样没道理，我才横了心的，你默倒我当真就不讲人情了。"

"哼，你讲人情！"

我不爱同他讲下去了，只是很不满地这么操他一句，就开始走了起来。

他也立刻拉动脚步，一面解嘲似的笑着说：

"还是少说话，多走路的好！"

月亮又从云里露出来了，四周的山林带着浓黑的影子，静静地立在月光里面。只有我们两个人，在山半腰的路上，急急忙忙地走着。有时树枝的阴影，遮去了我们的影子，有时又全然裸露在月光里。这时最好走路了，但我却希望月亮再拿跟乌云遮住好些。我怕有人会看见我们，只想在黑暗中走路，而且愿意黑夜再长一些。我不安，我觉得仿佛我自己也犯了什么罪一样。

然而吴大林走在后面，却在小声唱了起来，唱着一些乡下人表示爱情的歌曲。显然他的心上已经无挂无碍，只是升腾起越来越多的欢欣了。

一九四八年十月八日　重庆

安全师

一到了晚上,绿绮湖的东岸,便有不少漂亮的汽车,从仰光市里开来停下。一对对的英国男女,便坐在石凳上纳凉。月光中的椰子树影,轻倩地映在他们的身上。面前则睡着深蓝的湖水,笼起一片银色的轻雾,更加显得柔和而又幽静。西边浓黑的树影中,大金塔高高地耸立着,塔身上围着的一圈电灯,分外的光辉灿烂,将乌黑天空的一角,异样地照亮起来,使人感到兴奋,愉快。

我们住的卡拉巴士第区域,就和绿绮湖的东岸,只相隔一片宽大的草地。晚间我和安全师两个人只要一散步,便自会把脚走向湖边,但我们多半不到椰荫的柏油路上去和那些"高等白人"共赏月色,却是循着一条泥土的小路,穿进湖边东北的树林里去。那里晚上少有游人,一切都显得十分静寂,顶多也不过有鸟儿在树上拍动翅子罢了。

安全师是个年轻的和尚,比我大不了几岁。身子却十分瘦长,常常穿件打到腰杆的圆领短衣,行动显得相当灵活。黄黑瘦削的脸子,配上两只不大不小的眼睛,很有精神,而且一开口讲话,总是愉快地笑着,使得对方无从对他板起面孔,甚至不能不受到感染,喜欢同他说几句趣话。他不会说英语,但却能用眼色和手势,和一个爱尔兰人杜兰提,又比又笑的。杜兰提一见了他,总要眼睛眉毛动得笑了起来,用手做着抓拿什么的姿势,一壁则打趣地喊:Monkey monk(猴子和尚）。

安全师是浙江人，从小就在普陀山一座庙子上做和尚，习惯于吃斋的生活，不能吃肉，一沾什么荤腥，就发恶心，想吐。他来同万慧法师居住，也是单独用锅子煮饭炒菜，不和万慧法师一道同吃。他走过中国许多地方，来到缅甸也有好几年了，早养成一种游方僧人的习性，总爱自由自在地居住，不喜欢到庙子里面去挂单。他热心读书，曾向万慧法师学过英文，但学不好久，便停了下来。这自然可以说是由于他那种云游惯了的生活，使他定不下心，同时也是出世的观念，使他失掉了在尘世上奋斗的精神。再则，他为了要养活他自己，他得常常走到缅甸许多小城小镇，去向华侨化缘，不能常在仰光安住。

我同他晚间到绿绮湖畔散步的时候，正是他从缅甸内地化缘回来不久。他新买了一只手电筒，便带在他的身边。走在林子里，一面同我闲谈，一面就用手电筒的光，照照黑暗的草丛，或是惊惊树上的宿鸟。在石凳上休息，他爱把皮拖鞋脱了，光起脚板蹲起，少有坐下去的。

我那时正在失业，但读书的欲望，却极旺盛。他便向我提说，在锡兰岛的科伦坡地方，有供僧人读巴利文的庙子，食住都不要钱，学费自然一个也不要。这是科伦坡一个有名的佛教居士，捐出家产做的好事，我早从万慧法师那里，就已听见的了。只是我对于巴利文的学习，并不怎样热心。巴利文是释迦当时的白话，而在目前的印度说来，也已变成古文了，只是较之梵文，又稍微年轻一些。而且它没有一定的文字，在锡兰岛的巴利文经书，便是用锡兰岛文字记录的。若去学习，就等于外国人到中国来学习古文一样。所以我听见安全师一番谈话，并没有回答什么，只是沉默着。但安全师这个人一有什么想头，就想去试一试的。他见我沉默着，便越发怂恿起来：

"学了巴利文，你还可以学梵文，在那样外国地方，英文也不会丢生。你在这里，有什么好处呢？跟他老人家煮饭，工钱一个也没有，又不能好好地读书，去吧，去吧！"他拖一拖我，仿佛立刻要把我拉到锡兰岛去的一般，"你怕一个人去，我同你一道去好了。我这回，下定决心，当真要去好好学下子！"

他这一决心，倒使我惊异起来，禁不住问：

"你不想在缅甸了么！"

"住够了，住够了，缅甸这地方，不比往年了！化去化来，只是那些肯出钱的福建头家。你头回去，还可以说，募捐修普陀山的庙子，盖大雄宝殿，第二回，第三回，那就难于开口了。要是人家问声，师父你怎么没回普陀。看你难受不难受嘛？脖子都会红半天。"

"好像你这回就募化得不错呵！"我望着他手上新买的手电筒，不禁这么插问一句。

"还不错嘞！"他有趣地笑着说，"东西一买，也就用得差不多了！我告诉你嘛，往回我走一次，仰光半年总可以住的。如今么？怕一个月都不成了！"他并没有叹息一声，只作为一件极有兴味的事情似的讲着。收尾还格外高兴地笑着，"要是还去看几回电影，你瞧！"宛如在嘲笑另外一个因乱花钱而快要弄得十分狼狈的人一样。

金钱这种东西，是不大会影响安全师的心情的。没有钱的时候，他仍是很快乐，笑绝不会从他脸上躲开。你同他在印度人开的咖啡店内吃茶，他天南地北地讲，一说一个笑，如同一个发了财的商人似的，实际上他那衣袋里，就怕只剩有几杯茶钱哩。但他很关心别人的衣袋，常常都会拦着你那只要给茶钱的手，热忱地说：

"不要你给茶钱，我晓得，你衣袋里没有几个。"

万慧法师在一个外国人那里教授中文，一收到薪水的时候，安全师就会早先知道，并嘲笑地说：

"法师，你揣那么多在衣袋里做什么，请请客，普度一下我们这些众生吧，你不请，我会跟你扒去的！做和尚的人都吝啬，那就定规成不了佛。告诉你这一点，又得我来点化你嘞！"

万慧法师也很喜欢听听他这些胡言乱语，因他这个人，嘴是这么说，其实他并不真心要从别人那里白得一些好处。他一向倒是很肯挖腰包，表示他对一个老人家的敬意的。

安全师不但在湖边上劝劝我，表示一下他的雄心就算了，第二天他就当真地进行起来。首先他就到一些锡兰和尚那里去接洽，更把科伦坡庙子里面的读书情形，下细打听一番，回来的时候，就兴冲冲地告诉我：

"好得很，我去一说，他们锡兰和尚就立刻欢迎。我说，我还有一个师弟，他也要去。他们说，没关系，去他七八个，庙子里也供养得起的！真是再好没有了，你不要犹豫了！"

我有点怀疑，忍不住问他：

"你咋个同他们锡兰和尚讲起的？你又不懂锡兰话！"

"当真我起初感到为难，开口讲什么话呢？"提到这个问题，他却很是高兴，"我不管三七二十一，我就用缅甸话问他们。我想，你既是住在缅甸，哪有不懂缅甸话的道理。当真一猜，就猜对了。这个事情，我看，一定顺手，先就碰到机缘！去，一定去呀！路费包在我的身上！"

我好久没有正式坐在教堂里听讲了，一个有着椰荫的庙宇，窗外又是一片湛蓝的海，当然使我会渐渐地神往起来。而仰光，我也感到厌倦了。正该到一个新的地方，去把精神洗浴下子。安全师又这么热忱地敦促，也就只好答允了，而且渐次受到了他那种认真热烈的情绪，我也禁不住兴奋起来。

到锡兰岛去，是需要入境护照的，自然我们也得置备一份，只是我的身份职业，成了问题，到底该怎样填才好呢？安全师便断然

地说：

"当然填成和尚！你不填成和尚，人家锡兰庙子，咋个会收留你。"

我有些不好意思地说：

"这样冒充和尚，怎么好呢？"

安全师挥一挥手：

"管他那么多，只要有书读就算了。"

于是他就给我一件和尚衣裳，要我换上，好到照相馆去拍个照。我不好意思，便拿在手里，到了照相馆，才行穿起。相照好了，我又脱掉。

等相片拿到手里的时候，我看见我竟俨然成了和尚，不禁好笑起来。安全师在旁边鼓舞似的说：

"像得很，像得很！"

"不行！"我忽然想起来了，"头上没有戒疤，咋个成呢？"

"当真喃，这点……"安全师感到为难起来，但沉默一下，立刻拿手拍下自己的身子，大声地说："这不要紧，锡兰人他不管你这一套的！你不看见吗？锡兰和尚缅甸和尚，他们有什么戒疤？"他感到很是高兴，脸色也光耀起来，并发出责备的话，"我们中国真兴得没有道理，好好的脑袋，要烧起疤子。还是他们缅甸和尚锡兰和尚惬意些，首先就没有烧脑壳的苦，在家人又多么尊敬他们！"接着又忽然拖下我，笑了起来，"他们兴吃鱼吃肉，这对你再好没有了。你看，做和尚哪点苦嘛，还不是跟在家里一样，你还不肯做哩！"

我忍不住揶揄他道：

"其实，你也可以开荤！"

"不成！"他摇摇头，"我搞惯了，闻不得荤腥！"随又带着几分不乐的神色，"我倒霉，到了锡兰，我还会有苦头吃哩！"

"怎么样呢？"我诧异地望着他。

他很快地挥一下手说：

"也不大要紧的，一搞久就惯了！"

我见他隐瞒不说，倒越发增加我的好奇心了，非问个明白不可。他只好笑着骂道：

"他们缅甸人锡兰人就这点不好，做和尚的，过了正午，就不准吃东西。不论你肚皮饿成瘪臭虫了，你也得等到第二天早上，才能吃饭。这个，真有些受不了。"

我觉得这种禁忌，是很可笑的，便笑着说道：

"你不可以偷着吃吗？"

"嗨，你才说得怪了！"安全师叫了起来，"那怎么好偷着吃呢？"

"不是有些和尚偷着吃肉吗？"我笑着问他。

"你没有在庙子上，随便你偷吃什么都可以。你在他庙子上住，他忌午，你就得跟着他忌午。"安全师十分认真地告诉我，跟着又带着鼓励的神气，"算了，不讲了，要读书，这点点苦，总得要吃的！"

我们拿着相片，就到中国领事馆去请护照。领事馆的书记白福增，一向是认识的，看见我以和尚的身份要去锡兰，很为诧异。等我把读巴利文的话告诉之后，他也就不说什么，便把去锡兰应该注意的事情，详详细细地告诉我。其中有一项，是旅客到锡兰，须向锡兰英国政府缴押金五十卢比，而这一笔钱，在买船票的时候就先由轮船公司代收。六个月内，离开锡兰，可以退还。若六个月后还不走，便被没收了。两个人已经要花一笔不小的旅费了，再来一笔押金，哪还担负得起呢？听见这一个条件，两个人背上都像泼了一瓢冷水，只好意兴索然地走了回来。安全师还一路地发牢骚，口口声声，骂英国人是红毛鬼。

我去读巴利文的意思，本是安全师给我引起的，并没有很大的热忱在做基础，经了经济上这么一个挫折，便可以完全打消，不过心上总觉得不舒服，受了一些委屈似的。正如小时候，要到人家去做客，新衣新鞋，都已穿在身上，忽然给大人阻止，不准去了一样。我沉默地跟在安全师后面。

安全师到了住处的时候，仿佛一切气闷都已发泄完了，脸色亦渐渐愉快起来，且安慰自己似的笑着说：

"这样也好，免得去饿半天饭，我们生来又不是乌鬼黑鬼，倒真的会拿跟他饿坏哩！"

在这个时候，他对缅甸人锡兰岛人，都一下子失掉尊敬了。

他见我总不像他那样地容易把心情变好，就劝慰我道：

"你还学你的中国文好了！你学巴利文做什么？你就学会了巴利文，再说厉害些，你学会了梵文，又有什么用处呢？你还想做大法师吗？那笑话了，头上戒疤都没有，谁也不会认你做和尚的！"

我自己本无意要研究这些古文的。但听见安全师这么一番议论，便又不能不加以辩驳了。我向他说明我去锡兰岛读巴利文的目的，全是当成一种学问来研究的。

"什么学问啰！"安全师嘲笑地说，"不管什么学问不学问，总先要叫人活得起来。活不起来，你就再金光灿烂，我都不爱学的。我们和尚都不爱学的，你在家人还学什么嘛！"

"还不是你首先讲起要去读吗？"我反问他，脸色表示十分的不快，"说好是你，说坏也是你！"

他笑起来了，很坦白地说道：

"我这个人就是这样的，开始一件事情，总要找些话来打气；做不成了，总要找些话来安心。不然的话，你就定规活不下去！"随即神情十分严肃，禁不住有些感慨起来，"我一生要难过的事情，就太多了，首先就不该做和尚，七八岁就送进庙子。"

对于这个人，很不忍再揭起他的伤疤，也不忍再词严义正地驳责他的错误，只有同情地向他说道：

"其实你还年轻得很，一切都可以重新起头，好好做下去！"

"哪个肯让你好好做下去呢？"他大声地问我，"有哪一个嘛，连叫作大慈大悲的如来佛，他都不肯的！"随即挥一挥手，仿佛要把不快，全行挥走一样，一面憎恶地骂道："管他的，还是照我们的老法子算了，做一日和尚，撞一日钟的好！"跟着又纵声笑道："我更加干脆，连钟都不爱撞的！"

然而，隔不十天，我们走到绿绮湖去玩的时候，他又兴冲冲地向我提起他要学缅甸文了！

"我遇见一个老缅和尚，他真好，他说他愿意教我缅甸文，一个月只消交两个卢比。你在缅甸，不懂缅甸文，岂不等于是个瞎子。"他又兴奋地用手肘靠一下我的身子，"先前真是傻，要到锡兰岛去，真是俗话说的，远在天边，近在眼前，人家缅甸文里头，也有巴利文，现在我要好好学一学，做个和尚，不懂巴利文，还成个和尚吗？"

听了他这番话，我几乎想笑起来，但我竭力忍住。我觉得我应该鼓励他，他这个人是太需要别人的鼓励了。再则我自己也并不就是一个勇往直前的人，也常常有着不努力不发奋的地方，有什么权利笑他呢？他要我同他一道去读，我也答允了。

第二天，他就买回来两本缅文读本，第三天我们就到缅甸和尚那里去上学。一到缅甸庙子的大门，他就脱了他的拖鞋，并吩咐我也把鞋子脱掉。他光脚穿拖鞋倒很容易，而我却是穿鞋又着袜的，便感到有些麻烦。而且要在林子里，走一大截泥地，才能走进缅甸和尚住的房屋。

"走到屋子边，再脱好不好？"

"不行！他们和尚住的庙子，不比在家人的，一进大门就得脱掉。你怕拿鞋子，我跟你拿好了。怕脚打脏，不好再穿，我这里有手巾。"

他格外地将就我，生怕我的上学兴趣减低。而我自己一向又并非娇生惯养的，也就很快地赤脚跟他走了进去。缅甸和尚住在木房子的楼上，里面没有桌椅板凳，全是空空的。做老师的坐在地板上教，我们做学生的，也坐在地板上读。只是练习写字，就很为难，只有伸长身子，伏在地板上，才能好写一点。

安全师是会讲缅甸话的，现在来学缅甸文，便极容易，三十三个缅甸文字母，很快就学会了。我则比较感到难点。因为缅文的拼音，不像英文两个字母合在一道拼，而是在一个字母上面下头或侧边，加上圈圈点点，或是线条。拼音又依照一种有韵的句子，像唱歌似的唱着来拼。第一字母叫"加基"（Gagy），拼成某一个音的时候，有这样一长串的句子，"加基曰加，加基曰洽加，阿加明加，斜保加。"拼另外的音时，还有另外的句子。又缅文拼成有意义的单字，一放进文章里面，便和别的许多单字，连接在一道，全不分开。只在每一句的末尾，画上两条竖起的平行线，以示和别个句的分界。当然也是有些为难。

安全师一回到住处的时候，就很热忱地诵读，煮饭也把缅文书拿在手上，吃饭就放在碗边。这倒使我很感动，自己也不能不发奋起来。

但读不到半个月的时候，有一天晚上，安全师却不在灯下温习缅文了，只是懒懒地躺在床上。我疑惑地望着他：

"你有病吗？"

"没有什么病。"

"咋个不温习书呢？"

"我不爱学的了。"

这自然使我有点吃惊，但开始读的时候，我也料到他会来这一下的，所以也就并不十分感到奇怪。我只好温习我的缅文，不爱问他辍学的理由，因为我知道，一问，他又会说出一番不学习的道理来的。而他也一直躺在床上，不声不响地，有时只用扇子扇扇风。

到夜深，我要睡觉了，他却爬了起来，收拾他的换洗衣服，装在他的通袋里面。我便问他：

"安全师，你要走吗？"

"是的，我明天就要走了。"听他的声音显然有些激动。

"到哪里去？"

"我要化缘去了！"安全师这么说了之后，又勉强笑了起来，"换换地方也好，仰光住着，实在使人闷得很！"

"也好！"我就安慰他，"这回多去化点缘，好回来住久一点，把缅甸文一直学会！"

安全师立即摇下头，憎恶地说：

"我不爱学的了！学有什么用呢？要是你回到了中国，可不是白白学了一场。"

他一直把缅甸文咒骂下去，我知道他的毛病又发了，便不答一句话，只好微笑地听着。

安全师走了的时候，我白天仍去读两点钟的缅文，我觉得我应该一反安全师所为，要坚决不懈地，继续不断地勤读下去。晚间到绿绮湖去散步，看见大金塔腰身上那一圈灯光，仍旧在漫天黑暗中，英勇地亮着，辉煌灿烂，一点也没有淡弱下去的模样。我禁不住兴奋地想：

"做一个人就应该这样子才好!"

然而,我读到个多月的时候,我找到了职业,便再没有时间去缅甸庙子了。同时我也悟出一个道理,为生活所驱遣的人,归他自己所用的时间太少,太不够用,那在学问方面的研究,就断断不能贪多务杂。我得把剩下的时间和精力全放在写作的学习上头。这一来,我已和安全师一样,从此再也不学习缅甸文,也不想到锡兰岛去进不要钱的庙子了。只不过我对于缅文、巴利文以至于梵文,并没有一点儿看轻,仍然有着一种不能学习的歉然心情哩。

一九四八年三月十八日　重庆

流浪人

路绕在山腰上头,弯弯曲曲,又高低不平,很是难走,我们便下到山脚,把干涸的河床,当成大路。河里铺着无数鹅卵石,颜色一片灰白淡黄,使人起着荒凉的感觉。但有些地方,一道细流通过,水浸湿的沙上,长着稠密的马苜蓿,青翠嫩绿,便分外显得可爱。我们逢到这样的地方,多半要停下来息气,还要捧些凉水解渴。这时正是六月天气,大家光头没戴帽子,不住地周身流汗。河床里面又没有风,两岸的山,特别地高,飞在山峰顶上的岩鹰就像燕子那样的小,即使有风在天空吹过,也被挡着,透不下来。

山腰的路上,很少有人行走,间或才能看见四五个背盐巴的,穿着褴褛的衣裳,现在黑褐色的岩边,艰辛缓慢地移动。他们不敢走在河床里面,因为踏着乱石,很容易一下子滑倒下去,拿跟背上的盐巴压着,爬不起来。我们都是背个小包袱,走起来周身轻巧,一歪一滑,全不要紧。只是我们中有个算命先生,肩上搭个重重的褡裢,就时时落在后头,一脸通红,气喘吁吁地嚷:

"带些啥路哟!"

带头走在河床里的汉子,短小精壮,小小的眼睛,现出鬼过场①

---

① 鬼过场:有诡计和调皮等意义。

极多的神情，脸上老是有着微笑，仿佛人家上了他的当，他就极其高兴似的。他的伙计叫他老大，我也顺口这样叫他。他背上背个极小的包袱，沉甸甸的，我疑心那里面装的是鸦片烟，但他却说是一点点不要紧的东西。他是干赌博，专门在各处市集上摇红黑宝的，但现在却像息了手了。这条路上，他走得非常之熟，能够在没有路的地方，找出一条路来。他听见算命先生抱怨多了，就笑扯扯地打趣：

"你做啥子不早算一算？懵懵懂懂就跟起来？"

算命先生没有回答，只是现出不屑于理睬的神气。他嘴上两撇虾米胡子，黄黄的，尖尖的，也露着要刺人的样子。

紧跟在矮汉子后面的一个小伙子，瘦瘦的脸，说起话来，眼睛眉毛，都在转动，手脚非常伶俐，一跳一跳地走着。他是矮汉子的伙计，拿跟矮汉子喊作老幺。一到有市镇的地方，他就摸出一些拴有红线黑线的竹签子来，叫人围着来赌博。开初总是把签子拴线的那一头，露给观众一看，然后塞进袖子里面，单把没拴线的现了出来，让人出钱去抽，抽着红的算赢，抽着黑的便算输了。他见观众并不踊跃伸手的时候，就把嘴唇皮撮了起来，发出弹动的声音——嘟，接着便唱：

红红红，赵子龙。

黑黑黑，胡敬德。

他一路上极爱说话，听见矮汉子在嘲笑算命先生，他也忍不住打趣起来：

"算命先生总是算得到别人，算不到自己！"

矮汉子大声地说：

"算得到别人！哄人哩骗人啰！"

走在我后面的，是一个大脚的女人，身材高大，肌肉结实，额上抹着青色纺绸帕子，手上提着一条黑布长口袋，里面装着花鼓和几根细竹棍做的活动架子。走起路来，一点也不疲倦。她听见前面两个人在开算命先生的玩笑，便阻止地说：

"这你们又不要乱讲喃！从前我们那边有一个人，他说他不相信算命，算命先生从来没有得过他半文钱，好，有一年……"

讲到这里，跟在她后边的女儿，一个十六七岁的姑娘，油黑小巧的脸子，眉毛长长的，长着一对俊秀的眼睛，有些不耐烦听了，大声叹气起来：

"哎呀，咋个一点风都没有啰！"

她的这一声叹气，大概比她母亲讲的故事，还要动人，立刻使前头走的矮汉子和小伙子，应声搭嘴起来。小伙子埋怨地说：

"你看，你带些啥子路哟，带在这样热的地方。"

矮汉子赶忙用安慰的口气说：

"等下拐一个弯，当着南面，就一定有风吹的。"

小伙子提议地说：

"我看，倒不如就爬上山去的好，山上高些，一定有风的。"

大脚的中年女人，停止了她的故事，有些不愉快地说：

"现在还上啥子山嘛，单是爬这个坎子，就叫你够受了！"

算命先生就冷冷地讥嘲起来：

"你要是愿意，他两个打轿子抬都肯的！"

大脚中年女人高兴地笑着说：

"我没有那样大的福气！"

矮汉子接嘴说道：

"大得很，他老先生没有轿子，连背都想来驮哩！"

小伙子大笑起来，一边故意说道：

"人家又不是马，咋个用背驮？"

矮汉子阴笑地说：

"人在有些时候，他会高高兴兴变马的！"

算命先生搭讪地说：

"你怕是在说你自己啰！"

"我自己！"矮汉子假笑地说，"哼，我怕还要向你学学嘞！"

小伙子立刻打和声起来，故意责备地说：

"你好的不学，要学驮人！"

中年大脚女人的女儿厌烦地说：

"你们咋个爱这样吵啰？简直叫人心烦！"

她这么一说，当真就见效了，大家沉默下来，只是专心地走着路。脚下的鹅卵石，踩得哼哼地发响，发出一片单调的声音，使人感到分外的沉闷。汗水个个人都在流，但却没人把衣服脱下，让上身赤裸出来。我记得三四天前还未遇到这两母女的时候，矮汉子和小伙子总在路上打起半边赤膊，或是上身完全裸露出来，一切都显得自由自在的，而现在竟至这么拘束起来，显然有着某种东西在使他们不便放肆。

这个少女叫彩凤，她的妈妈有时这样叫她，有时又喊她凤姑娘。上前天我们在山间小客店里遇见，她的美丽使人感到惊异，觉得荒山中会有这样的人出现，似乎总有些不平凡一样。但不久矮汉子却拿手肘，靠一下我的身子，小声鄙视地说：

"哼，我默倒是啥子好货哩，打花鼓的！"

于是他说话便十分放肆起来，有时还邪眉邪眼地对人家打量，连我们在旁边的人，都感到有些不满。那位打花鼓的姑娘，则半眼也不理睬，脸上只现出冰冷的神气。矮汉子却冷言冷语，故意向小伙子说气话：

"你默倒这些人就这样穷么？告诉你，黄哩白哩，也还拿得出来呢！"

小伙子就打趣道：

"你充啥子狠嘛？我还不晓得，你黄哩是铜圆，白哩一张纸。"

"狗头，你怕想讨打了！"矮汉子立刻露出他粗大的拳头，"告诉你，它是认不得人的呵！"

小伙子就斜起眼睛，看下打花鼓的姑娘，然后，对矮汉子嘲弄地说：

"你不要充狠！你谨防惹着别个本事大的哈！"

矮汉子马上吐口唾沫：

"呸，本事！"

大脚中年女人休息够了，便走到我们旁边来招呼，还每人手上递送一支香烟，说着江湖上一些袍哥流行的话语，希望出门人大家帮衬。她说话的声音，非常温和，极其使人感动，仿佛一个做大姐的人，在向她的弟弟些说话一样。她吸着烟，还把一盒拆开的香烟，丢在桌上，让大家吸了又吸。这是一种金花牌的香烟。四川小小的城市，都不大容易买到，自然更不用说是在云南东部这样的荒僻山野了。矮汉子贪婪地吸着，脸上露出舒服的神情。后来听见大脚中年女人说，今后我们至少要同走六七天路，又都是到一个大城市昭通去的，矮汉子就渐渐变得客气起来，不再有下流话挂在嘴上，时常喜欢同中年大脚女人，谈东谈西的。

到了昨天下午时候，在一个小小的镇上，这两母女打了一通花鼓，唱了十来支曲子，站在旁边听的矮汉子，竟至听得入迷起来，他感叹地说：

"咳，从来没有唱得这么好的！"

随即回头来向我夸赞道：

"要是到了大地方，那定会赛过多少唱戏的！"

她们唱完过后，又由女儿摸出三把刀来，连续抛到空中，又连续地接在手里,没有一把失手落到地上。三把白亮的刀子,像白鸽子似的飞上飞下,简直晃人的眼睛。到后,简直越抛越快了,如同电闪,使人惊奇不已。矮汉子忍不住羡慕地小声骂道:

"妈的,这是哪里学来的呵!"

小伙子便卖弄聪明地说:

"我昨天早就看出来了!人家没有一套,敢走云南这些地方?"

矮汉子立刻搡他一句:

"你又晓得啰!"

小伙子却红起脸搭讪道:

"我不招呼在先,看你昨天不吃亏,才有鬼哩!"

"少充些狠哈!"

矮汉子轻蔑地白他一眼,就不再理睬了。他用着一股热忱而诚敬的眼光,直对抛刀的人望着。从此,他在这两娘母面前,变得很是驯服了。爱跟他附和在一道的小伙子,便也十分规矩起来。这一天上路,矮汉子便现出讨好的神情,向她们两母女说:

"我今天带条好路给你们走。"

于是便把大家带下了干涸的河床。起初沿着沙滩上走,没有石头碍脚,平整柔软,极为舒服,而且那时候又是早晨,阳光只抹上岭尖,河床里一点也不热,比往天爬山,真是好到天上去了。但走不好久,沙滩就没有了,全是一些鹅卵石现在面前,走起来高低不一,很不方便,并且每个鹅卵石又都滑动的,踏上去极不稳当,一不小心,就会跌着。再加以太阳一高,阳光直射在河床里面,每个石头,都晒得发烫起来,人就仿佛走在热锅里一般,使人十分难耐。

第一个表示不满的,就是算命先生。他不知什么时候,就和打花鼓的母女走在一道了。对于大脚中年女人,常常表示他的好感,讲起话来,总是异常的殷勤。他的褡裢里边,装有一只白铜水烟袋,一拿出吸烟的时候,他定规先递给大脚中年女人,让她吸了之后,他才自行吸食,他吸够了,便装进褡裢,不再递给别的人。这很引起矮汉子的不满,暗里骂他吝啬鬼。小伙子喜欢打和声的,便也在言语上,尽是讥讽算命先生。他背着向我们窃笑地说:

"我看得出来,他着迷了,想讨打花鼓的哩!"

矮汉子立刻嘲弄道:

"他胆子大喃,简直想摸老虎的屁股了!"

他随又气冲冲地嚷道:

"我们三个人,不论哪个都比他强一点,他痨病鬼,又老又丑,怕不想疯了!"

小伙子却向矮汉子笑着揶揄道:

"我看,就是你一个人最配了,胆子又大。依我看来,最好的办法,你讨年轻的,老的就嫁跟算命先生。"

"狗头!"矮汉子咒骂了一句,又再恼怒地说道,"你真想得好,要你才肯要那家伙做老丈人!"

我们在河床里走到正午的时候,又一节沙滩现了出来,但并不像早上那样润湿好走,松软合脚,这时经太阳晒了大半天,每颗沙粒都晒烫了,我和小伙子都没有穿草鞋,赤裸双脚,一踏进沙里,简直感到热得烫人。幸好半里路远的河边上,有几株枝叶茂密的大榕树,看来像在用浓绿的手,招呼旅人快去息凉。我和小伙子便不管三七二十一,加快脚步,尽量跑了过去。穿着草鞋的矮汉子,兴致勃发了,骂声"鬼赶起来了么",就也从后面跑来。

到了榕树底下,才看见有人在摆摊子,酒、花生、胡豆、麻糖、凉粉、豆腐干、豌豆碗碗,样样都在卖。背盐巴的夫子,坐在那里息气,有的还把带在身上的冷饭,取出来慢慢地吃。原来沿着山腰的道路,已经绕下来了,正打从榕树底下经过。山在榕树后面,闪出一大片山谷盆地，拥着树木的村庄，和秧苗茂盛的田野，都一下子远远地现在眼前。而风就从山谷里不断地吹来，虽是并不大，可也就使人感到凉爽了。

我和小伙子都禁不住连声赞美这个好地方，矮汉子却掉转身去，直对掉在后面的三个人，尖起嗓子大声喊道：

"走快点呀，这里有风了！"

掉在后面的三个人，不知是听不见，还是无动于衷，老是慢慢地走着。矮汉子忍不住生气地说：

"真急人！妈的，胶粘着胯了！"

小伙子忍不住嘲弄地说道：

"你这样干着急，你不如去背哪！"

"狗头！"矮汉子诅咒了一句，就又双手合在嘴上，高声招呼他们，快些来吹凉风。

中年大脚女人跟她的女儿走到的时候，矮汉子仿佛一个做向导的人一般，竭力称赞这个地方的阴凉，还替她们寻找好坐的地方，但见她们只是疲乏地坐在树下的大石上，毫没一点愉快的样子，便又兴致勃勃地说：

"你们想吃东西吗？有酒，有豆腐干。吃碗凉粉吗？"

小伙子笑嘻嘻地插嘴问：

"是不是你请客？"

"狗头！"矮汉子骂道，"我就单不请你。"

中年大脚女人皱着眉头问：

"没卖茶么？"

矮汉子便向摆摊子的老头子，责备地说：

"你咋个不卖点茶？"

小伙子笑扯扯地说：

"其实喝点酒也可以的。"

"鬼话!"矮汉子骂了起来。

小伙子抵塞他道:

"你前几天,不是口干就喝酒么?"

"你霉不醒了!"矮汉子斥责起来,"是讲她们口干,不是说我哪!"

这时算命先生已经走来了,一坐在石头上面,就赶忙摸出白铜水烟袋,显然烟瘾已经发登了,但他装上了烟丝,点燃了纸捻,还不立刻就吸,只是捧着献给大脚女人。大脚女人毫不推辞,接在手上,就吹燃捻子,呼噜呼噜地吸了起来。

矮汉子换成一副慷慨的口气,吩咐摆摊的老头子:

"来几碗凉粉!"

小伙子笑嘻嘻地问道:

"请不请我?"

"我没有那么吝啬!一碗凉粉算得啥?老子他们①不是冲壳子,手指缝里,随便漏点,都比这个多!"

"好,你苏气②!那你多请我吃几碗好哪!"

小伙子打趣地说。

"我请你吃十碗好了!"

矮汉子嘲弄地笑了起来,他所说明的十碗,是谐石碗的音,含意猪才用石碗吃东西。

小伙子有点忸怩地说:

"只要你吃石碗,我也陪的。"

---

① 老子他们:习惯用语,即是指"我",并暗示背后还有一个集团。
② 苏气:漂亮,大方。

算命先生忍不住笑着说：

"你们两位的精神才好喃！一路上都在说笑话。"

"不是说笑话！"矮汉子板起面孔说，"等下也要请你吃石碗的！"

"我不爱吃的！"打花鼓的姑娘，拒绝老头子送在她面前的凉粉，"放这么多辣椒！"

这一来，立刻使矮汉子不再同人开玩笑了，他赶忙责备老头子道：

"你咋个问都不问一声，就放那么多辣椒？"

随即现出好脸色，向打花鼓的姑娘，讨好似的说：

"叫他另换一碗好了。"

打花鼓的姑娘，没有理睬，只是自己走到摊子面前，去看一些可吃的东西。

矮汉子便提高声音向老头子打招呼：

"喂，你不要乱收钱哈，一概都算在我名下。"

打花鼓的姑娘，向老头子冷冷地吩咐：

"打二两酒来！"

大脚中年女人连忙劝阻地说：

"哎呀，凤姑娘，算了吧，吃了嗓子会哑的！"

凤姑娘头也不回，只是抵塞似的说：

"难道今天还要我唱么？"

大脚中年女人柔声地说道：

"天气热，口越吃越干的！"

矮汉子却帮着打花鼓的姑娘说话：

"不要紧，吃吃酒，可以提神！"

大家吃了三碗凉粉，还要再吃的时候，有几个背枪的兵士，从山路上走下来了，他们立刻坐下息气，把围在颈项上的洗脸帕子，拿来拭额上脸上的汗，一面望望榕树和山谷里的田野，高兴地说：

"这里好凉快嘛！"

他们到后刚揩干了汗，接着又来了好些背枪的，还有几个坐滑竿的军官。

军官们跳下滑竿之后，自然也对这块凉爽地方，加以称赞，但都把眼光直朝凤姑娘身上射去，现出惊异的神色，还互相打着暗语：

"倒看不出来嘛！这地方！"

"不要说嗬，也算得山清水秀啰！"

"可惜就没有水！"

"我看是过路的！"

终于有个军官直向大脚中年女人问道：

"那是你的女儿吗？你们是做啥的？"

大脚女人踌躇地说：

"我们……赶路！"

小伙子忍不住说道：

"他们打花鼓的！"

几个军官立刻高兴地喊道：

"好呀，打跟我们听听！"

"多少钱一次，我们出钱的！"

大脚女人告饶地说：

"我们今天都走累了，气都还没有透过来！"

"那叫你的女儿唱好了！"

打花鼓的姑娘，已把酒喝干了，只是在剥花生吃。现出非常冷淡的神色，好像别的人全不在眼面前一般。

另一个年纪大的军官转圜地说：

"那转回到镇上去息一天，再唱好不好？"

大脚女人连忙推辞道：

"我们要赶路，去赶前边的会期！"

军官热忱地说："你们一天赚多少钱？包跟我们，三四天都由我们出！"

大脚女人有些动心地说：

"逢到先生些大方，七八元总好赚的！"

"这不多，这不多！"年纪大的军官微笑地说，"三四十元，尽够你们唱三四天了！"

大脚女人便问女儿道：

"你转不转去嘛？"

她的女儿不快地说：

"哪个还走回头路嘛？这条路又怪难走的！"

一个年轻的军官立即嚷道：

"这没啥子难头！让两架滑竿跟你们坐好了！"

打花鼓的女儿，皱着眉头埋怨地说：

"再转来也难走！"

年长的军官看见主要的角色，已有答应的意思，便欢喜地说：

"转来的时候，我叫滑竿送好了。"

矮汉子显得神情颓丧起来，很愤怒地看一下小伙子，然后又挨近大脚女人小声说了几句，我离得远，听不出他讲些啥子话，只见大脚女人忽然露出庄严的脸色，又勉强带着微笑地说：

"各位官长，请不要见怪，是不是可以先给一点钱？"

一个年轻的军官，很不高兴地说：

"你默倒我们会不给钱么？真是笑话！"

年长的军官冷笑了一下，随即做出慷慨的样子，叫一个拿皮包的兵士，拿出钱来，一面说道：

"好好好，早迟都要给的！"

大脚女人把银圆接在手里，脸上露出笑容，连声向军官些致谢。矮汉子却气惨了，面容也更加沮丧了，他走到摊子上去买酒喝。

一个年轻的军官，深深望了矮汉子一眼，不快地向大脚女人问道：

"他是你的啥子人？"

"同路的。"

大脚女人不经意地回答。她在把她收到的钱用帕子好好地包起。

"同路的！？"

青年军官颇为见怪起来。大脚女人赶忙改口说话，一面望下矮汉子。

"你是指他么？那是我的外甥！"旋又用手指一下我和小伙子，"他们才是同路的！"

青年军官没说什么了，只是坐下去休息。不久，军队动身了，大脚女人和她的女儿也坐到滑竿上走了。矮汉子望也没有望一下，只是埋着头吃酒。

小伙子向算命先生打趣地问道：

"你老先生不跟着去么？"

算命先生忙着收拾水烟袋，装进褡裢里去，一面微笑地说：

"再转去做一趟生意也好，反正前面又没人等我，我是到处都可以算命的。"

我们还以为他是说的笑话，哪知他当真又跟着打花鼓的母女去了。小伙子立即大声讥笑道：

"你不是嫌这条路难走吗？咋个又去了！"

算命先生头也不回，只是用笑嘻嘻的声音，像在替人算命那么似的说：

"这怕啥子啰！只要是我走路，又不是路走我！"

小伙子禁不住骂道：

"这家伙痰迷窍了，还那样穷开心！"

矮汉子这时已放下了酒杯，对那走在河床里面的算命先生，情不自禁地望着，脸上现出有些怅惘又有些羡慕的神色。

队伍已经只剩一点灰色尾巴了，很快就弯过河床那一面去。至于坐在滑竿上的大脚女人和她的女儿，却已给沿着河床的山坡，早遮掩着了。河床重新恢复了它的荒凉，一片灰白色的沙滩，一片灰褐色的乱石。

算命先生隐没的时候，矮汉子这才骂道：

"这杂种！"

小伙子忍不住打趣地说：

"其实你也可以尾去的！"

"狗头！"矮汉子跳起来就给他嘴上一拳，口水暴溅地骂，"还要讲哩，你这多嘴的东西！"

我立刻把矮汉子拉着。小伙子的嘴巴打出血了，一边退开，一边冤屈地说：

"我又没有……伤负你，你咋个……兴这样打。"

"入妈的，就是你那张狗嘴惹的事哪！你还装蟒吃象，说没伤负我！"

矮汉子一面骂，一面在我手里挣扎，还想再去打人。小伙子很害怕却又更加气愤地反问：

"我说了啥子话嘛？平白无故栽诬人么？"

矮汉子红起眼睛吼道：

"入妈的，你不是嘴痒么？你做啥子要说她们是打花鼓的？"

小伙子明白矮汉子打他的原因了，但他却不肯认错，只是恼怒地反驳：

"我讲她们，同你屁相干哪！难道她们不是打花鼓的，我讲错了不成！"

矮汉子在我手里又用力挣扎起来，一面大声嚷道：

"不要拉我，让老子揍死他再说，他假装不懂，老子要拿拳头叫他懂的！"

他一下子就从我的手里挣扎开了，立刻向小伙子赶去。小伙子惊慌地绕着榕树打圈子，矮汉子赶了几转，终因酒吃多了，便身子有些打偏偏，一下跌坐在地上，爬不起来，嘴里只是怒骂道：

"杂种，今天不揍死你，老子不活人了！"

小伙子看见他乏力追赶了，就远远坐在石头上面，挑战似的回骂：

"我就看你来揍嘛！老子不看你吃醉了，怕不把狗腿给你打断！"一面则把带血的口水，吐在地上。

矮汉子对他扬一下拳头，切齿恨恨地说：

"等老子息口气，就同你算个一清二白！"

他一面说的时候，一面就把背上松开的小包袱收拾一下，显然他还不肯甘休，硬要动手的样子。

我便赶忙劝告小伙子，要他不要再讲了，免得再惹酒疯子生气。

小伙子看出矮汉子不肯甘休，就又有些愤慨起来，嘴里禁不住咕咕噜噜地说：

"我们还说朋友一场，大家招呼招呼，如今为了一个婊子，就兴这样打人。"

"杂种，你还说她是婊子么？"

矮汉子一下爬了起来，脸都气青了，睖睛鼓眼地直朝小伙子赶去，手里还抓了一块石头。

我赶忙叫小伙子跑开。小伙子也看出危险来了，他拔步就朝前面山路上跑去。矮汉子从后面追着,跌了一跤,又爬了起来,只是奋力去赶。

我大声地劝矮汉子:

"算了!算了!当心你自己会跌着的!"

他没有理睬我,也许没有听见,只顾赶过坡去。

我料想他一定赶不到小伙子。小伙子清醒,没有喝过酒,而且路又跑得快,准没什么危险发生。我便不管他们的,只贪图树下阴凉,而又一时颇为清静,就靠着树身尽量休息。树叶非常浓密,阳光一直也射不下来。有两三只小鸟,在树叶里小声地叫着,却看不见它们的影子。河床对面的山峰,很是陡峭,稀稀疏疏长着一些矮小的野树,在强烈的阳光里面,显得动也不动地。

几个随后来息脚的背盐夫子,也拿着杵子,一点一点地走了,矮汉子却还没有转来。摆摊子的老头子,有些着急地问:

"你那伙计咋个还不转来?吃我这些咋个办嘛?"

我也有些急了,要是把这笔账摆给我,我身边所有的钱,是不够的。我只能镇静地回答:

"等会他就会转来的!"

约摸等了两个钟头,都不见矮汉子转来,而摆摊的老头子,又不时捶胸叹气,说他万万蚀不起这一笔钱,蚀了这一笔,等于要了他的老命。我就只好罄我所有,都给了他,但结果还是不够,因为矮汉子的酒,灌得太多了。

摆摊的老头子,不放我走,竟把我的包袱扣着,还指给过路的盐夫子看,骂着我说:

"你们瞧呀,他们一帮都是骗子,吃我许多东西,全走光了,就留他一个光杆子在这里白赖!"

我禁不住满脸通红,又急又气,向那些背盐巴的夫子申明,说我只是同那些走了的人,路上才碰着的,并非原来相识。

摆摊子的老头儿,却大声驳斥地说:

"你们不要相信他,他同他们一道吃东西,不是弟兄,也该是好朋友。"

他又回头来竖起指头恫吓我:

"我告诉你,你赖不掉的,今天你不给我,你走不到路的。"

我见他这样不讲情理,就忍不住恼怒地说:

"我身上的钱通给你了,到前边也息不到店子的。你不要我走,我就留下好了。"

盐夫子些便调解地说:

"既是通通给你就算了,你让他走,留下他有啥子好处呢?"

摆摊的老头子,却向盐夫子发气地嚷道:

"你们在讲黄话①哪!吃了就走了算了,我请问你们一声,我这些东西是偷来的,还是骗来的?"

盐夫子些便不快地说:

"你咋个兴这样乱怪人啰!连我们也怪起来?"

"依道理说,又不是他一个人吃的,你咋个要他一个人给?"

摆摊的老头子,立刻气得嚷叫起来:

"你们都来杀死我好了,你们都来把我杀死好了!"

他一面拿拳头乱捶他的胸口,仿佛像遭了很大的冤屈一般。

我看不过意,就立刻对他说道:

"好好好,我没有钱,我拿件衣裳赔你好了,不要这样鬼吵鬼闹的!"

我打开包袱,把我的唯一的好衣服,送把给他,老头子这才平下

---

① 黄话:靠不住的话。

气了。但还是一面理着衣裳看,一面叹气地说:

"你件把旧衣裳,值多少钱嘛!"

背盐的夫子不平地问我:

"你到底还争①他多少钱?"

"我也不晓得他们吃了多少,我已经给了块五角了,他说还争他八百文钱!"

背盐的夫子责备地说他:

"你才人心不足蛇吞象哪!起码人家那件衣裳,也喊两三个八百,也有人接的。"

老头子黑起脸说道:

"那你买去嘛!"

盐夫子立刻抵塞他道:

"有钱早就买了,还等你说!"

我跟盐夫子一道走上山路的时候,他们还在替我惋惜:

"你那件衣裳,八百文太丢得可惜了!"

我只能无可奈何地说:

"这是没法子的,摊着这样的事情!"

老成一点的盐夫子,便责备我说:

"你不该随便交朋友!这条路子骗子太多了!我们背盐的,靠气力吃饭,你倒可以放心。像他们不三不四的,你最好少同他们讲些。你粘惹不得,一粘惹,就包你会上当的!"

我无法反驳他们,因为事实就摆在他们的眼前,而且也在继续使我受着苦的。我只有默默地跟在后面,心里担忧这一夜不知要怎样才能找到一笔店钱和饭钱。

---

① 争:欠。

下午的山路，一直就绕着山脚，好些地方竟在河床的边沿上，显得非常的平坦，同时又没有鹅卵石硌脚，走起路来，很是爽快，再则偏西的太阳，又给山岭遮着了，没有阳光直晒着，相当感到阴凉。但我的心里，却很有些烦躁，钱既一下子用完，又没找到工作，即有好走的路，也不会感到舒服的。再想起钱用得不明不白，又怄了一肚皮气，还出脱一件唯一的好衣裳，真是越想越叫人懊恼。

黄昏的时候，快到另一个小小的镇市，临近河边无数的瓦屋，沿着杂木丛生的山脚，渐渐显示出来。别的河流来的水，已经流在这条河里，在响着潺潺的声音了。背盐巴的夫子，用欢快的声音，嘲弄地骂道：

"我默倒搬家了哩！"

我的心却紧了起来，每一间屋子，都不是我安息的地方，一切都和我陌生，连向晚的天色，也现出冷漠的样子。

我慢慢地走着，只想延长我的旅途。

正要走进场口的时候，忽然有人从背后来拉我，一面混着笑声骂道：

"你胶粘着胯哪，叫人老鸹等死狗！"

我回头一看，正是那个把账摆跟我的矮汉子，使我又喜又气地嚷道：

"你还怪我嘞！就是你这家伙害人，一趟子跑了，叫人作难我？"

"你给了他钱吗？"

矮汉子很有兴趣地笑着问。我恼怒地抵塞他：

"不给钱，还走得到路！"

在镇口息气的盐夫子，便抱不平似的说：

"岂止给钱，还脱了一件衣裳哩！"

矮汉子大笑起来，连声说：

"呵哟，还闹出这一套来么？"

他仿佛幸灾乐祸似的，我对他的欢笑很不高兴。盐夫子也责备他道：

"你这个人真是，害了人还这样高兴！"

矮汉子连忙分辩道：

"哪里是我害人？就是那杂种嘛，他一路逗我生气，我又刚好吃过几杯的，赶着赶着，就跑了他妈一大截路了！"

他随又向我恳切说道：

"老弟，你看我是不是有心害你嘛？我就怕你找不到我，我才在这口子上等你！我老实告诉你，你要是比我有钱，我今天就不管你了！各人走各人的！"

于是他不容我说什么，就一把拖着我走进市镇去，一面热忱地说：

"走，一道去住！"

我一面跟他走，一面问道：

"你做啥子那样生气，赶他那一半天？"

"不要提了！提起就叫我无名火高三丈！"他发怒地说，"就是他狗东西一句话，把人家活活送给那几只饿老虎！"走了一截路，他还恨恨地骂一声："这杂种！"

走进一家店子，小伙子正坐在门口，我连忙看他的身上，以为有什么伤痕，却一点也没有。他笑嘻嘻望着我，没说什么话。

吃了晚饭，睡到半夜的时候，矮汉子叫醒了我：

"拿着，这是还你的钱！你再睡睡，我们就要走了！"

我揉着眼睛，诧异地问：

"咋个这么早就走了？"

他小声地说：

"明天要过卡子，我们绕小路！"

我爬起来，兴奋地说；

"那我同你们一道走好了！"

他挥下手制止我道：

"你犯不着，出了事，连累了你！"

他见我有些迟疑不决，就又说道：

"过了卡子，说不定还会得着的！"随又指着放在枕边的钱说："你好生收着哪！"

我趁着桐油的昏暗灯光，一眼就看见钱是超出应还的数目，便退还他道：

"你咋个给这么多？"

"你用好了！你我穷人都不用，还有啥人配用！"他竭力地拒绝，不准我还他，并还教训地说："老弟，我告诉你，钱大把来，就得大把地用去！我一向就是这样的，只要用得正当，漂亮，不管他妈咋个混账得来！"

我苦笑地说：

"你也来得不容易呵！"

"不！"他指一下背上的小包袱，笑着说："过了卡子，这就叮叮当当一大堆了！"

小伙子轻手轻脚地走了来，小声地说：

"走吧，账都算好了！"

两人便像影子似的立刻飘了出去。

街后边河水，在寂寞的深夜里，格外响得大声。我躺了好久才又重新睡熟。

一九四八年九月二十五日　重庆

私烟贩子

雨季的时候，天空仿佛低矮了许多，铅色的胸膛，直向小小的山谷，压了下来。四周布满森林的高山，则把头伸入云雾里面，一向藏着虎豹野象的地方，就越发显得凶险不测了。有些时候，终天飘着丝丝细雨，树叶上，都凝结起了水珠。有些时候，又哗啦哗啦下着，兼有雷电助威，好像房屋都要一下子倒塌似的。

在这个期间，驮货的马队，渐渐少了下来，甚至成好多天，都看不见树下有赶马人在烧火煮饭的影子。只有傣族的牛群，还驮着货，披起棕造的蓑衣，点缀在雾蒙蒙的山径上头。

在这个期间，汉人走过的，也很少了，茅檐下的土阶上，摆的一些竹制躺椅，全空了起来。间间篾壁通风的屋里，乱放着傣族女人挑货的箩筐和遮雨的斗笠，且充满了酸笋和新鲜蕈子的气味。

在这个期间，经常有几个私烟贩子，走过这里，他们多半要住三五天好好息一口气，然后才又亮着电筒，再行黑夜动身而去。他们在店子里，总不大离开床的，不是白天用鼾声跟窗外的雨声相和，就是躺在油灯旁边，咕噜咕噜地吸鸦片烟。

这是英国统治的克钦山谷，但英国的缉私查烟，却不在这里施行，要再向八莫深入一天左右的路程，才在山的独路口子，或者江的铁桥边上，布置起戴宽边呢帽的缉私人员。再加以连绵不断的雨雾，即使英政府方面，平常有例行的巡阅，这时也不大来了。于是，这个小小的山谷，便成为私烟贩子最安全的地方，可以放心大胆住了下去。

一个姓陈的私烟贩子，挨边五十光景，眼睛小小的，常爱带着微笑看人，脸上原是起皱的地方，都仿佛全变成了笑纹一样。他喜欢同人讲话，又爱开一点点玩笑。店里的赵老板，终天都是板起面孔，常常带着一点青色，仿佛总有点什么事情，使他不快于心似的。一碰着陈老头，就会情不自禁地发笑，有时也把脸弄得通红，或者笑着骂了起来。老陈好像专于要开赵老板的玩笑，一见面，就要打趣几句。比如看见赵老板，并没有躺在床上吸鸦片烟，只是坐着抱起斑竹筒子烧烟丝，便要装起大人责备小孩似的神情，申斥地说：

"你这家伙，咋个这样俭省，水烟有啥吃头嘛，我要是你，我还抱着那个竹筒筒？真是不会享福！"

"龟儿子东西，就怕你那点货销不脱，终天担心人家不吹！"赵老板咧开嘴巴笑着骂，"跟你龟儿子禁了，看你咋个办！"

如果碰见赵老板躺在床上吹鸦片烟，他又会作古正经地说：

"鸦片怕要贵起来吧！"

"咋个会贵？"赵老板有时会莫名其妙地问。

"像你这家伙，终天这样拼命地吹，不贵还朝哪里走？"陈老头一本正经地说。

最使赵老板不好意思的打趣，是老陈故意称赞他的福气好，说他竟有这样大的儿和女。其实赵老板乃是一个后父，所谓儿和女，都只喊他一个叔字而已。有时陈老头还要故意当着赵老板的面，发着感慨：

"真是他妈俗话说得好，牛耕田，马吃谷。他养儿子我享福！"

有些时候，老陈看见赵老板跟客人算账，一点小钱，都不肯少，就老是争论得脸红筋胀的。一等客人去后，他就讥笑地说：

"当真人家说得好，做了老板心不明，只认银钱不认人！"

"妈的，你来试试看？"赵老板不免有点气恼地说，"一大家人，多大的开销去了！你马虎得？"

"叫我来试试！"陈老头意味深长地说，"就怕你那些娃娃女女，背后鼓我的眼睛呵！"

这话的内容，就很复杂了，赵老板禁不住弄红了脸，只能勉强笑着骂：

"你龟儿子东西，总有一天会拿跟嘴巴子害了的！"

"人哪个又不是拿跟嘴巴子害了的！"陈老头竟然一本正经大发议论起来，"要是不兴吃东西，个个人都好做老太爷了！老实说，害自己倒不要紧，就怕还会害了别人哩！你想看，把别人的也吃了，别人咋个不恨！哼，你那张嘴巴子，要是肯不吹了，别人睡熟都会笑醒的！"

"这关别人屁事情！"赵老板厌烦地说。

"哼！"陈老头鼻子里笑了一声，"你是只晓得睡觉啰！"

"闭着你那张臭嘴！"赵老板憎恶地说，"少说些闲话，好多着哩！"

陈老头却又自负地笑着说：

"我这个人，就是这样子的，别的你都可以叫我改掉，就是这点子讲笑话的脾气，可真像有瘾一样！做我们这行道的人，个个都怕查出了，会拉去坐痛。痛我就不怕，只要那里面，还有几个人，可以谈谈！"

陈老头实在太爱讲话了，有时去找老板娘谈谈，有时也来同我东讲一句，西讲两句的。如果我走进他的屋子，他会点着烟枪说：

"来吹一口！我不会要你钱的。吹烟才有出息，你怕上瘾么？上瘾不要紧，你就改行，做我们这行生意好了，这不苦人。只消躲过一道关口，就轻轻易易，搞到几十几百的。你怕坐痛么？那不要紧，久了，他自会放你的。他哪有那么多饭，白给你吃！"

我在马场上打扫马粪牛粪，他就会恧愚地说：

"你改改行吧，这样的事情，咋个做得惯？好马为啥要乱奔乱跳的！越奔跳得好，就越得人宠，啥子好鞍子哪，好笼头哪，都得得到，吃的又是豆子谷子，再不然，就是糠拌饭。你看牛喃，它不会奔，又不会跳，只晓得规规矩矩过日子，你看它吃啥子？你不是天天看见的？傣族人吆起这里过！"

我下午在教老板的儿女读书，他也会插嘴说：

"你们咋个老是读些猫猫狗狗，这也算是读书么？我从前尽是读子程子曰，完全是些大道理！"

我的两个大学生，都讨厌他多嘴，便嘲弄地问：

"你偷卖鸦片烟，是不是子程子曰上面讲得有？"

陈老头满脸皱纹的脸上，都发出欢笑地说：

"你们问得对呀，这是子程子曰上面讲得有的，孔夫子说人长大了，必须学会偷卖鸦片烟才会赚大钱，发起财来。"

他见我忍不住在笑，他就敛住笑容，认真地对我说道：

"我常常疑心，你们的孔夫子，拿啥子钱去周游列国嘛？我猜想，一定是私带鸦片烟去卖，七十二个徒弟，一个鞋底里夹藏一两，都有好账算的！孔夫子，他多聪明，哪有不会偷带鸦片烟的？"

说完后，他就欢笑起来，显然他是很乐意他这种胡诌的话。

平时我同他一道笑笑算了，但在学生面前，就不能不说他是在瞎说。陈老头笑着申辩：

"孔夫子，没有你那样老实！他才不会走到一个生地方，脱了鞋子，扎起裤子，给人家做工的！"

我也忍不住不答辩了，便告诉他，古时候，我们中国并没有鸦片。陈老头却笑道：

"你咋个那样老实，他没有带鸦片烟，也会带别的私货嘛！"

陈老头吸食鸦片的时间不多，自己也说他的瘾不大，而且常常充狠地说：

"我是吹耍耍烟的，随时都可以戒掉。他老缅人就把我抓去关起，也不要紧，不吹就是了！做我们这行道的人，总得随时去逛逛威武窑子的；要是你一怕了，心里虚，倒反而会恰恰碰上。"

店老板要是听见他在这样向别人吹，就会笑着骂他：

"龟儿子东西！不要那样夸大口哈，看这回不恰跟你碰上！"

"会碰上？除非他老缅人红毛人做扁达。"老陈轻蔑地笑着回骂："哼，掉给你么？怕不早跟我推磨子去了；还有你躺着吹鸦片的？"

八莫的英国当局，对待中国犯人，总是叫他们在监牢里面，终天做工磨麦粉，磨得多的，便可多得囚粮。如果偷懒磨得少，就只好挨饿。好些偷马做私烟生意的人，都去过过推磨的日子。他们谈到那里的生活情形，就像是他们常常到的客店一样，摸得非常清楚，而且在里面学会了好些缅甸名词，带到他们的汉人话里面杂着使用，讲到嘴上的时候，颇有自鸣得意的神气，仿佛他们无论做什么事情，都可借此表示出了他们的资格很老似的。

陈老头到底在八莫坐过几回牢，不大有人知道，如果直搭直问他，他就眯起眼睛，高兴地笑着，不是说"次数多得很"，就是说"我会坐牢吗"？

陈老头偷卖鸦片，总在十年以上了。时常出没滇缅界中，克钦山中的山路，不仅全给他摸黑走过，照过手电筒的微光。就是有些穿过森林，须得匍匐而行的小径，也还是他和他的伙伴，用脚跟手慢慢开辟出来的哩。

他讲到偷过这些险路，总是愉快地叹口气说：

"妈的，没有带过枪，可真像在打仗哩！"

我曾问过他，为啥子搞这么多年，都不收手，常常还要去过冒险的生活。他对于这类的问话，很是中意，仿佛喝了一口舒服的酒，得意地笑着说：

"你去试试看，你就懂得了。像这样子卖烟，就跟吃鸦片一样。也会搞上瘾呵！每一回偷过了关，就好比赌钱，一下子大赢了一注。你说，你赢了钱，你安不安逸嘛？顶有趣的，就是你躲在草里，听见那些扁达打你身边走过，你简直想笑起来！有时候，你就在他们搭的帐篷旁边爬过，顶多不过一两丈远，听见他们在里面打洋牌，打得怪热闹的，你心里会忍不住高兴地想——这些家伙多不中用呵！"

"难道你一次都没怕过吗？当那样险的时候。"我疑心他所讲的话，有些添盐搭醋，便用一种不满的口气去反驳。

"怕倒说不上怕！只不过那一刻，心里紧得很！正像赌钱的时候，把身上的钱，通通下了一大注一样。输光了，大赢了，就在那一刻，你想心里紧不紧嘛！只消那一刻紧过了，我的天，真是喜欢得使你想发疯！你会看见满天的星子，都像眯起眼睛在笑。月亮的脸上，也像比平时多了两个酒窝儿。假如是那一夜在下雨，你就会听见树叶子草叶子，滴滴答答的，真响得有意思。"

赵老板要是在旁边听见了，定规会要笑着骂道：

"你龟儿子那张嘴巴，啥子事情不拿跟你说得天花乱坠的！"

"你不信，你去试试嘛！"陈老头一定要敛起笑容，很正经地说，"你把你的钱，通通买成鸦片烟，看你躲过了检查，你不张开嘴巴笑。那才怪哩！"

"我就不想去干你们那些鬼事情，"赵老板轻蔑地说，"一个人安安稳稳做生意，多好啰！"

"哼，安安稳稳的事情！"陈老头发出鼻音鄙视地说，脸上随又做出怪异的神色，"啥地方有安安稳稳的事情？有安安稳稳的事情，你我还天远地远跑来这地方做啥子？哼！"接着微笑起来，嘲弄地说，"你默倒，你在这里开店子，就安稳得很么？那些克钦人当真就不眼红？当真就不背地鼓眼睛？他们的地方，尽由你白占着？我们且不要说这么远。单是那些抬滑竿的，偷马的，你就怕对付不了，头痛得很哩！告诉你，这年辰，真下细想不得！下细想起来，哪一个人不是血盆里抓饭吃？"

赵老板听见这些话，当然很不愉快，但也只能用嘲弄的口气回骂：

"妈的，说来说去，就只有你的鸦片生意好了！"

"那还消说！"陈老头脸上立刻露出欢笑，继又敛起笑容，正经地说，"别个行道的人，他就不肯讲他们行道的好处的。为啥子呢？他怕你去抢他的生意嘛！唯独我这一个人，偏偏不怕哪个去抢！"接着，他笑起来，"你抢得过我，你可抢不赢缅甸扁达哪！"等会儿，又似夸耀，又似感慨地说，"啥子事情，你倒不要管他安不安稳，你只问你有没有那份胆量，那份本事。俗话说得好，有那个肚，你就吃那个醋。"

赵老板便又会嘲弄地骂他：

"妈的，照你那张嘴巴子讲起来，你龟儿子还了得！"

陈老头便极认真地说道：

"这倒不是我充狠！告诉你，啥子都是逼出来的，你默倒，我起先就当真胆大么？还不是看了缅甸扁达，连大气都不敢出一口。你一搞久了，啥子都碰过一些，你才觉得你并不是没有出息！你还是能够做一番事情的！老实说，事情只怕你不做，你一做，你就觉得那里面味道大得很，酸甜苦辣，样样都有！"

后面这两句话，老陈最爱讲了，有些时候，还要添加一个比喻：

"比如像辣椒嘛，不要辣得要命么？你要是吃上了瘾，你就顿顿饭都离不得了！我们搞的这行道，也就跟吃辣椒一样，看起来险，干起来，很有味很有味的！"

他说到这些话的时候，还要咂咂嘴巴，真像在吃什么有味道的东西一样。

有人疑心他，干了十多年，一定钱搞得很多。他就笑着申辩：

"我们都是小搞小搞的，一回你能带多少嘛？我这个人又爱贪玩好耍，有了钱总要在一个地方，痛痛快快玩一顿。一个人就是这样的，钱来得太容易，花也花得容易的。再有那些毛躁家伙，一下子关进去了，你好意思不去见见么？你去看看，难道还空起两手不成？大家都一道爬过岭子，摸过夜路，晚上又都在树子底下睡过觉，你好忍心不管他们吗？钱这种东西，你攒它做啥子，生不带来，死不带去！"

看见他老是快快活活的，别人就故意使他难过似的问：

"你要是老了，病了，动不得了，看你咋个办？你不多攒几个钱？"

"那就倒在哪里，死在哪里算了！难道还想长生不老下去？"陈老头仿佛在讲别个的事情一样，脸上毫不现出一点为难的样子。

赵老板若是听见这样的话，又要笑着骂道：

"我看有一天，你龟儿子，定要倒霉的！一下子发病了，四面又没有人烟，喊天天不应，喊地地无灵，看你咋个办嘛！"

"莫非还要叫你来端灵牌？我们私烟贩子，活得奇奇怪怪，也该死得奇奇怪怪才对！"

陈老头说的时候，禁不住欢然笑了起来。眼睛里面放射出年轻而又勇敢的光芒，使人觉得他的身上还蕴藏有无尽的活力，死的阴影跟他离得极其遥远。他这个人强烈地爱好生活，但在生活方面却又并不现出贪鄙可厌的样子，说起话来非常生辣有趣，极其逗人喜欢，大家无意中都认为他是个可爱的老头子。只有我们的店老板，嫌他嘴巴讨厌，骂他爱下烂药，好事都给他说成坏事去了。可是陈老头一来店里的时候，赵老板还是高高兴兴地接着，同他又笑又骂，走的时候，赵老板还要骂着留他：

"妈的，你慌啥子嘛，当真他老缅人在牢里摆酒席等你不是？"

陈老头没什么忌讳，随便人家说不吉利的话，他一点也不会生气的。他曾经自己嘲笑地说：

"我陈太公在此，百无禁忌！"

但他也有生气的时候，那便是有一次别人挖苦他，说他私卖鸦片烟，全是一件害人的事情，而他竟然还快快乐乐地做去，可见他这个人心肠是何等之毒，陈老头气得脸红筋胀地说：

"人家不吃，我会卖么？你才说黄话喃！我是银子钱买来，银子钱卖去，难道给人家碗里，偷放砒霜不成？就依你说，鸦片烟有毒，也是人家甘愿吃的，我还会逢人乱吹，欺人哄人，说鸦片是人参果，吃了长生不老？我卖鸦片烟就说卖鸦片烟，并没有说我在卖灵芝草！无论你咋个说，我们卖鸦片烟的，都是天字第一号的诚实人。我这十几二十年，就一直叫作陈家私烟贩子，还怕哪个笑么？是私烟贩子就是私烟贩子，怕啥子？倒是你恭维我是卖灵丹仙药的陈大善人，捧我是做过县长的陈大老爷，我却要羞得钻狗洞了！"

当我做完五个月的工，想到仰光去的时候，陈老头恰好又来在店里，便阻止我说：

"你到仰光去做啥子嘛？那里花钱地方，又不容易找到事情做。"

"我不想留在这里了！"我坚决地说。

"是的，这里的事情，你早该做厌烦了！"陈老头极表同情地说，"现在你只消换一件事情做做，包你舍不得走的！"

我知道他将叫我换做啥子事情，便加重语气地说：

"不论啥子好事情，我都不想留下了！"

"其实不要你做，只消你走路就是了。"陈老头一脸微笑地说，"说句笑话，简直等于游山玩水一样。老实告诉你，克钦山的景致，真是好得很，有月亮自不消说，没有月亮的时候，萤火虫才好看哩，比啥地方都多！"

我收到工钱，终于背着小包袱走了，陈老头便说：

"好吧！你去试试！搞不好，你就转来，只消你问起陈家私烟贩子，不论哪里都找得我的！"

我感到他的声音，非常温和，里面含着无限好意和关切，我几乎就想留在他的身边。

一九四八年六月九日　重庆

老　段

看起来，年轻得很，只不过十七八岁的大孩子，但我们一碰在一块，为了很熟识的缘故，还是爱照一般西南人的称呼，在他姓上，加个老字，叫他老段。他是替人家烧饭管货仓的，可是闲了出街玩的时候，老爱穿着套把西装，或者是单穿白衬衣，配上西装裤子和皮鞋。第一次会面，我们简直猜不出他是做啥子的，只是握着手，觉得他的手板，非常之粗糙，尤其是二指拇和中指拇之间，有着很厚的茧疤。像这样好穿漂亮衣服的工人，在未交一些海员朋友以前（海员就是顶喜欢穿西装），我是很诧异的，而且还略微有些不满，这不是说他不合身份，不该穿，乃是以为，何必学这些不必要的奢华呢。等到他有一天说他看过我报上做的文章，并从怀里取出一本四角卷边的书，把粗笨的指头点着，要我替他解释几个新名词时，我才将这种不满的障幕，全行撕掉。这是人和人有了内在的接触，而且，倘如更加了解，便会忘形于外表的。

他没有正式读过书，起先愿意认得几个字，是从和一个同乡的排字童工住在一起，看见人家同自己一样的年纪，居然能够看书看报，对大人们谈出许多自己不懂的事情。继后对读书起了更强烈的念头，则是碰见一个流落在仰光，没法发展，只在教着私学的青年：由于这人的朝夕指引，幼稚的心胸里，也温热起了对人类远景的怀望。先前在厨房里，糊里糊涂地，和油烟煤灰混日子，把人生最好的时光，悄悄地糟蹋完掉，毫不顾惜；现在，便趁米锅未开的当儿，取出怀里的书，静静地蹲在炉边展阅。一得闲，凡是有为的青年朋友，总想方设法去会会，要想从别人那里取得一些值得学习的东西。据他说，把工钱积攒起来，制备西装，便是打这个时候开始的。

他的老板，一个阴阴沉沉的中年商人，专门做批发"桔梗"生意的——关于"桔梗"，我现在还弄不清，到底是中国人的叫法，还有缅甸的译音。我只知道这种原料，制出来，便是我们在信封上、包裹袋上，使用的那种红色火漆——自雇用老段这孩子以后，就省去了另一笔人工开销，因为除叫他烧饭而外，还要他到平常锁着的货仓，去经管"桔梗"的出纳，督责那些搬运的印度工人。这在老段这孩子，倒还并不觉得十分繁难，原因是他自幼的时候，就随着赶马人，随着面店师傅经过不少的磨炼，吃过不少的辛苦。并且，他手脚极快当，只要货仓锁着的日子，他能够抽出工夫来，做他自己名下的事情——看书，找朋友。老板起初也不高兴他常常出街，但因为老段这孩子从前在面店里跑堂，学得伶牙俐齿的，就直向老板讲，说他只是卖气力，并不出卖身子，什么都弄归一了，又不会懈怠过一件工作，为啥子不准出去，倘要没头没脑地阻止，就宁肯息工，老板红着脸搔搔头皮，随便说几句不失身份的支吾话，以后，就睁只眼闭只眼地，由他去自由自在了。

他的老板看见他穿西装，也是极不满意的，但不好直搭直说得。有一次，印度的甘地来到仰光，宣传非武力抗命运动。老板去看了回来，才带着好意，向老段这孩子说：

"你看人家甘地，四海闻名的，还是精光赤裸，只围一张帕子呢！街上哪个人见了不尊敬？我相信，一个人要受人尊敬，并不在乎讲究啥子皮鞋西装的。"

老段告诉我，他已晓得老板说的话，并不含有恶意，但因看见那种教训人的讨厌的神气，就硬硬地抵塞他："人家大人物呐，就是根丝不挂，卵子摆在外面，也有人去捧住哪！咋个拿来比我们这些人，我们这些人穿起西装，还要给人家脚踏哩！"

他有一次走来，显得很苦恼的样子，他说：

"这一向，吃过晚饭，老板理一理衣衫，就出街去了。老板娘就赶忙叫我脚跟脚尾了出去，看老板到底去了啥地方。结果，老板走到日本妓女那里去了。我想，凭良心，说真话呢，他们两口子就会闹得天翻地覆，打得头破血流的，而且，老板这样的家伙，玩了一个女人又一个女人的，哪里就会因你凭空吵一架，便会变好。比方吃鱼的猫儿，咋个离得开腥气。如果要回来一五一十告诉她，反而对大家没有一点好处，自己呢，说不定还会打破饭碗，因为老板一恼羞成怒，难道还不怪我吗？我只好说谎了，好落得大家干净。同时，又怕老板娘怪我不尽心，只好把她叫我侦探的事情，全行告诉老板，因为老板回来说的话，和我捏造的，一点也不合拢，那婆娘家的嘴巴，不咒得你血淋血滴么？你评评，我弄得对吗？……咳，不管你咋个说，我总觉得像做了一件错事，心里老是难过，你还不知道，每次我尾老板，她都有钱给我哪。"

后来，他终于息了工，并不是老板不要他，而是他需要把更多的时间，安顿给自己。他找着一个熟识的福建人开咖啡店的，一面跟他汗流水滴地舂咖啡，一面跟他学习木炭画像。他想学会画像之后，他就能够自由地支使自己，时间和精力，不让别人霸占了。这以上，是我在仰光的时候知道的，回国后，他也同我通过几封信，虽然别字连篇，但仔细念来，意思情绪，却也会表达得清清楚楚的。前年一个广东排字工人阿黄（这人已在另一篇文章里讲到他）告诉我，在《仰光日报》的《椰风周刊》上，居然也有他用孟醒的笔名（意指梦醒），写过好几篇简短的速写,工人本色的实生活,混着云南施甸地方的民歌土话,颇令我感到有味,而且惊异的。去年又接着阿黄的信,他说已逐回故乡,在云南傣族地方,和一个和尚朋友开照相馆,自己竟然当着照相师了。接着,又说不知什么道理,已给土司官封了生意。现在他在什么地方呢?这位不断挣扎的年轻的友人。我希望再听到他的消息时,仍然是一连串的惊异!

一九三五年

山　官

　　天空异常晴朗，没有一片云朵，只是蓝得像海水一般。四围岭上的森林，都给夜来的大雨，洗得非常翠绿，叶上凝着水滴，反映着早晨的阳光，像饰起无数的珠子似的。即使远处没一点风吹来，也使人感到清新凉快，仿佛周围的山林都是新生的一样。流过屋侧的江水，碰在大石上面，就发出声响，这天也格外显得宏大。

　　克钦人下山来了，他们把背来的柴火，放在篱笆门外边，坐在树脚底下息气。有的还把大树叶子包的冷饭和油炸蝉子，拿出来慢慢地吃。男的头上缠着黑布帕子，浅发的头顶，或是头顶绾的髻子，则露在外边。包的帕子，剩余三两寸长，则向上翘着，仿佛斜插着一截什么东西。嘴里嚼着槟榔，嘴唇现得血样地红。他们的腰上，经常带着一把齐头的长刀。女的多半是十五六岁的姑娘，头发剪得短短的，披在头上。穿着黑布短衣，镶着细条的红布边子。围着黑布裙子，只达到膝头上。膝头上和脚肚上的那一部分，则缠着细细的黑色藤子，约有数十圈光景。她们的脸子，棕黄色，大都胖胖的，圆圆的，显得很是结实。

　　我们的老板娘，一个四十岁的中年女人，是汉人父亲傣族母亲养的，高身材，黄黑脸子，终天发髻上，包一张青色绸帕子。她便拉开篱笆门，出去买柴火。后面尾着她的十五六岁的大女，十二三岁的儿子,八九岁的女孩——我的三个学生。买卖柴火以及争论价钱,全然响起一片克钦人的言语。我听不懂,就连躺在床上烧烟的老板,也不懂。有时他会走到门口,对卖柴和买柴的,斥责几句:

"尽讲个球啰!买不成就进来,不卖就背起走!"

买卖两方都不理他的,只是讲着他们的克钦话。他也觉得他的汉人话插嘴不进去,便悻悻地走了进来,单骂一声:

"吵死人啰!"

老板姓赵,是个不算高也不算矮的中年人。脸并不瘦削,但却有吃鸦片烟者那样灰青色的面容。眼角上常常含着黄白色的眼屎,他不揩开,仿佛也不觉得似的。终天现着睡眠不足的样子,可是那小眼睛里面的黄色瞳仁,却总现着生气和对人不满的神情。

跟着老板娘出去的三个儿女,都不是他的,她们喊他的时候,用着叔叔这两个字的称呼。只那留在床上的,不满一岁的婴儿,才真正是属于他的。他的家乡在四川北部的一个小县,贫瘠、荒寒,再加以大旱饥馑,便来到云南各地流浪,后来则专把鸦片偷到缅甸去卖,借以打发自己艰窘的日子,并想从此发了起来。他常常路过这家滇缅界中的山家店子,成为主人主妇的熟识客人。而当店主人一为克钦山中的瘴气吞食了的时候,他便首先得主妇的欢心,成为店中接待客商的重要人物。

他常常躺在店中的客堂里面,客来客去都不大起来,全由我和老板娘,她的大女儿,三个人分担招呼。他只动着眼睛眉毛和嘴巴。可以说他懒,也可以说他看不起人。事实上,店里经常来往的客人,也不能使他显出尊敬。他看不起那些挑土产到八莫去卖的傣族妇女,他看不起那些赶马驮洋货到腾冲去的马哥头。只有上身着西装下头穿中式裤子的缅甸华侨,以及头戴双层宽边呢帽腰挂长刀的偷马贼,才能使他坐了起来,客客气气地送上烟枪。不幸我跟他做店伙计而又兼家庭教师的五六个月内，正是由春末到秋初，适当缅甸半年落雨的季节，华侨和偷马贼都过得很少，不像马哥头和傣族妇女，一来就成几十个地到来。再呢，这个店子和其他七八家马店算是此地山中唯一的有人烟的地方。不管你主人招待得好不好，都到了这个该落脚的地方，就得把货把马弄进篱笆门里去。而且周遭都是满布树林的山坡，林里长满矮丛，树上挂着藤条，狗都不容易钻进去，只是猴子的乐园；人简直没法子把这江边的小小平地，再行扩大。因此，在这里开店的，竟形成了独占，店钱自然而然地，像水一样地流了进来。做主人也就只消坐镇就是，用不着笑脸盈盈，也用不着甜言蜜语。

我在店里的正分事情，是一早起来，光起双脚，拿着一把细竹子编成的笤帚，走到马场上去，打扫马屎马尿和散在地上的草料。有时驮洋货的马匹，多到八九十匹以上。老板娘便放下她怀中的婴儿，穿双木拖鞋，跑来帮我的忙。我那时还没有穿木拖鞋的习惯，同时也不愿花钱买一双木拖鞋，因此，脚在马屎马尿里踩得久了，脚趾缝里就烂了起来，使我行动吃苦，尤其是把痛脚踏进马尿中的时候，就更见为难，影响到工作，便不能不慢慢地扫了。

老板对这种情形，是不高兴的，看他站在客堂后门阶上，遥望马场，只是深深地皱起眉头，就可以心领神会。但他却没有当面责备过，也不曾说一句重话。这大约因为我在正分工作之外，还在没事的下午，少客的晚间，叫我做他继子继女的家庭教师吧？当我用手写的"人手足刀尺"，教着坐在土阶上短桌旁边的三个高矮不同的学生时，他对我的称呼，亲切而又和蔼，便是学他的继子继女一样地，喊作先生。但在灯光摇曳的晚间，马哥头拴好马匹在马场上烧起煮饭的火堆，傣族妇女江边沐浴回来在屋前空地上梳着水湿的长发，他便用极枯燥的沙声，连呼老汤哥了，脸子显得极其冷淡，而又带着命令的口气。

柴买好的时候,照例是那男孩子福昌,活跳跳地跑进门来,后面则跟着那个把柴火索子横勒在额上背的克钦姑娘。他一面领路到灶房去,一面则向谁报告似的叫:

"柴火买好了!"

但有一天,并没有领进背柴火的克钦姑娘,却单自一个人活跳跳地跑到客堂面前,像讲稀奇事一样地说:

"叔叔,大官来了!"

我的老板正在烧他的烟,依往常的习惯,只消再烧两口,就能过瘾了。而且在这过瘾期间,别人打不得岔的,一打了岔,必须另外重新烧过。因此,在这时候,任何人到来,他都不理的。过瘾在他日常生活中,是一件非常重大的事情。就是一向到店里来白吃白住的偷马贼,老板对他们从不敢怠慢的,也就只能得几句客气的招呼:

"请对面躺一躺,我正在过瘾。"

但这次听说大官到来,便使他立刻放下烟枪和烟签,全然忘掉他正在做的重大事情了。他下床来,穿起皮拖鞋,一面用左手掌拭一下脸,一面就匆忙走了出去。我也忍不住尾在后面,心里非常诧异:

"是啥子大官来到这里了?"

走出篱笆门一看,并没什么大官现在眼前,只是一些克钦男女站在那里卖柴,老板娘和她的大女儿,正和他们在大声地讲着克钦话。远望去也没见什么人影,沟通八莫和腾冲去的山间大路,单有两三只缅甸特有的小乌鸦,在点着头慢慢地走着,像在寻找着小虫似的。

难道是福昌说谎话么?我想这他是不敢的。因为他的叔叔,素来对他,虽不至动辄打骂,但没有和颜悦色的脸子,鼓起眼睛的时候,总是很多的,他从不敢在他叔叔面前,露出一点嬉笑的样子。也可以说,两人之间,像是有些隔阂,无法解除似的。刚在这么想的时候,老板已在卖柴的克钦人丛中,对着一个汉子,露出一脸的欢笑,并举起右手,做出邀请的姿势。福昌站在旁边,直对那个汉子,脸上现得很是兴奋而又好奇。

那个汉子跟一般克钦男子,并没什么差别,短衣长裤,打着赤脚,只是黑黄的脸子较胖些,露着浅发的头顶,缠着红布帕子罢了。老板请他走进篱笆门去,后面跟着极有兴趣的福昌。我忍不住向老板娘问道:

"这就是大官么?"

"是的,他就是大官!"

老板娘回答之后,她又去检查柴火去了,看哪些是干的,哪些是湿的,一面则喃喃地讲着克钦话。我知道在我们店子的南面,约两百来步远的地方,有家没围篱笆的三间茅屋,是山官开的店子。在谷中算是三等客店,平常只有挑货的傣族男女去息,赶马的马哥头,不大去光顾的,总要驮洋货的马匹,实在过得很多,才有赶马人肯牵马去的。山官没有在店里住,只请一个汉人伙计替他招呼,他本人是住在户董山寨上,距离我们住的山谷,约有四英里光景。他很少下山来,谷里发生了什么打官司的事情,也不请他解决。打官司全是由每两月就要来巡视一次的英国官处理。他在一般店家心目中,似乎并不重要,大家日常生活里,全没有提到过他。洋官哪,Byada①哪,倒是常常听见的。

这位山官会讲汉人话,我进去的时候,听见他同老板正讲起大老杨那个人。

"好久没看见他了!了不起,了不起。"

他说这些话的时候,还称赞地点一点头。他坐在老板的烟床边上,胖胖的黑黄脸子,显得相当安静庄重,也有些威严的样子。绝不

---

① Byada:缅语,警察。

像住在这里开店的两个克钦人,大家喊他们金老二和堵苍的,谈话的时候,现着厉眉厉眼的野样子,仿佛觉得有什么事情使他们上当似的。我想着"居移气,养移体"这句古话,实在代表了一些真理。

他们谈的大老杨,是个高大壮实的汉子,脸上现出健康的黄黑色,常常有着快活的笑容,显得精力十分过剩似的。戴着双层的宽边呢帽,穿着西式的黄斜纹汗衣和短裤,有点近于缅甸边境上的缉私人员,但背上背着克钦人惯常背的齐头长刀,腰上挂着克钦人编织的红色通袋,却又像是属于英国训练出来的克钦兵士。他精通滇缅界中各种民族的语言,跟克钦人、傣族人、傈僳人、缅甸人以至印度人,都能称兄道弟,过得非常融洽。一些赶马人,很讨厌偷马贼,但对大老杨,却是害怕,还又带着尊敬,且以自己能够看见大老杨为荣。别的偷马贼,常常会被赶马人抓着,活活打得半死,大老杨却没有遭遇过这样的事情。听说他是不大随便偷马的,但若由他亲手来偷,总是一举成功,不会遭到失败。

我的老板对一般偷马贼,当面算是毕恭毕敬的,招待他们酒饭鸦片烟,全不要一文钱,但一转过背,就诅咒了,把铁烟签子重重地投在铜烟盘子里,咬牙切齿地骂:

"总有一天,要遭到赶马人手里的!"

可是他对大老杨却没有这样骂过,只是望着大老杨走去的背影,羡慕地说:

"这家伙,这下又去哪里呢?"

而在好几天之后,他还在对那些晚上捧着大碗喝茶的赶马人,说大老杨曾经到过他的店里,引起许多棕黑面孔的惊奇。他知道山官是喜欢大老杨的,故此老是提起这个人物,仿佛这样一来,连所有的汉人,都因而连带受到尊敬似的。

山官弟兄两人,大哥管有克钦人三四百家,仿佛山寨上的寨主。

他则只管我们山谷里面这十来家人,地位约相当于一个保甲长。但我的老板却口口声声,喊他是"官",而且还加个"大"字。这虽然显出我的老板很会拍马,可也的确有些畏惧。因为山官不管谷中人事上的纠纷,但对户董山寨上下来生事的克钦人,却能加以统制。使谷中为数太少的汉人,可以不受到欺凌迫害。

山官见我是个新来谷中的汉人,便在谈了大老杨之后,就自然问到我了。他一知道我是店里的工人兼教师,便愉快向我的老板说:

"让我的女儿也来读读书吧!"

我的善于拍马的老板,唯恐讨不到他的好,赶忙奉承地说:

"就叫她来吧,现在没事情,就可以读!"

一面又叫我把早上用来吃饭的矮桌子,端到对面屋子的土阶上,围起几根矮凳子。

"不忙,不忙,让她卖了柴再来读吧!"

山官高兴地说,像是对于老板的殷勤,很是感到满意。

"呵呵,你的小姐在卖柴火么?喊她背进来,不要讲价了!"

老板一面这么叫起来,一面又吧踏吧踏地响着皮拖鞋,快步走了出去。接着一个十四岁光景的女孩子,背上背着柴火,额上横勒着背柴火的索子,跟着老板走了进来。后面则跟着老板娘的三个儿女——我的下午才读书的学生。

等克钦小姑娘和我的三个学生,围着矮桌坐起,开始由我教读一会的时候,山官才走了。他边走边说:

"有趣得很,这样的字!"

老板还要他到对面客堂里去吸烟,他却推辞地说:

"我还要补房子哩,趁这好太阳!"

山官的女儿,额上覆着短发,圆圆的褐色脸子,配着黑而凝重的眼光,黑的短衣,黑的短裙,赤着双脚,膝下缠着细藤,正如一般克钦姑娘，没有什么分别。她读书的时候，就从袋里摸出一支红色的铅笔，在"人"字旁边记下罗马字的拼音zen。她们这些下山来卖柴的克钦人，当卖好柴要算账的时候，都会用铅笔写阿拉伯字来计算。他们山寨高头，设有天主教堂邮局和学校，读的书和出的布告，全是用罗马字拼音的克钦话。她原是在山寨上法国教士办的学校读书的，现因星期天下山来卖柴火，只由她父亲的好奇，才暂时来读下子。

她样子显得略微有点呆笨，也许由于处在新的环境里吧，坐着只是不停地读，不停地用铅笔记音，有时还把舌头露在唇边，润一润她的铅笔。我的三个学生因为有了新的同学，都读得很上劲，还对她那能写蟹行文字的手和笔，不时惊奇地望望。老板躺在那边客堂的床上，一面烧烟，一面高兴地打趣："先生，你的生意会好起来喃！"

读了点把钟，休息下来写字的时候，我的大学生三妞，便同她用克钦话讲了起来。三妞瘦削的脸上，现着羡慕的神色，不时掉过脸子向我说汉人话：

"她们学堂里教唱歌哩！"

"呵，还要教画花哪！"

福昌的克钦话，懂得不多，便向他的姐姐，急不能耐地问：

"你问她学堂里学不学兵操？"

福昌还没有看过什么学堂，只从一些赶马人和私烟贩子口里，知道腾越那边学校的一点情形，所以他听见学校，就忍不住要这么地问。他听见说是有，便忍不住欢喜地说：

"我要去读！我要去读！"

在这山谷落里教书，简直没法找到教本，托赶马人到两天路远的八莫，六天路远的腾冲，都没有买到，只好由我小时读过的教科书，凭记忆抄些给他们读。图画是可以增加小孩的了解兴趣的，可惜我的笔下都不能供给这些。而且在家庭里面教书，虽然教材尽管采取新的，却无法直起脖子高声唱歌，或把笔画些花草猫狗。因无形中会受旧式教育传统的影响，变成了私塾。再则，我在学校里面学的唱歌和图画，本是非常拙劣的，出学校一久，更是全盘还把老师了。孩子们对于这种私塾式的读书，当然会感到厌倦。福昌，他不仅这么叫嚷嚷就算了，他还走去拖他妈妈的手，现出一个独生孩子的撒娇神情，固执地说：

"妈妈，我要到山寨上去读书，那里有兵操，有图画，又有唱歌，你答应我，明天就去好不好？……我一定要去的！"

做妈妈的笑着责备地说：

"你又在东想西想的了！要学啥子兵操嘛，你不好叫先生教你！"

"一个人学没味的！许多人排起队才好玩！"

福昌不放开他妈妈的手，仍是用力地拖，设若不答允，他就要把他妈妈的手拉断似的。

"这就该挨打了，叫你读书，你却想着玩！"

妈妈的手有点儿拉痛了，做着生气的样子说他，却并不真的伸手去打。

倒是烧够了烟，过足了瘾的老板，从床上坐了起来，认真生气地说：

"不要管他，让他去学野人好了！"

福昌这才放开他妈的手，红涨着脸子，嘟着小嘴巴，走到矮桌旁边，也不读书，也不写字，只是阴沉地坐着。

三妞则同山官的女儿，起先原是讲得很高兴的，到后来也露出了黯然的神色。她沉默了一会，才对我说：

"她明天不来读了，要等七天才能来的！她要在山上读书。"

山官的女儿走了的时候，三妞还赶着送她一阵。我则站在篱笆门外,依着一株芒果树,向杂树和芭蕉掩映着的山官房子望去,山官正赤裸着身子,爬在房子顶上,用茅草补着破漏的地方。他的汉人伙计老王,就站在房檐边的竹梯上,把捆好的茅草,一把把地抛了上去。我看了好一阵,才走了进去,忍不住向我的老板感慨地说:

"到底他们克钦人不同,连做官的,也要做工!"

老板却鄙夷地说:

"他们算得啥子官啰!"

说完这句话,便在烟灯旁边一倒,重新拿起铁烟签子,挑起糖烟,朝灯上烧了起来。

后记
追忆120岁的爷爷

上小学前,我和父母住在爷爷奶奶家。那时年龄太小,即使有记忆也都是不连贯的片段。我记得爷爷书房有个暗红色沙发,我爱在上面摆一排洋娃娃,给他们一一盖上被子。这样的"工程"每次都会被爷爷的访客中断,我很生气为什么家里总有那么多客人,而爷爷又总是温和地为来客端茶倒水。

我记得爷爷书房柜子里有很多巧克力,是那种用五颜六色的锡纸包裹的椭圆巧克力豆。我从幼儿园回来时他总会问我吃不吃巧克力。他的口音让我发笑,然后我就会模仿他说话。那是他一辈子也改不了的新繁乡音。

那个成都平原的小镇,爷爷的故乡,在他笔下一出太阳,天就蓝得洁净,芭茅芦苇、麦苗胡豆,这些平常不过的田间农作物,却是"愉快地、饶有生气地,活着长着,把冬天装扮得年轻美丽,给人以希望和欢欣"。

这种希望和欢欣,似乎是爷爷性格的底色,让他撑过凶狠凌厉的岁月。

在我碎片化的20世纪80年代的儿时记忆中、爷爷看书写作,买菜做饭,勤快得很。面对种种不愉快的事,他也只是沉默隐忍,那眼神却让人心疼。

这样一个温和的人,内心怎么能有那样强大的动力。

我想,爷爷的种种善意其实在他南行流浪中已经根深蒂固。

很多人说《南行记》写出了一个奇幻的滇缅边陲,但打动人心的应该是字里行间的一种天真的执拗和无时无刻不在的善,爷爷总以最大的善意去理解那些看似凶恶其实被命运苛待的荒凉的个体。

大概在我四岁左右,爷爷摔伤了腿,一直到几年后去世他都住在医院。在出租车、公交都没有普及的年代,我爸妈每周用自行车搭着我,经过漫长的穿城之旅到四川省人民医院看望爷爷。

爷爷病房外是医院的花园,花园里有一大片草地,我坐在草地上,我爸拿相机给我拍照。那时小学班上要做板报,老师让每个人交一张照片。我交了这张在草地上的照片,老师配了标题"绿"。板报贴在教室墙上,一个同学的妈妈问我在哪照的,我说"省医院"。她很吃惊问我去那里干什么,我说看我爷爷。她问我你爷爷是谁,我说"艾芜",她一阵惊呼。

我同学的妈妈是做生物研究的,后来带我去参观了她的实验室。她把我当大人一样,和我聊着对爷爷"流浪"的崇敬。没过多久,我同学和她父母全家移民美国,也开始了另一种意义的"流浪"。

1992年12月5日清晨,爷爷去世了。但我浑然不知。记得爸妈一大早把我送去学校然后去医院。放学时我舅舅来接我,他一句话没说带我去姥姥家,一开门姥姥就说"爷爷去世了"。后来,我记得成都对他铺天盖地的悼念,还有为送他最后一程赶来的日本学者。在这样"热闹"的悲怆中,姥姥轻轻对我说"人一走,茶就凉"。虽然那时我才八岁,但能清楚知道这句话的意思。

然而这么多年过去,依然有很多人记得爷爷。2004年他百年诞辰,成都组织了青年志愿者重走爷爷当年的南行路,从成都出发到中缅边境。只是我们的"重走",有汽车、有飞机,更像是一次轻松的旅行。

每到一地，都会有当地的读者赶来，带着爷爷的书和让人感动的虔诚。而这些年里，与我家人惺惺相惜的、在很多时候给予我们帮助的人，大多也是抱着对爷爷真诚的怀念和敬重。用爸妈的话说，这是爷爷结下的善缘。

爷爷的墓和铜像在新都桂湖公园，以前铜像被象征南国的竹林环绕，棺盖上是一束与之呼应的铜质山茶花。一次寒假回成都与父母去扫墓，发现山茶花竟被撬走。我妈打电话给相关负责人告知此事，但很长一段时间，棺盖上的"伤疤"依然没有改变。我给分管领导写了信，真诚希望恢复山茶花，哪怕担心铜质花再次被偷，用其他材质也可以。后来就是现在的水泥山茶花了。这也是我为爷爷做的唯一一件事。

后来公园重新规划，成为"桂湖森林广场"，"艾芜墓"也已成为四川省文物保护单位。现在每天有不少市民在开阔的墓地周围跳广场舞，跳热了就把衣服脱了搭在爷爷铜像上，这似乎与肃穆之地有些不搭。但我觉得，爷爷性格那么温润，以他一生不苛责他人的厚道，对这样的市井之气一定怀有怜惜和宽容。

我这一辈是"宽"字辈，爷爷给我起了"宽容"这个名字，但我一直觉得自己撑不起这个名字的大义，所以我身份证件上用的是另一个名字。在德国多年，中文名字更是一串在外国人眼里没有意义的拼音字符，异国他乡并不容易的生活常常让人觉得渺小，觉得很容易就被一地鸡毛压倒，而爷爷那种惊人的顽强与韧性，我经常自问：你继承到了吗？

宽容
2024年6月

图书在版编目（CIP）数据

南行记 / 艾芜著. -- 成都：四川人民出版社，
2025. 6. -- ISBN 978-7-220-14057-0

Ⅰ. I247.7

中国国家版本馆CIP数据核字第2025VU7510号

NANXING JI
南行记
艾　芜　著

出 版 人	黄立新
策划组稿	刘姣娇　邹　近
责任编辑	刘姣娇　徐拂晓
封面设计	肖　欣
版式设计	张迪茗
责任校对	刘　静
责任印制	周　奇
出版发行	四川人民出版社（成都三色路238号）
网　　址	http://www.scpph.com
E-mail	scrmcbs@sina.com
新浪微博	@四川人民出版社
微信公众号	四川人民出版社
发行部业务电话	（028）86361653　86361656
防盗版举报电话	（028）86361653
照　　排	四川胜翔数码印务设计有限公司
印　　刷	四川华龙印务有限公司
成品尺寸	143mm×210mm
印　　张	10.5
字　　数	260千
版　　次	2025年6月第1版
印　　次	2025年6月第1次印刷
书　　号	ISBN 978-7-220-14057-0
定　　价	48.00元

■版权所有·侵权必究

本书若出现印装质量问题，请与我社发行部联系调换
电话：（028）86361656